Ethan Rosen und Rudi Klausinger: Beide sind sie Koryphäen auf demselben Gebiet, der Kulturwissenschaft. Und doch könnten sie unterschiedlicher nicht sein: Rosen ist überall zu Hause und nirgends daheim. Selbst der Frau, die er liebt, stellt er sich unter falschem Namen vor. Klausinger wiederum weiß sich jedem Ort anzupassen und ist trotzdem ruhelos: Was ihn treibt, ist die Suche nach seinem leiblichen Vater; sie führt ihn schließlich nach Israel zu Ethan Rosen. Dessen Vater, ein alter Wiener Jude, der Auschwitz überlebte, braucht dringend eine neue Niere. Bald wird die Suche nach einem geeigneten Spenderorgan für die Angehörigen zur Obsession.

Herkunft, Identität, Zugehörigkeit. Doron Rabinovici würfelt in seinem Roman *Andernorts* die Verhältnisse in einer jüdischen Familie gründlich durcheinander, deckt ihre alten Geheimnisse auf und beobachtet sie bei neuen Heimlichkeiten. Am Ende dieser packend erzählten Geschichte sind alle Gewißheiten beseitigt. Nur eines ist sicher: Heimat ist jener Ort, wo einem am fremdesten zumute ist.

Doron Rabinovici, 1961 in Tel Aviv geboren, lebt in Wien. Er arbeitet als Schriftsteller, Essayist und Historiker. 2002 wurde er mit dem Clemens Brentano Preis ausgezeichnet; im selben Jahr erhielt er den Jean Améry-Preis für *Instanzen der Ohnmacht*, seine vielbeachtete Studie zur erzwungenen Kooperation von Juden mit dem NS-Regime. 2011 erhielt er für sein Gesamtwerk den »Literaturpreis der österreichischen Industrie – Anton Wildgans«. Zuletzt erschien sein Roman *Ohnehin* (st 3736).

Doron Rabinovici
Andernorts

Roman

Suhrkamp

Umschlagabbildung:
Alighiero e Boetti, Cieli ad alta quota (Ausschnitt), 1992
© VG Bild-Kunst, Bonn 2011

suhrkamp taschenbuch 4310
Erste Auflage 2012
© Suhrkamp Verlag Berlin 2010
Suhrkamp Taschenbuch Verlag
Alle Rechte vorbehalten, insbesondere das
der Übersetzung, des öffentlichen Vortrags sowie der Übertragung
durch Rundfunk und Fernsehen, auch einzelner Teile.
Kein Teil des Werkes darf in irgendeiner Form
(durch Fotografie, Mikrofilm oder andere Verfahren)
ohne schriftliche Genehmigung des Verlages reproduziert
oder unter Verwendung elektronischer Systeme
verarbeitet, vervielfältigt oder verbreitet werden.
Druck: CPI – Ebner & Spiegel, Ulm
Printed in Germany
Umschlag: Göllner, Michels, Zegarzewski
ISBN 978-3-518-46310-9

1 2 3 4 5 6 – 17 16 15 14 13 12

Andernorts

Für Schoschana und
David Rabinovici

In Erinnerung an
Joseph Ortner
1956-2009

ojfn vejg stejt a bojm, stejt er ajngebojgn
ale fegel fun dem bojm senen sich farflojgn
tswej kajn misrach, draj kajn marev und der rest kajn dorem
und der bojm gelost alejn hefker far dem storem
sog ich tsu majn mamen harz: solst mir nor nit steren
wel ich, mame, ajns und tswej, mir a foigl wern
ich wel sitsn ojfn bojm und wel im farvign
ibern winter ihm a trest mit a schejnem nign

Itzig Manger, 1901 (Czernowitz, Österreich-Ungarn)
bis 1969 (Gedera, Israel)

I

Sie hoben ab. Er wurde in den Sitz gepreßt. Die Maschine stieg steil empor und zog eine Kurve. Er blickte hinaus über den Nachbarn hinweg. In der Tiefe tauchte die Stadt auf und die Flachdächer, kalkweiß oder pechschwarz, darauf Wassertonnen mit Sonnenspiegeln, ein Funkeln im Gegenlicht. Das Gestrüpp aus Antennen und Stromleitungen. Die Silhouette der Hochhäuser, die Diamantenbörse, die griechische Synagoge in Muschelform, der Platz vor dem Rathaus, Kikar Jizchak Rabin, die Alleen voller Bäume und Bauhaus und dann mittendrin ein Rumpf aus Altstadt samt Minarett und Uhrturm, jener Keil aus Vergangenheit, der ins Meer ragt. Tel Aviv und Jaffa, der Strand und danach nichts als Wasser, und das Kind, das er gewesen war, streckte mit ihm den Hals nach dem Land, auf das damals Vater und Mutter hinuntergezeigt hatten, als er, vier Jahre alt, zum ersten Mal abgeflogen war von hier.

Heimweh oder Reisefieber, was war es, das ihn überfiel? Er war im Höhenrausch, und zwischen Mutter und Vater sitzt der Bub, der er war, hockt in Ethan Rosen, Dozent am Wiener Institut für Sozialforschung, und Ethanusch, Tuschtusch, Ethanni, wie ihn seine Mutter rief, der kleine Etepetete, wie sein Vater scherzte, sieht die Pantomimen der Stewardessen. Ein Ballett für den Ernstfall. Die kurzen Röcke, die Häubchen im aufgesteckten Haar, ihre dunklen Strumpfhosen, und der kleine Ethanni in Knisterhöhe der Nylonbeine starrt auf den exotischen Tempeltanz, der von der samtenen Monotonie einer weiblichen Stimme begleitet wird. Abgehoben.

Nichts erinnerte jetzt noch an das Zeremoniell jener Hohepriesterinnen aus seiner Kindheit, nichts an die fein abgestimmten Bewegungen, die aus einer fernen Welt über den Wolken kommen mußten. Ein Kurzfilm mit Sicherheitsanweisungen, abgespielt auf heruntergeklappten Monitoren. Aus den Düsen der Klimaanlage strömte es trockenkalt. Er wußte, der Teint der letzten Tage, mehr lachsrot als goldbraun, würde in Schuppen abblättern. Er würde wieder als Bläßling ankommen. Seine Augen juckten. Die Lippen brannten. Nichts half gegen die Migräne des Soziologen Ethan Rosen, der Schmerz nahm zu, der Schädel wurde ihm eng. Bis drei Uhr früh war er an seiner Arbeit gesessen, hatte auf deutsch einen Aufsatz über Transkulturalität in der hebräischen Literatur geschrieben und danach in Ivrit einen Kommentar für eine israelische

Zeitschrift, eine Polemik gegen jegliche Legitimierung von Folter. Solche journalistischen Artikel verfaßte Rosen in kaltem Zorn. Er sonderte diese Texte wie kleine Pakete voll Sprengstoff ab oder wie eine Batterie von Knallfröschen. Fünfzehn Minuten für fünftausend Zeichen. Während er die wissenschaftlichen Studien trocken anging, schäumte er in seinen Glossen auf, pulverte dort an Emotionen hinein, was er sich als Forscher versagte.

Rosen war dafür bekannt, Deutsch, Hebräisch, Englisch und Französisch geschliffen zu formulieren. Nicht wenige waren beeindruckt, daß er Italienisch und Spanisch las und Arabisch verstand. Manche munkelten, seine Thesen und Theorien seien in Wirklichkeit nichts als Übersetzungen der vielen Gedanken, die er da oder dort aufschnappte. Er betreibe Importexportgeschäfte mit akademischen Ideen. Er profitiere davon, zwischen den Kontinenten und Kontinuitäten, zwischen den Regionen und Religionen umherzugeistern. Aber es war kein freundliches Interesse für die Welt, das ihn trieb. Seine Eingebungen und Ahnungen wurden von Angst gespeist. Ethans Mißtrauen galt den Zivilisationen und Ideologien. Er schrieb an den Bruchlinien entlang.

Nicht zufällig war er gebeten worden, einen Nachruf auf Dov Zedek zu verfassen. Zuerst von Katharina, der vierzigjährigen Freundin des Alten. Seit seinem Tod entwickelte sie eine Leidenschaft, die Ethan nie an ihr bemerkt hatte, solange Dov noch am Leben gewesen war. Auch Fred Sammler, der Redakteur einer Wiener Zeitung, hatte ihn in Tel Aviv angerufen. Wenn er schon nach Israel gereist sei, um den alten Freund zu bestatten, werde er doch ein paar persönliche Worte für eine Würdigung finden, meinte Sammler. Einen Abschied von Dov Zedek für die österreichischen Leser.

Ethan hatte sich geweigert. Totenredner wollte und konnte er nicht sein. Er war nicht einmal zu einem Geburtstagsständchen bereit. Auf dem Friedhof hatte er Katharina umarmt. Verweinte Gesichter um ihn herum, er war zu keiner Regung und keinen Tränen fähig. Im Schlaglicht der Mittagssonne – inmitten des Gräberfeldes – schien die Trauergemeinde zu schrumpfen. Es war ihm, als verdorre jeder, der sich hier eingefunden hatte. Dieser Platz strahlte nichts von christlichen Kirchhöfen aus, die schattige Orte der Einkehr sein wollten. Nichts war hier versöhnlich. Anders als bei katholischen Bestattungen boten hier weder Blumen noch Kränze Trost, waren keine Kapelle und kein Orchester zu hören, wartete keine imposante Familiengruft auf Besuch.

Der Gesang des Rabbiners erinnerte an ein Wehklagen. Die Leiche war nicht in einem Sarg versteckt, sondern nur von einem schwarzen Tuch bedeckt. Darunter schien Dovs Körper, der immer so mächtig gewesen war, nun klein und schmächtig. Für einen Moment dachte Ethan, da liege ein anderer.

Er war bloß vier Tage in Israel gewesen und gleich nach der Ankunft zum Begräbnis nach Jerusalem gefahren, wo Dov die letzten zwei Jahrzehnte gelebt hatte. Schiwe in Dovs Wohnung. Die vielen Diskussionen und Streitereien hier zwischen Dov und ihm waren ihm nicht aus dem Kopf gegangen. Am nächsten Morgen hatte er die Gelegenheit genutzt, einen Kollegen an der Hebräischen Universität aufzusuchen. Gespräche über mögliche Kooperationen. Am dritten Tag erst der Aufbruch nach Tel Aviv. Der Besuch bei den Eltern. Die Mutter hatte ihn beiseite gezogen, um mit ihm zu reden, aber sein Vater war dazwischengegangen. Er wolle jetzt aufbrechen in sein Stammlokal. Beim Abschied dann ihr Laserblick, bewährt seit der Kindheit. Vater werde übermorgen im Krankenhaus gründlich untersucht.

Während des Rückfluges wollte er eine Dissertation lesen. Die Müdigkeit machte ihn zittrig, ihm war, als bleiche sie ihn aus, löse ihn auf. Nicht nur der Körper, auch sein Denken verlor an Konsistenz. Hinzu kam der Eindruck, alle könnten ihm ansehen, wie es ihm ging, müßten ihn durchschauen, denn er fühlte sich gläsern, hatte die letzten Tage durchgearbeitet und in dieser Nacht weniger als drei Stunden geschlafen. Gleichzeitig schämte er sich dieses Gedankens. Er wußte, daß alle um ihn herum mitten in der Nacht aufgestanden waren. Wer war hier nicht übernächtigt? Sie hingen in den Gurten. Alles war in der Schwebe. Abgehoben.

Stunden vor dem Start waren die Passagiere schon im Flughafen eingetroffen. Vorgestern erst der Anschlag in der Innenstadt. Das Lokal hatte er flüchtig gekannt. Die Einsatztruppe, die gefilmt wurde, als sie Fleischfetzen und Leichenteile vom Boden klaubte, von Wänden schabte, in Plastikbeutel steckte.

Links neben ihm eine Frau, Mitte Siebzig, mit wachs-

weiß geschminktem Gesicht, eine Echse mit Krokodil-
ledertasche, das Haar platinblond. An der Rechten ein
Brillantring, der im Anhänger ihrer Halskette sein Pen-
dant fand. Sie trug ein karminrotes Damastkostüm mit
stumpfgoldenen Knöpfen, eingewebt in den Seidenstoff
glänzten Blumengirlanden. Ethan Rosen fühlte sich an
chinesische Tapetenmuster in Versailles erinnert. Die geheime polnisch-jüdische Mame des Sonnenkönigs Louis
Quatorze, die Mutter aller absolutistischen Mächte. Als er
kurz zu ihr hinüberschaute, fing sie seinen Blick auf. Sie
nickte ihm zu, als kenne sie ihn.

Rechts von ihm ein dicker Orthodoxer. Der bückte sich
gerade nach einer Tasche, holte sein Samtetui hervor, in
dem Gebetsbuch und Gebetsriemen aufbewahrt waren.

Warum mußte gerade er neben diesem Wiedergän-
ger sitzen, dachte Ethan, neben einem Wiederkäuer der
Schrift, der ihn mit seinen Schläfenlocken, dem wolligen
Haar und dem langen Bart an ein Schaf erinnerte. So einer wollte nichts als beten, würde sich während des ganzen Fluges hin- und herwälzen. Wie sollte er da arbeiten?
Vor einer Woche, auf dem Weg von Wien nach Tel Aviv,
war er auch an der Seite eines Frommen gesessen, ohne
daß ihn das Zeremoniell gestört hätte. Im Gegenteil. Beide waren sie in ihrer je eigenen Welt versunken gewesen.
Was unterschied diesen Gläubigen von dem anderen? Damals hatte er auf das jüdische Original geschaut, hatte ein
Auge auf ihn geworfen, bereit, ihn gegen jeden scheelen
Blick zu verteidigen, jedem entgegenzutreten, der über
den schwarzen Kaftan und den breitkrempigen Hut die

Nase rümpfen würde. Jetzt, in der Gegenrichtung, von Ost nach West, bemerkte er den muffigen, süßlichen Geruch dieses Mannes, der zu warm angezogen war, und der Mief erinnerte ihn an den Friedhof, an den Rabbiner und den Kantor, die er an Dovs Grab gesehen hatte, an die Gebete und Klagelieder, die sie angestimmt hatten. Nun war er es, der scheel auf den Betenden blickte, der beobachtete, wie er sich die speckigen Lederriemen um die Linke und um den Kopf band. Das Aufblättern des Buches, das Gebrummel, der Versuch, vor- und zurückzu wippen, sich zu wiegen. Aber da war kein Platz. Der Körper schien im Fett eingeschlossen und erinnerte Ethan an eine riesige Raupe, die sich nicht entpuppen, nicht zum Falter entwickeln wollte, solange der Messias nicht erschienen war.

Die linke Armstütze von der Frau und die rechte vom Gläubigen okkupiert. Rosen kauerte zusammengepreßt, ein Vierjähriger zwischen Mutter und Vater. Das Signal ertönte, das Anschnallzeichen erlosch, die Schnappverschlüsse der Gurte klickten, und wie auf Befehl stand ein Teil der Passagiere auf. Er kannte dieses Ritual seines Volkes, als folgten sie einem Gebot des Unaussprechlichen, einem Gesetz ihrer Natur, dem Instinkt einer ewigen Unrast, und schon bat der Fromme neben ihm hinauszudürfen, weshalb auch Ethan, dann die ältere Dame aufstehen mußten, um ihn vorbeizulassen. Der Religiöse stellte sich an den Paravent, der die Business Class vom Rest der Maschine trennte, umschloß mit einer Hand sein Kompendium, hielt sich mit der anderen an der Kabinenverkleidung fest und begann zu schaukeln, als wolle er dem Flugzeug mehr Schwung verleihen, um schneller ans Ziel zu gelangen. Die Gebetskapsel auf seinem Kopf verstärkte den ungestümen Eindruck, wirkte wie ein Horn, das seinem Schädel entsprang, ein Überbleibsel aus früheren Zeiten. Ethan kannte die jüdischen Mystiker, hatte als Soziologe in verschiedenen Ländern Chassiden beobachtet, aber noch nie war er einem Mann begegnet, der sich mit solcher Inbrunst in die Schrift versenkte. Es schien, als rüttle er an dieser Welt, um hinter ihre Fassade zu kommen.

Ethan griff nach seinem Laptop und schaltete ihn ein, dann öffnete er die Dateifassung der Dissertation und begann zu lesen. Eine Untersuchung über die Darstellung von Migranten im österreichischen Film.

Sie kenne ihn, sagte mit einemmal die Dame zu seiner Linken, sie kenne ihn gut. Er sei doch der kleine Dani, so habe sie ihn früher gerufen, als Bub, und Ethan stimmte zu, denn viele hatten die mütterliche Koseformel Ethanni zu Danni verkürzt, weil das im Deutschen eingängiger klang. Sie sei mit seinen Eltern eng befreundet gewesen. Als er ihr versicherte, von Anfang an geahnt zu haben, ihr bereits begegnet zu sein, winkte sie ab: »Ersparen Sie uns das.« Sie griff in ihre Handtasche und holte einen Tablettenspender hervor, in dem die Kügelchen, Dragees und Kapseln in einzelne Fächer für je einen Wochentag aufgeteilt waren. Das werde ihr Frühstück. Sie zog ein seidenweißes Taschentuch hervor, breitete es aus und arrangierte die Medikamente, als seien es Steine in einem Brettspiel. Ob sie an einer Krankheit leide? »Nein. An mehreren.« Sie sah sich um. Nicht einmal im Flugzeug, meinte sie, könne ihr gemeinsamer Stamm, diese masochistische Internationale, einen Moment stillsitzen. Selbst in den Lüften seien sie ein Nomadenvolk. Die Männer erfasse, vielleicht seit der Beschneidung, eine Unruhe, als litten sie unter einem Jucken in den Beinen, ein Fluchtreflex, der im Schtetl eventuell nützlich gewesen sein mochte.

In der Reihe vor ihm wienerische Laute. Wortfetzen drangen durch das Vibrieren der Maschine. Einer berichtete vom Tauchen im Roten Meer. Rochen, Haifisch, Muränen. Der andere, ein Pilger im Falsett, über Via dolorosa, Grabeskirche, Kapernaum.

Der Orthodoxe wippte vor und zurück, federte in den Knien und begann mit einem Headbanging, als gehöre er einer Hard-Rock-Band an, auch wenn seine herumhüpfenden Schläfenlocken eher an die Dreadlocks der Rastafaris erinnerten. Und dann sang er wie einer, der über Kopfhörer Musik hört und, ohne es zu merken, laut mitträllert. Die Passagiere um ihn herum glotzten ihn an. Hätte ein Liebespaar es hier vor aller Augen getrieben, wäre ihnen nicht mehr Aufmerksamkeit gezollt worden. Eine Flugbegleiterin sprach ihn an, er solle nicht den Durchgang zur Business Class blockieren. Er wolle nur sein Gebet abschließen. Er hielt sich an der Gardine fest, als wäre sie der Vorhang eines Toraschreins, als stünde er vor dem Aron Hakodesch. Er müsse hier beten.

Eine zweite Stewardeß näherte sich von hinten mit einem Trolley. Er möge sich doch endlich setzen, rief

Ethans Nachbarin. Wieso sie sich denn einmische, fragte der Orthodoxe. Ob sie heute schon gebetet habe? Und ob der da, er zeigte auf Ethan, bereits seinen Pflichten nachgekommen sei und die Tefillin angelegt habe. Sei er etwa kein Jude?

Er sei es durchaus und um nichts weniger als einer, der rabenschwarze Kleider und eine polnische Pelzmütze trage, sagte Ethan Rosen, und er habe die Gebetsriemen an diesem Morgen nicht umgebunden, ebensowenig wie am gestrigen, und er werde sich auch in den nächsten Tagen keine umschnallen. Er stehe nicht auf Leder.

Ob die nicht aufhören könnten, fragte hierauf der Taucher aus der vorderen Reihe, er wolle jetzt in Ruhe sein Bier trinken. Sein Nachbar, der Pilger, nickte. Der Fromme beachtete die zwei gar nicht, hob statt dessen die Hand, und die beiden Wiener und die Flugbegleiterinnen verstummten. Er sah zu Ethan Rosen, als hätte er das ganze Ritual nur begonnen, um ihn zu provozieren, als wäre es seit Anbeginn der Zeiten nur darum gegangen, diese jüdische Seele zu retten. »Was aber«, sprach er, »wenn jetzt hier, aus der Business Class, unser Vater Abraham hervorkommt und dich fragt: Sag, hast du heute früh schon Tefillin gelegt?«

Die Flugbegleiterin hinter ihm sagte: »Das zählt nicht, daß Ihr Herr Vater in der Business Class sitzt. Sie haben ein billigeres Ticket? Dann nehmen Sie bitte Platz.«

Unmittelbar vor der Abtrennung erhob sich ein Mann mit Glatze. Sie könnten tauschen. Er habe keine Lust mehr, hier zu sitzen, vor seiner Nase ein wippender Hintern. Der Rabbiner könne da vorn alleine swingen oder tun, was er wolle.

Der Mann setzte sich zu Ethan. Ein Israeli Anfang Dreißig, Jeans, ein wolfsgraues Sakko und darunter ein weißes T-Shirt. Seinen blankrasierten Kopf zierte im Nakken ein Strichcode. An einem Handgelenk trug er einen goldenen Armreifen und an dem anderen eine Sportuhr aus Edelstahl mit großem Zifferblatt und drei kleineren Zeigerwerken. Der bringe noch das ganze Flugzeug zum Absturz, wenn er so schaukle, sagte er auf englisch zu Ethan. Und obszön sehe das aus, ein Gerammel, als wolle der Kerl sich an dem ganzen Flieger vergehen. Dieses Geschojkel gehe ihm schon in Israel auf den Geist, das halbe Land wippe hin und her, als wäre der ganze Staat eine Heilanstalt, und jene Zwangsneurotiker des Glaubens, jene Fetischisten der Stammesrituale benähmen sich, als litten sie an Hospitalismus.

Ethan tat, als höre er nicht, und sah nur auf seinen Bildschirm. Die Flugbegleiterin bot Getränke an. »Stilles Wasser«, sagte die ältere Dame und steckte die erste Tablette, eine kleine himbeerrote Kugel, in den Mund. Ethan bestellte Tomatensaft. Sein Nachbar wollte ein Bier, rückte Flasche und Glas dicht an den Laptop. Ob Ethan mit dem Gerät zufrieden sei?

Das Flugzeug begann zu wackeln. Die Durchsage des Piloten. Die Passagiere mögen sich bitte anschnallen. Die Frau verschüttete ein wenig Wasser auf ihr Damastkostüm. Zwei Pillen kullerten zwischen ihre Beine. Der Mann hielt Flasche und Glas fest. Ethan, den Tomatensaft in einer Hand, klappte mit der anderen den Rechner zu, packte ihn weg.

Ob er geschäftlich im Land gewesen sei?

Er sei Israeli, sagte Ethan. Der Nachbar streckte sich ein wenig und streifte Schuhe und Socken ab, als könne er nun alle Vorsicht fahrenlassen. Dann können sie ja hebräisch reden. Weshalb er ihm das denn nicht von Anfang an gesagt habe? Warum er zulasse, daß er sich die Zunge verrenke?

Ob Ethan in Österreich Urlaub mache? Nein, antwortete der, er arbeite in Wien, an einem Institut, seit drei Jahren.

Das Flugzeug sackte kurz durch, und einige der Passagiere warfen einander nervöse Blicke zu. Ob er sich noch als Israeli empfinde?

»Ich bin Staatsbürger. Willst du den Paß sehen? Was bedeutet denn, sich als Israeli zu fühlen?«

Der andere lächelte und nickte wissend. »Das ist eine typisch jüdische, eine typisch wienerisch-jüdische Frage.« Er nahm einen Schluck von seinem Bier. »Ich soll dorthin. Nach Wien. Meine Firma möchte es.« Er litt unter der alten Angst, ein Jored, ein Abwanderer, zu sein. Als steckten sie wieder in der Pionierzeit.

»Ich will dort nicht bleiben. Höchstens für zwei Jahre«, sagte er, und Ethan verbiß sich die Bemerkung, daß zionistische Vorsätze den Weg in die Diaspora pflastern. Er zog seine Jacke aus, nahm einen Pullover aus seiner Tasche, stand auf und bat die Frau, ihn vorbeizulassen, er müsse auf die Toilette.

Er zwängte sich an einer Traube stämmiger bucharischer Männer vorbei, die sich angeregt auf russisch unterhielten, wich in eine Sitzreihe aus, als ihm ein Trolley nebst Flugbegleiter entgegenrollte, und ging weiter. Ihn grüßte ein Bekannter, dem er einmal bei einer Veranstaltung im Gemeindezentrum begegnet war. Schon beim Einsteigen hatte er den Mann gesehen. Da hatte er noch eine Kippa getragen. Nun war sie schon verschwunden.

Vor dem Klo etliche Leute. Er wartete und hatte das Gefühl, im Stehen einzuschlafen. Ein Bub drängte sich vor und sagte auf hebräisch, er könne nicht warten, weil er noch klein sei.

Auf der Toilette meinte er zu sehen, daß sein von der Sonne gerötetes Gesicht plötzlich wie ausgebleicht war. In Israel ähnelte er immer jenen Touristen, die sich rösten ließen, bis sie verbrannt waren. Er paßte auf, doch seine Haut reagierte beinahe allergisch. Das Haar, vor wenigen Stunden goldbraun, schien ihm nun im Kontrast zu seiner Blässe erdfarben. Diese Verwandlung konnte nicht nur mit dem Neonlicht zu tun haben, das alle Farben in dem kleinen Waschraum löschte. War es Einbildung? Er ließ Wasser in seine Hände rinnen, spritzte es sich ins Antlitz, feuchtete seine Locken an und strich sie nach hinten. Er merkte, daß sich dadurch sein Gesicht noch mehr veränderte. Es wirkte schmaler, seine Züge waren streng. Zudem war seine Uhr naß geworden. Er nahm sie ab und rieb sie mit einem Papierhandtuch trocken.

Er wollte nicht an seinen Platz zurückkehren, stand, nachdem er die Toilette verlassen hatte, im Gang herum, als eine Flugbegleiterin mit einem Trolley herankam. Er entdeckte einen freien Sitz, ließ sich nieder, da wurde ihm bereits ein Tablett hingeschoben. Er wollte ablehnen, sah die Frau, die neben ihm saß, nickte ihr zu, und sie schmunzelte, sagte in hebräisch gefärbtem Englisch und in begütigendem Ton, er könne ruhig hier essen, denn ihr Nachbar sei ohnehin seit dem Start verschwunden. Ethan packte die Speisen aus. In der Ablage vor ihm entdeckte er das Wiener Blatt, das ihn um den Artikel über Dov gebeten hatte. Er schlug es auf und stieß auf den Nachruf. Offenbar hatte es jemand anderer übernommen, den Freund zu ehren. Der Autor erzählte zunächst aus Dovs Leben in Wien, wobei von Flucht und Verfolgung nicht die Rede war, sondern immer nur von Emigration. Dov Zedek sei auf der ganzen Welt als Streiter für Frieden und Verständigung bekannt gewesen. Wer Zedeks deutsche Ansprachen, seine jüdischen Witze und seinen Wiener Schmäh gehört habe, könne nicht anders, als ihn für einen Gegner jeglichen Nationalismus zu halten. Dennoch müsse gesagt werden, daß der Kibbuz, den er einst mitbegründet hatte, auf arabischem Boden entstanden war. So dialogfreudig Zedek immer aufgetreten sei, im Grunde seines Herzens habe er für die Vision vom exklusiv jüdischen Staat im Heiligen Land gelebt. Kritisch hatten manche in Israel auch seinen Einsatz für das Gedenken beurteilt, die Fahrten jüdischer Jugendlicher nach Auschwitz etwa, die Zedek initiiert hatte. Vielleicht gelte es, von der Debatte zu lernen, die derzeit unter Juden schwele. Und nun berief sich der Autor des Nachrufs auf einen Artikel in einer hebräischen Zeitung, in der ein bekannter Intellektueller über organisierte Gruppenreisen israelischer Jugendlicher nach Auschwitz herzog. Birkenau sei kein Jugendlager und die Schornsteine der Verbrennungsöfen eigneten sich nicht für Lagerfeuerromantik. Die Kinder mit ihren klingelnden Mobiltelefonen und tönenden iPods sollten den Krematorien lieber fernbleiben. Sie würden bei diesen Reisen bloß lernen, daß die ganze Welt Feindesland sei. Einige von ihnen wären interessiert, manche sensibel, doch im Kollektiv würden sie zu einer ignoranten und voreingenommenen Bande, immer bereit, gegen die anderen, die Polen, die Deutschen, die Nichtjuden, geeint zu sein. Es wäre besser, mit der Jugend einige Kilometer in den Osten zu fahren, in die besetzten Gebiete, um ihnen zu zeigen, was um sie herum geschehe.

Er legte das Blatt zur Seite und blickte zu der Frau hinüber. Auf englisch fragte er, ob er ihr etwa die Zeitung weggenommen habe?

Sie schüttelte den Kopf, bot ihm ihre *Ha'aretz* an. Ob er denn Hebräisch könne?

Er wollte die Frage nach Herkunft und Identität nicht wieder erörtern, sich nicht noch einmal auf diesem Flug für seinen Wohnort rechtfertigen müssen. Er könne kein Wort Hebräisch, sei zum Urlaub in Israel gewesen. Tauchen in Eilat.

Sie lebe in Wien, stamme aus Jerusalem. Vor Jahren war sie nach Österreich gezogen. Der Liebe wegen. Von dem Mann sei sie längst getrennt. Sie arbeite als freie Grafikerin, übernehme Jobs von unterschiedlichen Auftraggebern aus allen Kontinenten. Sie entwerfe Schrifttypen und Logos, gestalte Zeitungen neu, entwickle auch Webauftritte, derzeit aber präsentiere sie eigene Arbeiten in einer Kunstgalerie. Sie nannte den Namen. Eine renommierte Adresse in der Wiener Innenstadt. Während sie sprach, zeichnete sie mit ihren Händen Skizzen in die Luft. Sie heiße Noa, Noa Levy.

»Johann Rossauer«, sagte er.

Je besser sie sich verstanden, um so grundsätzlicher wurde das Mißverständnis, das er durch seine Lüge provoziert hatte, und mit jedem weiteren Satz vergrößerte sich der Abstand zwischen dem, der er war, und dem, der er zu sein vorgab. Als sie ihm erklärte, einer Familie zu entstammen, die von jeher im Land und bis zum Pogrom im Jahre neunundzwanzig in Hebron gelebt hatte, zeigte er sich verwundert, von Juden zu hören, die das Land nie verlassen hatten. Er spielte überzeugend die Rolle des ahnungslosen Österreichers, und so war es kein Flirt, wenn er mehr über sie und ihr Herkommen wissen wollte, sondern eine Auseinandersetzung jenseits aller Vorurteile. Jedes Schielen ins Dekolleté ein Dialog der Kulturen. Jeder Blick in die Augen ein Beitrag zur Vergangenheitsbewältigung.

Ein stämmiger kleiner Mann, krauses Brusthaar quoll aus seinem Hemdkragen, unterbrach ihr Gespräch. Dies sei sein Platz. Ethan verabschiedete sich mit einem Nikken. Sie lächelte ihm zu. Er wagte nicht, sie um ein Wiedersehen zu bitten.

Um zu seinem Sitz zu gelangen, mußte er die Dame im

Damastkostüm wecken, er stupste sie an und bat sie, ihn vorbeizulassen, aber sie, verschlafen und verwirrt, fuhr auf und sagte: »Das geht nicht. Hier ist schon jemand.«

»Aber erkennen Sie mich nicht? Ich bin es doch. Das ist mein Sakko und das mein Laptop.«

»Unsinn.« Sie wandte sich an den glatzköpfigen Israeli. »Bitte, bestätigen Sie, daß hier bereits ein anderer sitzt.«

Der Mann zögerte, blickte Ethan lange ins Gesicht, und in diesem Moment erinnerte er sich an sein Aussehen auf der Toilette, an seine Blässe, sein bräunliches Haar, daran, daß er die Strähnen nach hinten gekämmt, sich den Rollkragenpullover übergezogen hatte. Er war jetzt wie maskiert, hatte die Kleidung gewechselt, eine neue Frisur gewählt.

»Entschuldigung«, fuhr eine Flugbegleiterin dazwischen: »Sind Sie Herr Rossauer?«

Er wollte bereits verneinen, da dachte er an Noa. »Ja.«

»Sie haben Ihre Uhr vergessen.« Er sah zum Heck, da meinte der israelische Glatzkopf: »Rossauer. Rossauer? You are right. That is not our neighbour«, worauf die Frau sagte: »Nu, sag ich doch.« Die Flugbegleiterin fragte nach Ethans Ticket, und als er sich vorbeugte, um seine Papiere aus seiner Jacke zu fischen, rief seine Nachbarin: »Das ist nicht Ihr Sakko. Es gehört Danni Löwenthal!«

»Sie verwechseln mich. Von Anfang an. Ich bin Ethan Rosen.«

»Erzählen Sie keinen Blödsinn. Ich weiß, wer neben mir saß. Danni Löwenthal. Ich kenne seine Eltern und ihn seit seiner Kindheit. Danni Löwenthal.«

Er hätte die Dame in ihrem Damastkostüm gerne angeschrien, ob sie meschugge sei und daß sie lieber keine Herzpillen, sondern Tabletten für den Kopf nehmen solle. Er wollte den Israeli anbrüllen, aber nun schlug die Müdigkeit zu, schlug auf ihn ein, und ihm schwindelte, er schloß die Augen, weil er fürchtete hinzufallen, und gleichzeitig merkte er, daß sein Schweigen gegen ihn sprach, daß er nun etwas von sich geben mußte, um nicht vollends verdächtig zu wirken.

Heiser wisperte er: »Hören Sie. Ich bin Ethan Rosen, und das ist mein Platz. Mag sein, daß ich diesem Danni Löwenthal ähnlich bin, vielleicht, soll sein, daß ich mich Johann Rossauer nennen ließ, aber mein Name ist und bleibt Ethan Rosen. Verstehen Sie? Ich, Ethan Rosen, arbeite in Wien und war in Jerusalem, weil mein alter Freund Dov Zedek dort begraben wurde. Er ist gestorben. Verstehen Sie? Er ist tot.« Und als er diese letzten Worte sprach, merkte er, daß ihm, der während der ganzen Beerdigung so ungerührt geblieben war, nun die Tränen kamen.

»Verzeihen Sie bitte«, hörte er eine Stimme im Nacken. Es war der Fromme, der aufgestanden war, um zu schukkeln: »Ich weiß nicht, ob der Herr hier Rosen, Rossauer oder Löwenthal heißt, aber Tefillin hat er heute noch keine gelegt. Und wissen Sie, warum?« Er grinste, blickte wie im Triumph in die Runde: »Er steht nicht auf Leder!«

Und plötzlich zweifelte niemand mehr an, wer er war, nicht die Dame im Kostüm, nicht der israelische Glatzkopf und nicht die Flugbegleiterin. Sie erinnerten sich seiner, und es war, als hätten sie alle den Orthodoxen zur höheren Autorität erkoren, die sich von seinem Äußeren nicht täuschen ließ und ihn bis in alle Zeiten unter Tausenden erkennen würde.

2

In Wien angekommen, fuhr er in seine Wohnung, ein kleines Appartement, das ihm vom Institut zur Verfügung gestellt worden war. Er packte den Koffer aus, schaltete den Computer ein und las seine E-Mails. Dann hörte er den Anrufbeantworter ab. Seine Mutter, die er noch am Vortag in Tel Aviv gesehen hatte, bat um Rückruf. Der Ton ihrer Stimme erinnerte ihn an eine Sirene. Dann Esther Kantor. Sie lud am Wochenende zu einem Open House. Es sei ein Fest ohne Anlaß. Alle müßten kommen. Sie redete vom Essen. Humus und Tehina, Pita und Babaganusch, Schinken extra und exquisiter Käse, Tschulent und Zimes, you name it we've got it, aber auch Mazzot und Mazzebrei für all jene, denen das ungesäuerte Brot nach dem letzten Pessach nicht mehr aus den Ohren staube. Sie koche. Ray werde am Grill stehen und Würstel braten. Ja, amerikanische Steaks würden auch nicht fehlen.

Seine Mutter erreichte er nicht. Er rief im Institut an, um der Sekretärin mitzuteilen, daß er wieder da war. Dann hinaus, Dissertation, Stift und Schlüssel in der Hand, das Zuschlagen der Tür im Rücken. Er setzte sich ins Café. Es dauerte Stunden, bis er die Arbeit zu Ende gelesen hatte. Danach suchte er nach der Wiener Zeitung, in der jener Kommentar über Dov Zedek erschienen war. Er las den Nachruf noch einmal, aber diesmal, anders als im Flugzeug, verfing er sich in dem Text.

Zu Hause rief er Fred Sammler an, um ihm mitzuteilen, daß er auf den Artikel antworten wolle. »Ich hatte Sie doch von Anfang an um einen Nachruf gebeten. Sie kannten Dov Zedek schließlich sehr gut.«

Ethan schwieg. Er vertrug keine Trauerreden und keine Festreden. Ihm wurde übel, wenn er eine Ansprache hören mußte. Er verschickte nicht einmal persönlich gehaltene Briefe. Selbst den Frauen, in die er verliebt gewesen war, hatte er immer nur soziologische Analysen oder eine Polemik zugesandt.

»Ich will keinen Nachruf für Dov schreiben, sondern eine Antwort auf Klausinger.«

»Wenn Sie heute noch fertig werden, dann erscheint sie übermorgen.«

Ethan setzte sich an den Computer. Fünfzehn Minuten Zorn. Schreiben im Affekt. Im Geburtsland des Führers, tippte er, kämen einem die Ausführungen irgendeines ungenannt bleibenden Israeli gerade recht, wenn es darum gehe, heimatliche Selbstvergessenheit zu beschönigen. Er schrieb von der Notwendigkeit der Erinnerung und von Tendenzen, ob in Budapest oder Teheran, die Shoah zu leugnen.

Ein Schreiben gegen die Müdigkeit war es. Raserei gegen Erschöpfung. Als er fertig war, den Text durchgelesen und abgeschickt hatte, saß er reglos da, viel zu aufgerieben, um Ruhe zu finden. So verfaßte er das Gutachten über die Dissertation.

In der Nacht träumte er, fand sich im Kreuzfeuer, Granaten der Erinnerung, und er sah Udi, sah wieder den offenen Bauch und das Blut, aber Udi lachte und war unversehens in Dov Zedek verwandelt, und der brüllte: »Ich sterbe«, er schrie: »Ich sterbe, Ethan, ich sterbe vor Lachen«, und Dovs Gelächter, das berühmte Röhren, ging im Applaus unter, in tausendfachen Lachsalven, die überall einschlugen und explodierten.

Den nächsten Tag verbrachte er im Institut und an der Universität. Den Anruf seiner Mutter verpaßte er erneut. Er möge sich doch endlich melden, hatte sie auf dem Anrufbeantworter hinterlassen, es gehe um Vater. Die Untersuchungen im Spital hätten keine guten Ergebnisse erbracht.

Als er am nächsten Morgen zum Hörer greifen wollte, rief ihn Fred Sammler an. Die Reaktionen auf seinen Artikel seien heftig.

»Ist es wirklich so schlimm?«

Nein, es sei gut. Es gebe eine richtige Debatte, meinte Sammler. Ethan habe sich ins Zentrum einer Auseinandersetzung geschrieben und sei wohl ein wenig zwischen die Fronten geraten. »Klausinger behauptet, das Zitat, das er in seinen Text eingebaut hat, stamme von Ihnen höchstpersönlich.«

»Wie?«

»Ja. Dieser israelische Intellektuelle, den er erwähnt, sollen Sie sein.« Ethan Rosen spürte, wie ihn eine Hitzewelle überrollte. Ihm fiel ein, daß er vor längerer Zeit auf hebräisch gegen die Gruppenreisen nach Auschwitz polemisiert hatte. Kein Generalangriff, aber ein deutliches Statement innerhalb eines längeren Beitrags.

Kurz streifte ihn die Erinnerung an einen Alptraum, der ihn nachts immer wieder heimsuchte. Er wurde darin eines längst vergessenen Mordes überführt, einer Schuld, die aus einem anderen Leben zu stammen schien.

»Ich kann es mir auch nicht vorstellen. Klausinger sagte, er hätte Sie nicht genannt, weil ihm Ihr Name bisher kein Begriff gewesen sei. Er wußte nicht, daß Sie auch in Österreich leben.«

»Woher hat er dann das Zitat?«

Sammler nannte eine israelische Zeitung, deren englische Ausgabe im Internet erschien, und nun kam Ethan ins Stammeln und Stottern. Er halte es für möglich, obgleich es verrückt klinge, er sei sich sogar ziemlich sicher, vor fünf Jahren in diesem liberalen Blatt, das in Tel Aviv erscheine, ähnliches geschrieben zu haben. Er könne also nicht ausschließen, jener Intellektuelle zu sein, auf den sich Klausinger berufen habe.

Fred Sammler atmete tief durch. »Also Moment. Nur um recht zu verstehen. Vor fünf Jahren schrieben Sie gegen diese Jugendreisen, also auch gegen das Projekt Ihres Freundes Dov Zedek, regten sich über, wie heißt es noch, Lagerfeuerromantik im Schatten des Schornsteins auf, und nun werfen Sie Klausinger Antisemitismus vor, wenn er dasselbe schreibt?«

»Antisemitismus? Nein, das habe ich explizit nicht getan.«

»Na, aber indem Sie es so explizit nicht taten, machten Sie es implizit doch.«

»Was? Dann hätte ich es Ihrer Meinung wohl explizit tun müssen, um es implizit zu unterlassen?«

»Wen interessiert denn meine Meinung? Ich sammle bloß die der anderen. Wollen Sie sich zu dem Widerspruch in Ihren beiden Texten äußern?«

»Ich sehe eigentlich gar keinen Widerspruch«, flüsterte Ethan.

Um so besser, befand der Redakteur, dann solle er seine Position in einem weiteren Artikel präzisieren. In den nächsten Tagen wolle er zunächst die anderen Standpunkte drucken, doch dann, Anfang nächster Woche, bekäme Ethan wieder Gelegenheit, sich zu äußern.

Nach dem Ende des Gesprächs überwältigte Ethan die Scham. Er flüchtete ins Institut. Er kaufte die Zeitung. Die Straßenbahn ratterte heran. Im Waggon ein Betrunkener. Die Lautsprecherstimme tönte verzerrt, sagte den nächsten Halt an. Er schlug das Blatt auf, suchte seinen Artikel, sah den Titel, sah den Vorspann und erschrak. *Tradition der älplerischen Ignoranz.* Jedes einzelne der Wörter kam in seinem Kommentar vor, doch nicht in dieser Kombination.

»Sag, was hast du eigentlich gegen den Kollegen Klausinger?« Professor Wilhelm Marker, Institutsvorstand, Philosoph und Medientheoretiker. Die Frage war sein Gruß. Er kenne Klausinger nicht, antwortete Ethan, aber Marker grinste seifig, als bewundere er den Kollegen für eine freche Lüge.

»Stell dich doch nicht so an. Mir kannst du es ja sagen.«

Klausinger habe vor einigen Monaten hier im Institut einen Vortrag gehalten. Es sei um die kulturelle Geographie in Berlin gegangen. Ob Ethan sich nicht erinnere. Klausinger habe mit Henri Lefebvre argumentiert. Er wisse ja, worum es da gehe. Kein Raum sei unschuldig.

»Lefebvre kenne ich, Klausinger nicht. Kein Raum ist unschuldig, aber ich bin es schon, denn ich habe den Vortrag nicht besucht.«

»Ist schon recht«, meinte Marker, er verstehe ja Ethans Standpunkt. Klausinger habe mit seinem Kommentar übers Ziel hinausgeschossen, hätte bei diesem Thema sensibler formulieren müssen, aber in einem Punkt müsse er widersprechen. Klausinger, dafür könne sich Marker verbürgen, sei kein Antisemit.

»Ich habe doch explizit geschrieben, nicht zu behaupten, daß er einer sei.«

Gewiß, meinte Marker, besonders diese Formulierung sei vortrefflich gewesen, denn jene Wendung, mit der explizit nichts gesagt sein sollte, sage implizit alles, und wer, wenn nicht Ethan, dürfe einem österreichischen Gegenüber bei diesem hochsensiblen Thema zunächst einmal unlautere Motive unterstellen. Er profitiere hier von seiner Identität, genieße einen, wie soll er sagen, einen Judenbonus, ja, einen Judenbonus.

»Aber ich habe doch ausdrücklich geschrieben, über seine Motive nicht befinden zu wollen.«

Eben, sagte Marker und lachte kurz, sah sich dann um und meinte, Klausinger sei unter jenen, die sich für die Professur am Institut beworben haben. Zwar nur unter ferner liefen, aber nun sei er doch Ethans Konkurrent. Marker klopfte ihm nach diesen Worten auf die Schulter und wandte sich ab.

Viele sprachen ihn auf den Artikel an, und so wunderte er sich nicht, als auch Esther Kantor anrief, um ihn noch einmal zu ihrem Open House einzuladen und ihm zu versichern, wie sehr sie ihn in seinem Standpunkt gegen Klausinger und jenen Israeli, den er zitiere, unterstütze. Seine Mutter hatte er in all der Aufregung vergessen, dann erreichte er sie zu Hause nicht. Am Abend wählte er endlich ihre Mobilnummer. Sie meldete sich mit einem Flüstern. Sie seien eben zu Besuch bei Bekannten. Es gehe ihnen gut. Vater sitze neben ihr. »Wolltest du etwas von mir?« fragte Ethan. Sie werde am nächsten Tag von sich hören lassen.

Am nächsten Morgen las er Klausingers Replik im Café. Sie war unter dem Titel *Zweierlei Rosen* erschienen. Klausinger führte darin nicht nur aus, von wem die Zitate in seinem Nachruf stammten. Da er unsicher gewesen war, ob es sich bei dem Autor des hebräischen Artikels um den Soziologen gleichen Namens an dem Wiener Institut handle, und weil er und Ethan sich um dieselbe Stelle beworben hatten, sei es ihm richtiger erschienen, den Namen seines nunmehrigen Kontrahenten nicht zu nennen, um Persönliches nicht mit Inhaltlichem zu vermischen. Nun aber sehe er sich gezwungen, sein Schweigen zu brechen. Rosen vertrete in dem einen Land eine andere Meinung als im zweiten. Vielleicht gehe es ihm gar nicht um Meinungen und Anschauungen, sondern bloß darum, einen Konkurrenten aus dem Feld zu schlagen. Zum Abschluß führte Klausinger nochmals Ethan an, der in der israelischen Zeitung davor gewarnt hatte, den Vorwurf des Antisemitismus vorschnell und allzu oft zu verwenden. Schön wär's, meinte Klausinger, hielte sich Ethan Rosen an seine eigenen Ratschläge.

Im Institut sah er Wilhelm Marker in sein Zimmer verschwinden. Später, als er in der Bibliothek nach einem Buch suchte, war ihm, als werde er von den anderen, die zwischen den Regalen saßen, zwei Studenten, einem Assistenten und einer Kollegin, beobachtet. Am Nachmittag rief Sammler an. Die allgemeine Aufregung habe selbst ihn überrascht. Massenweise Kommentare und Leserbriefe seien eingelangt. Ein Germanist weise nach, daß Klausinger traditionelle Begrifflichkeiten des Judenhasses verwende. In einer Reihe von Texten werde dargelegt, wie wichtig Erinnerung und Gedenken seien. Die meisten aber warfen Ethan vor, er schwinge die Antisemitismuskeule gegen Klausinger, gegen Österreich, gegen die Islamisten, gegen die ganze Welt. Und einer fragte, ob Ethan nicht bloß deshalb von der österreichischen Vergangenheit rede, um von der palästinensischen Gegenwart zu schweigen.

Er verließ das Institut früher als sonst. Ein Frühsommerregen hatte eingesetzt. Menschen rannten an ihm vorbei, drückten sich an Wänden entlang, flüchteten in Hauseingänge und unter Arkaden. Er trottete durch die Tropfen. In einer Ecke, von einem Baugerüst beschirmt, saß eine Frau, eine Osteuropäerin im derben weiten Rock, barfuß mit bloßen, verschwollenen Beinen. Sie leierte vor sich hin, kein Satz, kein Wort war zu verstehen, nur ein Wimmern drang zu ihm hoch. Die Nässe hatte ihre Kleider erreicht, wanderte den Stoff hinauf.

Die Stelle war für ihn ausgeschrieben worden, das Profil war ein Portrait seiner Fähigkeiten. An seiner Bestellung hatte kein Zweifel bestanden. Aber nun schien ihm alles verändert. Wie war es möglich, daß er mit einem einzigen Artikel womöglich seine Chancen verspielt hatte? Niemand hatte Klausinger vor der Auseinandersetzung beachtet. Ethan selbst hatte die Aufmerksamkeit auf ihn gelenkt. Es war doch Klausinger, der ihn zitiert hatte, ohne seinen Namen zu nennen. Wieso traf Ethan der Verdacht, den Mitbewerber in die Falle gelockt zu haben? Klausinger hatte das Institut ins Spiel gebracht. Nicht er. Warum richteten sich nun alle Vorwürfe gegen ihn?

Früher, in den Sechzigern, als kleiner Bub in dieser Stadt, war ihm zuweilen ein merkwürdiges Wohlwollen entgegengeschlagen. Manche, die seine Eltern zu verachten schienen, respektierten ihn, weil er ein junger Sabre war, kein Ghettojude, sondern einer jener Israelis, die sich nichts mehr gefallen ließen. Aber längst war die Stimmung wieder umgeschlagen. Er erinnerte sich an eine Radiosendung, die er vor wenigen Wochen gehört hatte. Ein bekannter Historiker hatte über die Vernichtung gesprochen. Die Zuhörer konnten anrufen und sich zuschalten lassen. Eine Dame sagte: »Herr Professor, was Sie da erzählen, was die Nazis taten, ist natürlich schrecklich. Aber was die Juden den Israeliten antun, ist doch auch nicht in

Ordnung.« Darauf korrigierte der Wissenschaftler: »Sie meinen wohl, was die Israelis den Palästinensern antun?« Da meinte die Frau: »Na, wie die da unten alle heißen, kann ich mir wirklich nicht merken.«

Zu Hause angekommen, setzte er sich an den Schreibtisch, um Klausinger zu antworten. Er wartete auf jene Spannung, die ihn sonst überfiel, aber obwohl er voller Wut, sogar Haß war, verfestigten sich seine Gedanken nicht, fing er immer wieder von vorn an.

»Überfahr ihn«, hatte seine Mutter in den ersten Jahren in Wien immer gesagt, wenn der Vater für einen älteren Herrn an der Kreuzung bremste. »Dros oto«, das war ihre Parole gewesen, und er, der Junge, hatte voll Begeisterung mitgeschrien. »Dros oto«, gemeinsam mit seiner Ima: »Überfahr ihn. Er ist alt genug. Schau ihn dir an. So haben sie doch ausgesehen. Überfahr ihn«, und sein Vater, dem Lager entronnen, der die ganze Familie verloren hatte, lachte nur, lachte den Fußgänger an, wies ihm mit offener Hand den Weg und sagte: »Das nächste Mal, Liebste, das nächste Mal.«

Nach fünfzehn Minuten löschte er alles, was er bisher formuliert hatte. Was er in Wien sagte, mußte in Tel Aviv falsch klingen und umgekehrt. Nichts schien mehr stimmig, Klausinger würde auf jeden Fall recht behalten. Er klappte den Rechner zu.

Als Esther anrief, um ihn an ihr Open House zu erinnern, beschloß er, die Arbeit seinzulassen. Er duschte, zog sich an und ging zum Auto. Der Motor verstotterte sich dreimal, ehe er doch noch ansprang. In diesem Moment klingelte das Mobiltelefon. Seine Mutter hatte ihn endlich erreicht.

»Was soll ich dir sagen, Ethan? Meine Niere, ich meine, seine Niere, jedenfalls die, die er von mir hat, arbeitet nicht mehr. Abba hängt wieder an der Dialyse. Ich habe Angst.« Sie sprach nicht weiter.

»Warum habt ihr mich nicht eher benachrichtigt?«

»Das Beste wäre eine neue Niere«, antwortete sie.

Esther wohnte jenseits des Stromes und unweit der alten Donau. Eine Siedlung aus Einfamilienhäusern am Rand der Stadt. Ihre Tochter Sandra öffnete ihm die Tür. »Hei, Ethan.« Er umarmte die Siebzehnjährige, streifte die Jacke ab, als Esther mit einem vollbeladenen Tablett aus der Küche kam. »Ethan, wie schön, daß du da bist«, rief sie, als hätte sie nicht erst vor dreißig Minuten mit ihm telefoniert. Sie reichte Sandra die Obstschüsseln weiter: »Da, bitte bring das hinein«, und drückte ihm einen Kuß auf die Wange, der nicht weniger fruchtig wirkte als die Pfirsiche und Pflaumen auf dem Tablett. Ein wenig von dieser knackig reifen Frische hatte auch ihr Gesicht, und er erinnerte sich an eine jiddische Liedzeile, *beckelach wie kleine pomeranzen, fisselech was beten sich zum tanzen*, so strahlte sie ihn an.

Es war wie immer. Das Haus voller Leute, die Rotwein aus Plastikbechern tranken und Salate und Aufstriche von Papptellern aßen. Er kannte die meisten, die sich angeregt unterhielten, die einander die neuen Varianten alter Witze erzählten und von den jüngsten Verhältnissen in vertrauten Beziehungen flüsterten. Im Eßzimmer stieß er auf einige Israelis, die mit bitterem Spott über die eigene Regierung herzogen. In der Küche gemeinschaftliches Kochen, orientalische Salate, Babaganusch und Tehina. In einer Ecke hackte Amos Stein eine Tomate: »Hallo, Ethan.« Sein Erscheinen erregte Aufsehen. Neben dem Treppenaufgang zwei Männer und eine Frau, die sich auf hebräisch über eine Inszenierung an der Wiener Oper unterhielten. Ethan wurde von Michael mit einem Lächeln begrüßt, einem Psychologen aus Haifa, der in Wien ein Geschäft für Jazzmusik betrieb und nebenbei sein Geld mit dem Verkauf von Versicherungspolicen verdiente. Er sprach mit einer Modedesignerin, ihr Kleid und ihre Worte ein einziges Fließen, ihre Stimme seidiger als die Gewänder, die sie nähte. Im Salon lümmelten zwei Frauen auf dem Sofa und tuschelten. Die eine blickte sich um, und die andere sagte: »Keine Sorge. Er ist in der Küche.«

Vor dem kahlen Steinkamin kauerte Mickey Scheffler. Seine Eltern waren Juden kommunistischen Glaubens gewesen. In Kommunen und Kadergruppen hatte er gegen sie rebelliert, doch seit auch die Neue Linke recht alt aussah, sehnte er sich nach jener Abstammung, von der schon seine Urgroßeltern nichts hatten wissen wollen. Ethan zog sich in den Vorraum zurück. Die Historikerin Sonja Winkler grüßte ihn: »Hellou, wie geht es dir? Dich kann man ja seit neuestem zweifach lesen. Pro und contra.«

»Dieser Klausnitzer ist ein Nazi«, so Peppi Golden, ein pensionierter Kunstschmied, der die Verfolgung als Kleinkind im Keller überlebt hatte. Die nichtjüdische Mutter hatte ihm zweimal das Leben geschenkt, ihm und seinem Zwilling, mit dem er Monate in einem Bettchen hinter einem Verschlag versteckt war und den er seit einigen Jahren nicht mehr sehen wollte. Er haßte seinen Bruder, diesen, wie er den Alkoholiker nannte, hochprozentig Überflüssigen, mit dem er der Vernichtung entronnen war und neben dem er im Sechstagekrieg gekämpft hatte. Er stritt mit ihm vor Gericht um das Erbe der Großeltern, um die Häuser, die, einst der Familie geraubt, den Geschwistern vor wenigen Jahren restituiert worden waren. Er konnte nicht recht sagen, warum, aber wenn sie länger als fünf Minuten in einem Raum zubrachten, endete es immer in Geschrei und manchmal mit Ohrfeigen.

»Er heißt Klausinger.«

»Er hat kein Recht, so über Dov zu schreiben. Gut, daß du ihm geantwortet hast. Nur war es blöd, ihm Antisemitismus vorzuwerfen.«

»Das habe ich nicht.«

»Ich weiß. Reg dich ab. Ich stimme dir ja ohnehin zu.«

Lydia Frank fragte Peppi, welchem von Ethans Texten er zustimme.

»Beiden«, mischte Michael sich ein: »Ich sehe da überhaupt keinen Widerspruch. Was, wenn die Artikel die beiden Seiten einer Medaille sind? Was, wenn ich mich nur in diesem Zwiespalt zu Hause fühle? Was, wenn wir alle hier heute abend nur deshalb zusammengekommen sind, weil wir in dieser Kluft leben?«

»Unsinn«, sagte Lydia. Sie wohne in keiner Kluft, sondern in einer Währinger Wohnung. Sie könnten, fuhr sie fort, Klausinger nicht verbieten, Dov ebenso kritisch zu betrachten, wie sie selbst es taten.

»Er ist ein Nazi«, schrie Peppi Golden.

»So ein Scheiß. Er hat Dov nicht vertrieben.«

»Er hätte es getan!«

Ethan wollte zuschauen, zuhören, wollte schweigen. Hier redeten sie von ihm, redeten von den Dingen, die ihn bereits seit Tagen quälten, und nun, da die anderen über ihn stritten, als wäre er gar nicht da, regte er sich nicht mehr auf über die Situation, in die er geraten war.

Wieso, fragte Lydia, gelte ein Israeli als Linker, wenn er eine bestimmte Meinung vertrete, und ein Österreicher als Nazi, wenn er dieselbe äußere.

Sonja klaubte ein paar Sonnenblumenkerne aus einer Schüssel, knackte mit ihren Zähnen die Schalen, während sie auf Ethan zuschlich. Er möge ihr erklären, wieso er jemanden, der seinen eigenen Artikel zitiere, so heftig angreife. Habe er denn seinen Text nicht wiedererkannt? Wolle er ihr das weismachen?

Ethan lächelte und zuckte die Achseln. Michael meinte, auf hebräisch und in Israel klinge jedes Wort eben anders als auf deutsch und in Österreich. Ethan habe seine eigenen Zeilen nicht wiedererkannt, weil sie nicht mehr die seinen gewesen seien. Im anderen Kontext sei ihre Bedeutung ins Gegenteil verkehrt worden. Er begreife übrigens gar nicht, woher das Mißtrauen gegen den gemeinsamen Freund stamme. Wer glaube denn, Ethan habe absichtlich gelogen?

»Er ist ein Lügner.« Aus dem Dunkeln kam eine weibliche Stimme. Jetzt erst bemerkte Ethan die Frau, die in einem Ohrensessel saß, der Runde halb abgewandt. Nur ihre Unterschenkel waren zu sehen, schlank und braungebrannt. Sie baumelten über die Armlehne. Das Timbre ihrer Stimme erinnerte ihn an jemanden, doch wußte er nicht, an wen, bis sich die Fremde aus dem Fauteuil schälte und er Noa Levy erkannte, der er im Flugzeug begegnet war. Er verspürte eine merkwürdige Freude, sie wiederzusehen.

»Er lebt vom Wechsel der Identitäten. Jedem anderen wäre zuzutrauen, daß er die eigenen Texte nicht wiedererkennt. Aber Ethan? Ethan doch nicht. Kulturbrüche. Das ist doch sein Metier. Das ist seine Domäne. Es ist geradezu seine Spezialität, von einem Zusammenhang in den anderen zu springen. Redet er nicht ununterbrochen davon? Über – wie nennt er es? – Perzeptionen. Die wechselseitige Übersetzung von Ideen und Thesen, das ist sein Thema. Von ihm heißt es doch, daß er immer präsent hat, was hier und da und dort gedacht und formuliert wurde. Und ausgerechnet er soll den Überblick verloren haben? Er ist ein Lügner.«

Die anderen widersprachen ihr, aber so zaghaft, als wollten sie ihr eigentlich zustimmen. Jetzt übertreibe sie, wandte Lydia ein, Ethan sei doch kein Betrüger, jedenfalls nicht bewußt.

Michael bezog für ihn Stellung. Woher Noa denn Ethan so gut zu kennen glaube? Wieso sie so sicher sei, daß er gelogen habe?

»Weil er vor mir schon einmal mit falschem Namen und falscher Biographie aufgetreten ist. Er hat sich verleugnet. Wollte mich täuschen.« Sie sprach sehr laut. Die anderen wurden aufmerksam, scharten sich um die kleine Gruppe. Unter ihnen auch Esther und ihr Mann.

»Das stimmt so nicht. Das war doch etwas ganz anderes«, sagte Ethan.

»Er hat sich als Rossauer vorgestellt. Als Adolf Rossauer.«

»Also bitte, es war wirklich nicht Adolf, sondern Johann. Johann Rossauer.«

»Dann stimmt es also doch«, sagte Michael.

»Johann Rossauer? Was Besseres ist dir nicht eingefallen?« fragte Peppi Golden.

»Johann Rossauer, ein Österreicher, der sich von mir alles über Israel und das Judentum erzählen ließ.«

Sie taten alle ein wenig erstaunt, nur Lydia wechselte ihre Position und schmunzelte: »Hätte ich dir gar nicht zugetraut.«

Noa meinte, Lydia könne ruhig an solchen Schwindeleien Gefallen finden, warum auch nicht, nur solle ihr niemand erzählen, Ethan habe sein eigenes Zitat nicht erkannt. Die ganzen Schmonzetten über Kohn und Kontext, Jiddn und Identität seien lächerlich. Es sei die reine Bosheit gewesen, Klausinger zum Antisemiten zu stempeln.

»Zeige mir, wo ich das getan habe. Und wozu? Ich kannte ihn gar nicht.«

»Genau. Du kanntest ihn gar nicht. Du brauchtest

diesen Klausinger gar nicht zu kennen, um ihn anzugreifen, weil du alle Klausingers ohnehin schon zu kennen glaubst. Ich saß neben Ethan, als er den Artikel las. Im Flugzeug. Als er mir vorspielte, einer dieser Klausingers oder Rossauers zu sein. Er ließ mich von Israel erzählen, als hätte er keine Ahnung. Da war mir schon klar, daß er von beiden Seiten mehr weiß, als ihm lieb ist. Sein Verständnis für den jeweils anderen ist in Wirklichkeit nichts als Verachtung.«

Ethan antwortete nicht. Die anderen schwiegen, bis Michael endlich sagte: »Du hättest vielleicht einfach einen Nachruf auf Dov schreiben sollen.«

Ethan wandte sich ab und ging in die Bibliothek. Er war hungrig und durstig, aber er hatte keine Lust, sich zu den anderen in die Küche zu stellen oder ans Buffet. Er strich an den Büchern entlang. Er war allein und dachte an Dov. Und er sorgte sich mehr und mehr um seinen Vater.

Als Noa die Bibliothek betrat, schwiegen sie beide. Sie ging auf ihn zu, die Hände hinter dem Rücken verschränkt. Sie stellte sich vor ihm auf. Er stand im Eck der Regalwände, wich ihr nicht aus. Unverwandt sahen sie einander an, bis er flüsterte: »Dov Zedek ist tot. Was willst du noch von mir?«

»Sei einfach Johann für mich«, antwortete sie. »Was, wenn wir wieder Noa und Johann sind? Laß die Toten ruhen. Sei jetzt bloß Johann.«

Er schwieg, lächelte matt. »Wer sonst?«

»Gut. Ich habe dir eine israelische Spezialität mitgebracht. Du mußt hungrig sein. Burekas. Das essen wir in Israel, Johann. Auf der Straße. Probier mal.«

Ehe er protestieren konnte, stopfte sie ihm den Mund mit einer kleinen gefüllten Blätterteigtasche. »In der ist Käse, hier Kartoffel und da Melanzani. Das muß heiß gegessen werden«, und sie küßte ihn.

Das Fest verließen sie gemeinsam. Unter seiner Jacke eine Flasche Wein. Er fuhr sie nach Hause, und als Noa ihre Wohnungstür aufschloß, fragte sie mit breitem Grinsen: »Kannst du eigentlich jodeln, Johann Rossauer?«

»Ehrensache«, aber als er loskrähen wollte, kippte seine Stimme in ein Gekicher, und auch sie prustete los, und ohne zu wissen, warum, konnte er nicht an sich halten, wurde er von ihr mitgerissen und riß sie mit, ein Sturz aus großer Höhe, so ließ er sich fallen, Hals über Kopf, und mit einemmal wuchs ihm entgegen, was tief unter ihm und in ihm lag, sah er sich wieder mit Dov und gleich darauf am Friedhof. Und als hänge er an einem Gummiseil, als werfe er sich daran hinunter, bis es, gedehnt und gespannt, ihn wieder hochschleuderte zum Scheitelpunkt der Bewegung und er abermals niedersank und erneut stieg und wieder absackte, nichts als ein Yo-Yo im Auf und Ab, kam alles wieder hoch in ihm, und Tränen füllten seine Augen.

So kam es, daß er ihr in den nächsten Stunden von Dov und dem Begräbnis erzählte, von seinem Vater und dessen Nierenleiden. Und so kam es, daß sie ihm sagte, sie habe ihn bereits im Flugzeug erkannt. Sie sei nicht auf ihn hereingefallen, da sie bereits vor Monaten einen seiner Vorträge gehört habe. Und so kam es, daß sie einander zuhörten und hernach einschliefen, bis sie ihn am nächsten Morgen wach küßte, wodurch sich so manches zusammenfügte.

3

Für mich muß kein Kaddisch gesprochen werden. Hörst du, Ethan? Katharina schläft noch. Ich sitze im Arbeitszimmer. Müde bin ich und kann nicht schlafen. Draußen fahren die ersten Busse durch Jerusalem. Vor mir mein altes Aufnahmegerät, das du immer so lustig findest. Was weiß ich, warum. Hör zu, Ethan.

Für mich muß kein Kaddisch gesprochen werden. Meinetwegen braucht es keine Gebete und Trauerreden. Sie werden Nachrufe schreiben, werden eine Tafel enthüllen oder das Wartehäuschen an einer Bushaltestelle nach mir benennen. Überall ist zu lesen, wer diese Parkbank, jenen Kinositz oder irgendein Blumenbeet gespendet hat. Bald wird jedes Jerusalemer Pissoir an irgendeinen Moische Pischer aus New York erinnern. Urinale gegen das Vergessen. Öffentliche Bedürfnisanstalten des Gedenkens. Stille Örtchen gegen das Schweigen.

Trotzdem: Du hattest nicht recht mit deinem Artikel vor fünf Jahren. Du warst gegen die Schülerexkursionen nach Auschwitz. Ich war dort. Zigtausend Jugendliche, nicht bloß aus Israel, sondern aus Europa, aus den Vereinigten Schtetln von Amerika, religiöse, linke, rechte, unpolitische … Im Zentrum die Überlebenden. Manche erbleichen jedes Jahr, wenn sie durchs Tor gehen. Andere leben auf, sobald sie einander und sich an diesem Ort wiederfinden. Besuche ich sie in Tel Aviv, Los Angeles oder

Buenos Aires wirken sie verloren, voller Angst, sie könnten eines Tages in den Baracken erwachen, aber kaum sind sie drinnen, im Lager, ist es, als wären sie befreit, zu Hause.

Manche irren umher, sprechen die ewig gleiche Leier, klammern sich an ihre eingeübten Sätze. Halten fest. Sind wie Aufnahmegeräte. Sie sind Gezeichnete und werden jetzt zur Aufzeichnung, zur lebenden Audiobegleitung, wie sie einem im Museum umgehängt wird. Tipp die Ziffern an, die da stehen, und dir wird erzählt werden. Sie waren abgebucht, jetzt sind sie überzählig. Sie zeigen ihre Nummer her ... die Tätowierung immer bei der Hand.

Um sie die Kinder. Hörst du, Ethan? Alles dreht sich um die Überlebenden. Sie taumeln von einer Leidensstation zur nächsten. Sie kreisen um den Schmerz. Wir, die noch da sind, werden herumgereicht. Spielzeug für Pubertierende, rotieren wir vor den Jugendlichen. Jeder ein Stehaufmännlein und alle zusammen ein einziges Ringelreia.

Vom Disneyland der Vernichtung war in deinem Artikel zu lesen. Ob Teenager mit diesen Erlebnissen fertig werden könnten. Ob sie die Geschichte nicht mit einem Horrorfilm verwechseln würden. Ich erinnere mich an deine Worte. Als Buben gingen wir in den Prater. Hereinspaziert, meine Damen und Herren! In die Geisterbahn! Damals zahlten wir noch Geld, um uns fürchten zu dürfen. Diese Mädchen und Burschen, die im Lager zusammenkommen, sind im selben Alter wie wir damals. Sie nehmen Aufstellung. Sie hissen die Fahnen. Die Vergangenheit als Geländespiel. Das Vernichtungslager ein Feriencamp. Was soll ich dir sagen? Mittendrin einmal einer mit Ohrstöpseln, er lief mit Musik durch die Baracken. »Schalt es sofort ab«, schrie ein zweiter, kaum älter: »Das Gerät weg! Sonst kannst du nicht mit in die Gaskammer.« Es klang, als wäre von einer javanesischen Tempelanlage die Rede, von einer Weihestätte, vom Allerheiligsten. Der Jüngere aber sagte: »Willst du mich etwa daran hindern, in die Gaskammer zu gehen, du Nazi?« Das waren seine Worte: »Willst du mich daran hindern, du Nazi?«

Hörst du, Ethan? Halbe Kinder vor Kofferbergen und Brillenhaufen. Mitten im Krematorium das Gedudel ihrer Telefone, der neueste Hit, eine Filmmusik oder eine Fernsehmelodie. Während der Schweigeminute war es, da erklang einmal der Wagnersche Walkürenruf, erst die eine Synkope leise, dann die nächste lauter, und irgendein Schlemihl rannte zu seinem Rucksack, leerte alle Taschen, schleuderte Fetzen durch die Luft, um das Handy zu finden, die Töne stürmten im scharfen Galopp voran, und als er es endlich freigegraben hatte, erschallte das Hojotoho von Gerhilde und Helmwige durch den düsteren Raum.

Du hattest nicht recht mit deiner Kritik. Hier sitze ich. Hörst du? Hier sitze ich und spreche zu dir aus Jerusalem. Ich kenne dich seit deiner Kindheit. Ich besuchte euch in Wien. Mit meiner damaligen Freundin Malka, der Turnlehrerin. Erinnerst du dich? Dein Vater war wieder einmal andernorts. Geschäftsreisen. Deine Mutter bestand darauf, uns das Ehebett zu überlassen. Sie wich aufs Sofa aus.

In der Früh ein Krabbeln an meinem Bein. Irgend etwas kroch an mir empor, und dann wurde die Decke zurückgeschlagen, und der Vierjährige, der du warst, kam zum Vorschein. »Bist du mein Papa?« Und ich: »Nein«, aber du hast dich an mich geschmiegt.

Ich will nicht so tun, als hätte dein Artikel mich nicht geschmerzt. Aber es war nicht Zorn, was ich fühlte, als ich ihn las, immer wieder, sondern eher Stolz auf den Buben, der damals auf meinem Bauch gelegen hatte.

Jahre später seid ihr nach Paris, nach London und nach New York gezogen. Aber überall warst du der Israeli; nur in Israel wurdest du zum Wiener, zum Jekke, zum Franzosen, zum Amerikaner. Schon als Siebenjähriger bist du im Hebräischen und im Deutschen gleichermaßen zu Hause gewesen. Deine Aussprache war frei von jedem Akzent, und eben deshalb warst du nirgends bodenständig, bist es immer noch nicht, sondern wirkst bis heute überall abgehoben.

Ich erinnere mich: Einmal haben dich deine Eltern als Waldbauernbub verkleidet. Du in Lederhose. Ich höre noch den Unterton, mit dem du erzähltest, daß die Gleichaltrigen in Österreich an den Nikolaus glauben. Sie erkennen, sagst du, die Kindergartentante hinter dem Wattebart nicht. Du hast mich gefragt: »Sind die blind?« Einige Sommer später sehe ich dich in Tel Aviv, wie du den einstigen Nachbarskindern nachschaust, und du sagst – wieder nicht ohne Spott: »Sie glauben, ich werde in Wien als Jude verfolgt.«

Du bist ein Mischmasch aus Tel Aviv und eine Melange

aus Wien, Ethan. Ich besuchte euch wieder, als du bereits Schüler warst. Deine Eltern erzählten, im Gymnasium hast du verkündet, nicht Latein lernen zu wollen. In Israel brauche das niemand. Darauf meinte der Lehrer, es sei gut, eine klassische Sprache zu studieren, doch du sollst ihm geantwortet haben: »Im Unterschied zu Ihnen beherrsche ich Hebräisch, Herr Professor, und das ist älter und klassischer als Ihre ganze römische Antike.« Erinnerst du dich?

Erinnerst du dich denn nicht? Irgendwann hattest du von dem Gerücht gelesen, Hitler habe überlebt. Ein ganzes Jahr lang ranntest du durch die Stadt, um den Führer zu entlarven. »Dov«, fragtest du mich einmal, »wenn Hitler nicht gestorben ist, könnte er dann in unserer Straße wohnen?« Weißt du noch? Du hattest einen Mann in Verdacht. Dem schicktest du Briefe. Die Angst deiner Mutter, als sie deine Entwürfe zufällig fand. Als sie las, was du diesem hohen Ministerialbeamten geschrieben hattest. Deine Drohungen, seine Vergangenheit zu enthüllen. Deine Erpressungen. »Was, wenn der uns klagt«, sagte sie. Sie wollte sich am nächsten Tag entschuldigen, da stieß sie am Morgen in der Zeitung auf die Nachricht, daß er überraschend zurückgetreten sei. Aus gesundheitlichen Gründen. Er ist ein verkehrtes Chamäleon, sagte dein Vater über dich. Er paßt sich seiner Umgebung nicht an, sondern hebt sich jeweils von ihr ab.

Aber was, wenn wir nicht mehr sein werden? Wenn sie dann kommen, aus Dresden, Teheran und Tennessee, aus Wien oder Wilna, wird niemand von uns aufstehen, niemand mehr beglaubigen, was uns am eigenen Leib widerfuhr. Nein, nicht um den eigenen Tod geht es mir. Hörst du? Für mich muß kein Kaddisch gesprochen werden.

Ethan schaltete das Band ab. Irgendwo im Haus bellte ein Hund. Das Licht eines trüben Nachmittags lag matt im Zimmer. Die kleinen Lämpchen der Tonanlage glühten. Kleine rote, blaue, grüne Edelsteine. Sie saßen in großen erdfarbenen Sitzsäcken, auf einem Tisch eine Teekanne über einem Stövchen mit Kerze.

Sie sagte: »Er hat einzelne Teile getrennt aufgezeichnet oder überspielt. Da, wo er das Gerät wieder einschaltete, ist ein leises Klicken zu hören.« Noa kauerte eingerollt auf ihrem Sack. Das Kinn auf den Knien, die Arme um die Unterschenkel.

»Er hatte immer den uralten Recorder dabei. Er verwendete ihn sogar, wenn er in einer Konferenz saß. Dann packte er das Gerät aus, drückte auf den Tasten herum, bis niemand mehr dem Vortragenden folgen konnte, und hörte selbst nicht zu, denn er war viel zu beschäftigt, alles aufzunehmen, um es sich nachher anhören zu können. Aber nie griff er später wieder zu einer seiner Kassetten. Sie verstaubten im Regal. Und in Wahrheit brauchte er sie auch nicht. Er wußte, wer was gesagt hatte, wußte, wer was sagen würde, ehe es ausgesprochen war. Er hätte dir erklären können, was du in einer Minute von dir geben würdest. Und das Schlimmste war, er irrte nie. Er stellte dich zur Rede, sagte etwa unvermittelt: Was die Frage angeht, die du mir gleich stellen wirst – und dann folgte jenes Thema, das mich im selben Augenblick, da er davon redete, zu interessieren begann – laß dir gesagt sein, Ethan. So ging das. Seine eigenen Vorträge hielt er hingegen nicht auf Band fest. Von sich hob er gar nichts auf. Er hielt eine Ansprache unter dem Titel *Niemals vergessen!* – und kaum war das letzte Wort verklungen, warf er das Papier weg. Er forderte, die Erinnerung zu bewahren, und löschte alle Spuren. Wozu also diese Aufnahme? Weshalb ist er plötzlich von seinen Gewohnheiten abgewichen?« Er öffnete das Kassettenfach. »Übrigens steht auf dem Etikett kein Datum. Er nennt auch keinen Tag und keinen Monat. Ich höre seine Stimme, als stünde er neben mir. In dieser Woche schaufelte ich Erde auf ihn und jetzt … Grüße aus der Gruft. Und wozu das Gerede vom Kaddisch, von meinem damaligen Artikel?« Das Kläffen des Hundes ging in ein Jaulen über.

Sie sagte: »Seine Stimme klingt vertraut. So nah. Einer von diesen Alten – in Tel Aviv oder Netania.«

»Jerusalem«, sagte er.

»Soll sein Jerusalem. Es gibt nicht mehr viele von ihnen.«

»Keiner war wie Dov«, sagte er. »Keiner.«

Sie denke an das Land. Sie spiele mit dem Gedanken zurückzukehren.

Er sah sie nicht an. Er hatte von Anfang an geahnt, daß alles, was er in den letzten Tagen erlebt hatte, zu schön war, um wahr zu sein. Nie hätte sie früher, als sie Israel verlassen hatte, einen wie ihn beachtet. Er sagte: »Ich wäre da nie zum Zug gekommen.«

»Du sowieso nicht. Aber Johann Rossauer.« Sie strich mit ihrem Fuß über sein Schienbein, und ihm war, als schwinge eine Saite in ihm, als stimme sie ihn auf sich ein.

Später fand er sich im Zweifel wieder. Er mißtraute ihr nicht, aber fürchtete, sie irre sich in ihm. Je besser sie ihm gefiel, um so unsicherer war er sich seiner selbst. Nichts verstand er von ihrer Arbeit und ihrem Beruf. Er stand staunend vor ihren Entwürfen. Für ein Hochhaus, das in Barcelona erst entstehen sollte, entwickelte sie eine Wandstruktur. Eine Berliner Zeitung versuchte einen Relaunch, und Noa sollte neue Schrifttypen entwerfen. Was hatte das mit ihm, was mit seinen Vorträgen, seinen Seminaren, mit seiner Forschung zu tun? Was mit den Arbeiten, die er verbessern, den Prüfungen, die er abhalten, den Zeugnissen, die er ausstellen mußte? Nichts. Und all die Intrigen und Kommissionssitzungen an den Universitäten. Ihr Leben kam ihm daneben ungebunden und frei vor.

Eines Tages fragte sie ihn, ob er sie begleiten wolle. Sie lege um Mitternacht in einer Bar Platten auf. Vor Jahren hatte sie das regelmäßig gemacht, unter dem Namen DJane Bat Schlemil. Nun trat sie nur mehr ganz selten auf, wenn Freunde aus der Musikszene sie darum baten. Ethan war von ihrer Fingerfertigkeit überrascht. Sie mischte Retro Pop, Deep Soul, Funk und Fusion, aber ebenso Electric Oriental und Balkan-Rhythmen, spielte nicht einfach nur einzelne Songs ab, sondern beherrschte den Plattenspieler, wirbelte eine Scheibe zurück, um die zweite loszulassen, drehte die erste, dann wieder die andere, bis ein neuer Rhythmus entstand, wobei sie die Nummern bruchlos ineinanderfließen ließ. Ethan schaute zu, wie sie nebenbei tanzte, als wäre das, was sie machte, das Einfachste der Welt, und wieder fühlte er sich ihr nah und fern zugleich, weil er nicht verstand, was diese Frau, die ihm wie aus einem anderen Universum schien, an ihm fand.

Als er sah, wie sie sich zu den Takten bewegte, glaubte er zu begreifen, wieso sie sich damals von ihrem Exmann hatte bezaubern lassen. Sie hatte sich mit einem Tiroler verschworen, um mit ihm gemeinsam gegen den Fluch der Abstammung, gegen die Vergangenheit zu rebellieren. Und auch, um der Enge des Geburtslandes zu entkommen.

Aber Wien und Österreich waren nicht gerade der Inbegriff von weiter Welt und Offenheit. Ausgerechnet hier die Last von Geschichte und Herkunft abstreifen zu wollen war von Anfang an zum Scheitern verurteilt gewesen. Was suchte sie jetzt in ihm? Er hegte den Verdacht, sie habe sich weniger in ihn verliebt als in die gemeinsame Identität. An nichts anderes dachte er, wenn sie von Dov sprach, wenn sie, die von seinem verstorbenen Freund nichts kannte als die Stimme auf einem Tonband, meinte, in ihm alle anderen alten Juden von Tel Aviv über Netania bis Jerusalem wiederentdecken zu können. Die Sehnsucht nach Heimat war es, die sie ihm zugetrieben hatte, und das machte ihn mißtrauisch. In Israel wäre er einer von vielen gewesen, aber hier war er plötzlich zum

Sabre, zum zionistischen Vorposten, mutiert. Diese Frau mochte ihn nur seines Geburtsortes wegen. Und war sie überhaupt verliebt in ihn? Nahm sie nicht eher bloß vorlieb mit ihm, weil er unter lauter Älplern einer der wenigen Repräsentanten biblischer Auserwähltheit und noch dazu israelischer Staatsbürger war? Wer sich wirklich in einen anderen verliebte, hatte keine Wahl, sondern wußte sich bestimmt. Er war aber nur die Verneinung ihrer früheren Ehe. Sie wollte zurückkehren, und er war das Ticket in ihr persönliches Altneuland. Sie träumte von Familie, von ihrer alten und von einer neuen. Mit einem Wort: Kindereien ohne Ende. Aber eignete er sich, der schon die eigene Verwandtschaft kaum aushielt, als Stammhalter einer orientalischen Sippe, eines Clans, einer Chamullah? Wenn sie jetzt von Heimkehr sprach, dann hoffte sie darauf, mit ihm heimisch zu werden. So redeten Leute, die sich nach einem Zuhause sehnten, so traut, wie es nie war, und so wonniglich, wie sie es nie ertragen könnten. Aber vielleicht konnte er nur nicht fassen, gemeint zu sein. Nicht von einer wie ihr. Er wagte nicht an sein Glück zu glauben. Er konnte sich nicht erinnern, jemals ähnliches gefühlt zu haben. Waren sie beieinander, so brauchte es keine Worte. Wenn er ihrer Stimme lauschte, wurde es in ihm ruhiger. Alles an ihr war unerhört und vertraut zugleich. Ihre Sätze, ihre Sprachmelodie, ihr Witz.

Er war überzeugt, daß er nur ihr Knie, ihren Knöchel, ihren Daumen sehen müßte, um sie unter Tausenden ausfindig zu machen. Sie roch nach dunklem Harz. Auch wenn er sie nicht spürte, wußte er, wie sie sich anfühlte. Die seidige Festigkeit ihrer Haut. Mit geschlossenen Augen und durch bloße Berührung hätte er unter Unzähligen sagen können, welche Hand die ihre war.

Sie riefen einander zugleich an. Ehe es klingelte, hob er ab. Wollte er ihr eine SMS schreiben, piepste schon sein Mobiltelefon. Er fürchtete, von ihr verlassen zu werden, aber ebenso, vor ihr nicht zu bestehen. Ohne sie war da Leere, und Überfülle, wenn sie den Raum betrat. Er sagte: »Besser, wir sehen einander nicht zu oft, sonst hast du mich bald über.« Sie drängte ihn nicht. Sie empfand seine Ängste nicht als Beleidigung oder Zurückweisung. Im Gegenteil, seine Scheu rührte sie. Sie wunderte sich nicht, als er auf ihren Traum von Altneuland nicht einging, sondern bloß sagte: »Auf dem Kuvert, in dem das Tonband von Dov verpackt war, muß ein Stempel sein. Wann wurde es abgeschickt?«

Noa meinte: »Kennst du nicht die israelische Post, Johann Rossauer? Bis da ein Brief zugestellt wird, kann einer zugrunde gehen.«

Das ganze Land bringe einen um, antwortete er. Er begreife nicht, was sie dorthin zurückziehe.

Sie sei ihres Exmannes wegen nach Österreich gekommen. Jetzt halte sie nichts mehr. Wolle er denn für immer den professionellen Ahasver spielen, den Blendling der Wissenschaft, den Spezialisten für hybride Lebensformen?

Er suchte nach dem Umschlag. »Der Brief wurde nach dem Begräbnis aufgegeben. Es ist, als lebte Dov noch.«

Sie sah ihn an: »Du bist doch kein Zehnjähriger mehr. Hitler ist tot, Dov Zedek auch.«

Für mich muß kein Kaddisch gesprochen werden. Ich bin seit langem ein Untoter. An manchen Tagen schaue ich in den Spiegel, Ethan, und ich sehe mich verwest, blicke in das Gesicht einer Leiche, erschrecke vor der Blässe meines Fleisches, rieche den fauligen Geruch, der aus meinem Mund strömt, und dann weiß ich es wieder: In mir gärt ein Gift. Glaube mir, Ethan, würdest du von meinem Herzen kosten, müßtest du sterben. Hörst du? Mein Ablaufdatum ist überschritten. Ich bin ein Übriggebliebener, der nicht nur die Eltern, den Bruder und die Schwester samt Schwager, die Neffen und Nichten, die Tanten und Onkel überlebte, nicht nur die Mörder und ihre Verbrechen, nein, mich selbst überlebte ich.

Früher spürte ich nichts von dem, was mich innerlich langsam zerfraß. Ich sah mich nicht als Opfer, war kein Vertriebener. Eine Welt hatte ich erobert. Einen Staat mitbegründet. Eine neue Gesellschaft aufgebaut. Adolf Gerechter war nicht mehr, und ich selbst, Dov Zedek, hatte ihn überwunden und ausgelöscht. Umgebracht.

Der letzte Tag in Wien. Ich war zu einem Herrenausstatter in der Innenstadt flaniert. »Ich gehe auf Reisen. Möchte mich komplett neu einkleiden. Zeigen Sie mir, was Sie haben. Modern, aber gediegen. Fünf Hemden, drei Krawatten, zwei Anzüge, einen Hut, einen Mantel.« Ja, ich sagte: »Ich gehe auf Reisen.« Der Chef persönlich hat sich um mich gekümmert. »Aber gewiß, gnädiger

Herr! Bitte gern, bitte sehr!« Ich lasse mir alles präsentieren. Bin wählerisch. Halte Hosen vor den Körper. Streife Sakkos über, betrachte mich dabei im Spiegel. Den Mantel will ich im Tageslicht anschauen und bin bereits auf halbem Weg hinaus, da sehe ich auf der Straße einen Nachbarn vorbeigehen, einen Nazi der ersten Stunde. Ich mache schnell kehrt, verschwinde in der Umkleidekabine, ziehe den Vorhang hinter mir zu, atme durch. Draußen bleibt es still.

Also probiere ich weiter, langsam ein Stück nach dem anderen. Nur nichts anmerken lassen. Verstehst du? Was nicht paßt, schicke ich zurück. Was mir gefällt, lasse ich zum Ladentisch bringen. Endlich bin ich fertig. Ich gehe zur Kasse. Dort wickelt eine Verkäuferin alles in himmelblaues Seidenpapier. Ich zücke meine Brieftasche und frage wie beiläufig: »Nur eine letzte Frage. Hier wird doch nur an Arier verkauft?« Da lächelt der Chef und weist mit einer leichten Handbewegung zur Auslage, auf das Schild *Wir verkaufen nicht an Juden!* »Keine Angst. Das ist ein rein deutsches Geschäft.«

Ich stecke das Geld ein: »Wenn das so ist … Da kann man wohl nichts machen« und lasse den Besitzer stehen. Du hättest ihn sehen sollen. Sein Lächeln zerrann, aber ich, ohne ihn eines weiteren Blickes zu würdigen, verschwand. Ich war es gewesen, der gegangen war, und nicht aus Angst, sondern aus Trotz. Verstehst du?

Am nächsten Tag die Abfahrt. Ein illegaler Transport. Ohne Visum nach Palästina. Die Briten hatten die jüdische Zuwanderung längst gestoppt. Zu Hause verabschiedete ich mich von den Eltern. Niemand sprach vom Wiedersehen. Am Bahnhof der jüdische Appell, unter den Augen von Uniformierten und Zivilbeamten, Gestapo. Deren Blick hättest du sehen sollen: Jungjuden in Habtachtstellung. Mitten im Naziwien unsere Kommandos in Hebräisch. Die kurze Rede des kleinen Anführers. Die Reise sei keine Flucht, sondern eine Heimkehr. Dann Schweigen, und plötzlich ein Mädchen. Sie begann zu singen, die Hymne, Hatikva, mit dünner, aber schöner Stimme, das Lied von der ewigen Sehnsucht nach Zion, von der Hoffnung auf einen eigenen Staat, und umkreist von SS-Männern in voller Montur und von Polizisten in Zivil fielen andere ein, die Melodie machte die Runde, bis der Chor durch die Halle dröhnte.

Wir liefen in die Falle. Geradewegs. Das Schiff, bezahlt, um uns übers Meer zu schmuggeln, lag nicht im Hafen. Wir warteten. Wochenlang. Die Papiere wurden ungültig, und wir wußten, die Mörder kamen näher. Ich entschloß mich zu handeln. Auf eigene Faust. Ich brach auf. Unter falschem Namen.

Dann das Gerücht von meinem Tod. Es erreichte Wien. Es heißt, mein Vater, der einstige Chefredakteur Heinrich Gerechter, sei mit zerrissenem Gewand und leerem Blick durch die Straßen der Stadt gegeistert. Er habe Ausschau gehalten nach mir, seinem Sohn. Jeden habe er nach mir gefragt. Meine Mutter. Früher hatte sie Künstler, Schriftsteller und Intellektuelle zu Konzerten, Lesungen oder Diskussionen in den Salon unseres Hauses geladen. Jetzt soll sie das Zimmer, in dem meine Eltern und meine Geschwister zusammengepfercht lebten, nicht mehr verlassen und mit niemandem mehr geredet haben.

Der Bruder, die Schwester, die ganze Familie soll in jenen Tagen nach Adolf Gerechter geforscht haben. Aber längst nannte ich mich anders. Es heißt, mein Vater sei im Novemberpogrom aufgegriffen worden, ein alter verwirrter Mann. Mitten im Morden hat er jeden nach seinem Sohn gefragt. Er wurde zusammengeschlagen und festgenommen, dann nach Dachau geschickt. Noch im Zug soll er jedem meinen Namen genannt haben. Ob irgendwer wisse, was mit mir sei.

Wer, sag mir, wer wird je verzweifelter um mich weinen als mein Vater? Nein, Ethan, für mich muß kein Kaddisch gesprochen werden.

Er war zusammengebrochen. Letztlich war nicht klar, was geschehen war. Seine Mutter sagte: »Vielleicht geht es gar nicht um meine, ich meine, um seine Niere, jedenfalls um die, die er von mir hat.«

»Was fehlt ihm denn?«

Er hörte bloß ihr Seufzen und dann: »Ich weiß nicht, was ich von diesen Ärzten halten soll.« Felix liege seit gestern im Spital. Sein Körper berste. Der Kreislauf spiele verrückt. Flach und kurz sei der Atem, als hätte er, der im Bett liege, an einem Dauerlauf teilgenommen. »Steht er auf, schwindelt ihm. Will er auf die Toilette, braucht er meine Hilfe.«

»Was schleppst du ihn aufs Klo? Sollen sie ihm doch eine Pfanne unter den Hintern schieben.«

»Steck dir doch selbst einen Topf dorthin. Dein Tuches ist weit weg. Was weißt du? Du sitzt weich und brüllst deine Mutter an.«

»Bitte, ich bin schon ganz still.«

»Meinst du, ich veranstalte mit ihm einen Parcours durch die Intensivstation? Wo lebst du? Abba krümmt sich vor Schmerzen. Er sagt, es schneidet ihm den Rücken entzwei.«

Felix Rosen war dafür bekannt, sich nicht unterkriegen zu lassen. Er hatte den Hunger und die Lager überstanden und war noch während der Dialyse und nach der Transplantation so höflich und still geblieben, daß viele Krankenschwestern von diesem älteren Herrn mit seinem feinen Humor schwärmten. Dankbar hatte er alle Prozeduren und Behandlungen über sich ergehen lassen. Alte Kameraden erzählten immer noch, wie der Vater nach seiner Verwundung im Befreiungskrieg weitergekämpft, wie er dem Angeschossenen, der leichter verletzt gewesen war, Mut zugesprochen und sich das von Granatsplittern durchsiebte Bein selbst abgebunden hatte. Felix Rosen habe die Stellung gehalten, bis sie beide abgelöst und ins Lazarett gebracht werden konnten. Stolz könne der Sohn sein. Ein Held, ein Kämpfer, und nun wimmerte er, als liege er in den Wehen.

Die Mutter sagte: »Du kannst hier gar nichts ausrichten. Es ist besser, wenn du jetzt nicht kommst. Abba würde denken, er läge schon im Sterben. Ein Anruf genügt.«

Nachdem er aufgelegt hatte, fragte Noa, wie es denn um seinen Vater stehe, und er erzählte, während sie die

Decke hochzog und sich an ihn schmiegte, von den Schmerzen und dem Bluthochdruck, und als sie näher rückte, schmückte er die Krankengeschichte noch um einiges greller aus.

Er müsse unbedingt nach Tel Aviv, stellte sie fest. Unverzüglich. Er dürfe keine Zeit verlieren.

Seine Mutter habe davon abgeraten, um seinen Vater nicht zu beunruhigen.

»Unsinn. Dann hat sie eben abgeraten. Es bleibt deine Entscheidung. Nichts ist wichtiger, als den Eltern in einer solchen Situation beizustehen. Du mußt fahren. Ich werde dich begleiten.«

Er rückte ab. »Du planst wohl die gemeinsame Heimkehr? Was schwebt dir vor? Ich bewerbe mich hier gerade um eine Stelle. Ich kann unmöglich weg.«

Für mich muß kein Kaddisch gesprochen werden. Hörst du, Ethan? Nicht nur, weil mein Vater bereits um mich weinte. Nicht einmal, weil keiner aus meiner Familie mehr da ist, der mich begraben könnte.

In den letzten Jahren wurde ich bereits ohne Ende betrauert. Sie laden mich ein, damit ich den Überlebenden spiele. Ich trete als Zeitzeuge auf. Ich bin der letzte Mohikaner. Ich werde angeschaut wie das übriggebliebene Exemplar einer ausgestorbenen Art. Um mich das Getuschel, denn so etwas wie mich sollte es doch gar nicht mehr geben. Dann die Bitte, ich möge einige Sätze sprechen, und jedes meiner Worte klingt daraufhin wie ein letztes, wie ein Abschied, ja, wie eine Nachricht aus dem

Jenseits. Ich kann mich dieser Veranstaltungen, Rituale und Schulauftritte nicht erwehren. Ich rede, und Kinder werden zu Erwachsenen, Erwachsene zu Kindern. Ich erzähle. Es war einmal, da lebten viele Juden, und wenn sie nicht gestorben sind, so wurden sie umgebracht.

Ich spreche von der Schmach, die mich einholt. Ich gebe Bericht. Ich hetze von einem Event zum anderen, als ginge es wieder um mein nacktes Leben. Was den Mördern mit ihrem Haß nicht gelang, schaffen ihre Kinder und Kindeskinder in ihrer Güte. Es ist ein Fluch. Ich werde zum Flüchtling. Die Toten sind mir auf den Fersen. Ich bin dazu verdammt, den Ewigen Juden zu geben.

Es war in den Siebzigern, da fuhr ich mit Freunden nach Segovia. Am Nachmittag flanierten wir durch die Altstadt. Wir fragten die Einheimischen, ob irgend jemand noch wisse von den Juden, die vor einem halben Jahrtausend in ebendiesen Gassen gelebt hatten. Eine rief nach ihrer Abuela, bis eine runzlige Person am Stock heranhumpelte, die sagte: »Ich selbst habe keine mehr gesehen. Juden sind leicht zu erkennen – an dem Klumpfuß und an ihrem Schweif.« Wir ließen sie reden. Und zur Gaudi der anderen schrie ich ihr ins Ohr: »Ich kann also zum Glück keiner von diesen Juden sein?« Worauf sie eindringlich auf meine Beine blickte, dann auf meinen Hintern und schließlich heftig den Kopf schüttelte.

Mich, Dov Zedek, den Israeli, kratzte nicht, was irgendeine Oma in Spanien daherplapperte. Die Großeltern Gerechter hätten wohl noch erschrocken nachgeschaut, um sich zu vergewissern, daß ihnen kein Klumpfuß gewach-

sen war. Wir lachten, als es hieß, wir hätten einen langen Schwanz am Arsch. »Nein, dort hinten ist der nicht,
Señora«, spotteten wir.

Aber seit einiger Zeit ist mir, als hinge mir irgend etwas nach. Manche Menschen kommen mit Kiemen auf
die Welt, andere mit dem Rest eines Schweifs, einem ver-
längerten Steißbein. Auch bei mir meldet sich, was überwunden schien, wieder. Der Jugendliche, der ich einst
war, steht mir morgens als Leiche im Spiegel gegenüber.
Unversehens spüre ich, wie er von mir Besitz ergreift. Ich
merke, daß ich in den Augen der anderen nicht mehr
Dov Zedek bin, ein Pionier, ein Kämpfer, sondern der
Flüchtling, kein Held, sondern das Opfer, und allmählich
taucht Adolf Gerechter, der Judenjunge aus Wien, in mir
auf. Nach Jahrzehnten, die ich in der Wüste, unter Dat-
telpalmen, als Kibbuznik und in der israelischen Politik
verbracht habe, schleicht er sich ein, der Vertriebene, der
ich doch gar nicht gewesen sein wollte – und er verdrängt
mich.

Ich zeige mich den Kindern jener, die einst meinen Tod
wollten. Sie schauen auf meine Beine und meinen Arsch –
und weißt du was? – sie sehen den Klumpfuß, sie entdek-
ken den Schweif und die Satanshörner an meinem Kopf.
Sie deuten darauf, aber anders als ihre Vorfahren ekeln
sie sich nicht davor und hetzen dagegen, sondern raunen
ehrfurchtsvoll. Sie rufen nach Adolf Gerechter und nicht
nach Mord. Sie verbeugen sich tief vor mir, als wollten sie
den Klotz an meinem Bein küssen.

Diese Sprößlinge christlichen Glaubens verehren mich

wie einen Märtyrer. Für sie macht mich kein Fluch zum wandernden Ahasver und Handelsreisenden der Erinnerung, sondern ein Wunder. Sie zelebrieren meine Wandlung als zentrales Ritual einer Messe. Mein Leid ist für sie keine Schmach, sondern eine Passionsgeschichte. Ich wollte, ich könnte mich ihnen entziehen. Aber es ist Adolf Gerechter, der nicht nein sagen kann, wenn ich zum Gedenken gebeten werde. Er ist es, der mich jede Theatervorstellung, jede Lesung, jeden Film zu diesem Thema zu besuchen nötigt. Er ist es, der mich von einer Klasse zur anderen laufen und Jugendliche nach Auschwitz begleiten läßt. Er ist stärker als ich, als Dov Zedek. Könnte ich, so würde ich Adolf Gerechter wieder umbringen, ehe er nichts von Dov Zedek übrigläßt. Mich ermorden, um mich zu retten, das wäre die Lösung.

Hör zu, Ethan: Zuweilen nehme ich mir vor, so zu tun, als würde ich sterben, um unter einem dritten Namen und auf einem fernen Kontinent meine letzten Jahre zu genießen. Ich träume davon, Dov Zedek und Adolf Gerechter beim Schwimmen ertrinken zu lassen oder sie auf einer gemeinsamen Kreuzfahrt über Bord zu werfen. Ich würde verschwinden und andernorts auftauchen. Verstehst du? Um weiterleben zu können. Ein stiller Abschied ohne Bestattung. Meinetwegen bräuchte es kein Grab und keine Trauerreden. Für mich muß kein Kaddisch gesprochen werden.

Das wachse sich aus, sagte Wilhelm Marker. Der Institutsvorsitzende hatte Ethan in sein Büro gebeten. Es gehe nicht um seine Qualifikation. Niemand zweifle an seiner Kompetenz, aber manche äußerten plötzlich Einwände. Seit jenem Kommentar werde über seine Forderungen gesprochen, über seine Gehaltsvorstellungen, immerhin deutlich über dem Niveau dessen, was am Institut sonst bezahlt werde. Es nütze nichts, darauf hinzuweisen, was ohnehin alle wüßten, daß er an anderen Universitäten noch mehr verdienen könnte. Die Stimmung sei eben umgeschlagen. Nun heiße es plötzlich, die Professur in Tel Aviv sei schlecht vereinbar mit einer Stelle hier in Wien.

»Ich halte dort nur ein Blockseminar.«

»Es sind lächerliche Sticheleien. Die Attacken zielen gar nicht so sehr auf dich. Letztlich geht es um meine Position als Institutsvorstand.« Marker beugte sich vor. »Versöhn dich mit ihm, Ethan! Schaff es aus der Welt! Hörst du? Sonst werden wir ihn nicht los. Verfasse einen offenen Brief. Erkläre darin, du hättest dein Zitat zwar wiedererkannt, ihn aber zwingen wollen, deinen Namen zu nennen. Das wird jeder einsehen.« Er raunte: »So einen muß man umarmen, sanft im Nacken fassen und dann schnell zudrücken. Du mußt ihm das Rückgrat brechen. Das ist wahre Wissenschaft. Das ist Dekonstruktion.«

Er habe auch Klausinger zu diesem Termin geladen, und noch während er das sagte, klopfte es an der Tür, und die stellvertretende Vorsitzende, Professorin Karin Furner, trat ein. Hinter ihr ein Mann, salopp gekleidet, helles Sakko, randlose eckige Brille, eine angenehm un-aufdringliche Erscheinung, die so gar nicht den Vorstellungen entsprach, die Ethan sich von dem anderen gemacht hatte. Karin Furner sagte: »Darf ich vorstellen: Ethan Rosen – Rudi Klausinger.«

Die beiden nickten einander zu, und Wilhelm Marker meinte, wie gut, wenn die wechselseitigen Vorwürfe nun ausgeräumt würden. Die beiden mögen sich doch setzen, worauf Klausinger einwandte, bitte, er habe niemanden des Antisemitismus bezichtigt.

Davon sei bei ihm auch explizit nicht die Rede gewesen, sagte Ethan. Er habe einen toten Freund verteidigt.

Na, Ressentiments seien ihm schon unterstellt worden, dabei habe er nur Ethan Rosen selbst zitiert, so Klausinger.

Wilhelm Marker klopfte mit seiner Füllfeder auf den Tisch. Ob er denn nicht wisse, daß dieselben Sätze ganz anders klingen können, wenn sie aus dem Mund eines anderen kommen, fuhr er Klausinger an. Ob er noch nichts von Kontext gehört habe? Insbesondere bei so heiklen Themen.

Klausinger, sagte Karin Furner, habe immerhin in Jerusalem und in Beer Sheva gelehrt. Wenn sein Text distanzlos war, dann nur, weil er eben so vertraut sei mit israelischen Debatten. Klausinger sei, sie müsse das sagen, ein Phänomen.

»Na ja«, sagte Klausinger.

Doch, sagte Karin Furner, sie habe ihn auf internationalen Konferenzen, in London, in Paris, in Rom erlebt. Überall sei er eingetaucht in die Lebensart der Stadt, habe nicht bloß akzentfrei gesprochen, sondern auf Anhieb den lokalen Tonfall angestimmt. Sogar sein Äußeres schien sich dem jeweiligen Landescharakter angepaßt zu haben. Er sei ein Verwandlungskünstler. Und was die Frage nach einschlägigen Vorurteilen angehe: Klausinger sei immerhin Judaist, habe Modernhebräisch studiert, verstehe das Ladino der Sepharden, beherrsche aber vor allem ein Jiddisch wie nur wenige. Von ihm stammten wichtige Arbeiten über moderne Texte dieser Sprache. Es wäre durchaus denkbar, daß Klausinger über das Judentum eingehender geforscht habe als Rosen.

»Na und?« fragte Ethan. Das sei doch in der Tat gar nicht sein Gebiet. Wieso stehe diese Disziplin plötzlich zur Debatte?

»Ist alles, was ich, der Österreicher, schreibe, Ressentiment, während das, was der israelische Kollege von sich gibt, als Eigensinn und Eignung anerkannt wird? Was, wenn ich selber jüdisch wäre? Würde mein Nachruf plötzlich legitim werden? Was würden Sie sagen, wenn ich nicht jüdisch wäre, aber mein Vater sehr wohl? Nein, winken Sie nicht ab. Hören Sie zu. Was, wenn ich der uneheliche Sohn eines Überlebenden wäre? Ein Bastard. Was dann? Wenn ich seit meiner Jugend dem Liebhaber meiner Mutter nachforsche? Wenn ich meine Dutzende Würdigungen für Wiener Emigranten immer mit dem Gedanken im Hinterkopf geschrieben habe, das könnte mein Vater sein? – Vielleicht hätte ich sonst überhaupt nicht Judaistik studiert, Hebräisch gelernt und Jiddisch erforscht.«

Klausinger machte ein Gesicht, als hätte er ein intimes

Geheimnis enthüllt, und Ethan fühlte sich an Gäste einer Talkshow erinnert, die, vom Beifall angeheizt, ihre obskuren sexuellen Vorlieben beichteten. Erschrocken über die eigene Courage. Wie Klausinger seine Abstammung, eine rein biologische Tatsache, präsentierte, dachte Ethan, war scheinheilig und bemüht, hatte etwas von der bigotten Enthüllung eines bloß vorgeblich verruchten Geheimnisses.

Karin Furner lächelte. Jetzt verstehe sie.

»Was denn?« fragte Marker.

Der Sohn eines Juden, so Furner, könne doch kaum antisemitisch sein.

Das klinge, sagte Ethan, nach einer neuen Rassentheorie. Glaube Kollegin Furner etwa, Antirassismus werde genetisch übertragen? Durch jüdische Väter etwa?

Marker schaute Klausinger an. Ob er denn seinen Vater je getroffen habe?

Nein, sagte Klausinger und fügte hinzu, sein Vater sei ein Israeli, soviel habe er inzwischen herausgefunden, ein international tätiger Geschäftsmann aus Wien, der mittlerweile in Tel Aviv lebe. Während er sprach, musterte er Ethan, sah ihn an, als rede er nur zu ihm, in einem Code, den bloß sie beide verstünden. Er habe nicht vor, sich irgend etwas verbieten zu lassen, nicht einmal, von der Massenvernichtung palästinensischer Ölbäume zu reden, aber! – er sei gerne bereit zu einem gemeinsamen Statement, um den Streit beizulegen und das Institut aus der öffentlichen Debatte herauszuhalten. Eine Erklärung, worin festgehalten werde, niemand werfe dem jeweils anderen irgend etwas Persönliches vor. Keine Vorurteile und keine Unredlichkeit.

Marker nickte Furner zu, während Klausinger ein Papier aus seinem Sakko holte und es auffaltete. Er habe bereits alles formuliert, sagte er. Alle schwiegen. Marker überflog die Zeilen. Er gab es an Ethan weiter, der es auf den Tisch legte, ohne einen Blick darauf zu werfen.

Die anderen sahen ihn fragend an, doch Ethan Rosen stand auf und sagte bloß: »Das wird nichts. Ich ziehe meine Bewerbung zurück.«

»Das ist doch lächerlich«, meinte Marker erschrocken.

Furner stimmte ein: »Bleiben Sie.«

Und Klausinger: »Wollen Sie mein Schreiben nicht wenigstens lesen?«

»Es hat keinen Sinn«, sagte Ethan. »Tut mir leid.«

Buddhas aus rosa Plexiglas. Linsengerichte auf eckigen Tellern. Sie trafen einander beim Inder im Hochhaus, saßen über Eck, teilten die Speisen, teilten sie einander zu. Im Hintergrund sang Carmen McRae vom Black Coffee, und während er erzählte, rückte Noa näher.

Was das bedeute, hatte Klausinger noch in die Runde gefragt. Seinen Teil der Abmachung habe er doch eingehalten. Was sei mit dem Forschungsprojekt, das ihm versprochen worden war.

Noa lachte und schüttelte den Kopf, aber Ethan winkte ab. Um Klausinger sei es ihm gar nicht gegangen. Es war auch nicht die vorbereitete Stellungnahme gewesen, die ihn umgestimmt hatte. Obwohl diese Verlautbarung im

Zweierpack nicht verlogener hätte sein können. Marker habe sogleich gemeint, niemand bestehe auf diesem gemeinsamen Text. Es sei doch nur ein Vorschlag gewesen, um den Streit einzugrenzen. Der Institutsvorsitzende und Freund sei vor ihm eingeknickt, habe ihre jahrelange Verbundenheit beschworen und ihn angefleht, jetzt bloß nicht überstürzt zu handeln. Selbst Karin Furner sei plötzlich umgeschwenkt und habe versichert, es sei nie darum gegangen, seine Chancen auf die Professur zu schmälern. Aber kein Argument hätte ihn noch umstimmen können. Er wollte nicht mehr. Klausingers Enthüllungen über seine Herkunft waren zu obszön gewesen. Er habe keine Lust, dort zu arbeiten, wo Abstammung den eigentlichen Qualitätsbeweis darstelle. Wo allein ein sogenannter Halbjude zu sein als Befähigung ausreiche. Und dann Klausingers Blick. Das Geraune vom jüdischen Erzeuger, als wären sie verwandt, als wäre er sein illegitimer Bruder.

In Wahrheit, fügte er leise hinzu, sei aber auch das nicht der wahre Grund für seinen Rückzug gewesen. In Wahrheit habe er an seinen Vater denken müssen, als Klausinger vom israelischen Unternehmer erzählte. An das Lachen, wenn Felix Rosen heimgekehrt war, wenn er ihn, seinen Sohn, begrüßt, wenn er die Mutter umarmt und ihren Kopf an den seinen gepreßt hatte wie eine Frucht, um Küsse auf ihren Mund zu drücken. Im Dutzend. Eine Umarmung wie ein Schraubstock. Er wolle für diesen Mann, der nun krank im Spital lag, dasein. Es sei vielleicht die letzte Gelegenheit, mit ihm, der im-

mer unterwegs und anderswo gewesen war, zusammen-
zukommen.

In Wahrheit, so Ethan, habe ihr Wunsch, die gemeinsame Rückkehr zu versuchen, ihn angesteckt. Nein, ihre Argumente hätten ihn nicht überzeugt. Er wolle aber
lieber mit ihr irren, als ohne sie recht behalten, sagte er,
und daraufhin lächelte Noa und nickte, ganz langsam, als
bewege sie sich in zäher Flüssigkeit.

Sie werden Kaddisch für mich sprechen. Hörst du? Draußen kocht die Stadt, das Dröhnen eines Preßlufthammers,
ein Bagger kreischt über den Asphalt, Metall und Stein
stoßen aufeinander. Jerusalem aus Gold und aus Kupfer
und aus Licht, Stadt der Heiligkeit und Metropole der
Eiligkeit, das Fundament aller Fundamentalisten, expan-
diert. Katharina ist aufgewacht. Ich höre sie in der Küche.
Sie dreht das Wasser auf und läßt es fließen.

Heute fahre ich wieder mit Achtzehnjährigen nach
Auschwitz. In den letzten Wochen ging ich in ihre
Schulen, um sie auf die Reise vorzubereiten. Ja, vielleicht auch, um sicherzustellen, daß nicht geschieht, wo-
vor du in deinem Artikel gewarnt hast. Aber womöglich
erschreckt mich gar nicht, was du befürchtest. Was ist
denn falsch daran, wenn die Kinder begreifen, welche
Befehle sie verweigern müssen, um nicht zu Verbrechern
zu werden? Und ist es nicht richtig, wenn sie lernen, was
es bedeutete, ohne eigenes Land, ohne eigene Armee,
ohne eigene Macht dazustehen? Und letztlich nehme ich
in Kauf, wieder zu Adolf Gerechter zu werden, damit

kein jüdisches Kind mehr zu Adolf Gerechter werden muß. Sie sollen wissen, was dort war, und einige dieser Jugendlichen werden Zettel voller Namen hervorholen, die ihnen die Großmutter oder der Großvater mitgaben, um vorzulesen, welche Ahnen ermordet wurden, und manche werden zusammenbrechen, wenn sie begreifen, woher Oma und Opa stammen. Sie werden sich an mich hängen, an ihrer aller Pflegeopa, und ich kann gar nicht anders, als in ihnen die Neffen und Nichten, die Enkel und die Urenkel zu sehen, die ich nie hatte, und je mehr ich diese Kinder namens Halbwachs, Süßkind, Jacobson und Kleinman liebgewinne, um so mehr hasse ich mich dafür. Ich, Dov Zedek, gehe zugrunde daran, daß Adolf Gerechter in mir an Kraft gewinnt und zu Recht Rache einfordert, weil er mir stellvertretend für alle anderen aus meiner Familie unentwegt die Frage stellt, weshalb ich noch lebe, und die einzige Antwort, die ich ihm und den anderen bieten kann, ist, daß ich ohnehin auch bald tot sein werde, und diese Zusicherung mag auch jene beschwichtigen, die nichts mehr hören wollen von den Juden und ihrem Leid, die murren, es möge endlich Schluß sein – nur Geduld, es wird nicht mehr lange dauern. Und sogar vor dir, Ethan, weiß ich keine andere Rechtfertigung als jene, daß ich selbst allmählich zu nichts als Erinnerung und Vergeßlichkeit werde, und so bitte ich dich um Nachsicht. Diese Kassette wird dich erreichen, wenn ich nicht mehr sein werde. Dann wirst du um mich trauern, obwohl du lieber jener gedenken solltest, die ermordet wurden, denn meinetwegen braucht es keine Gebete. Hörst du, Ethan? Für mich muß kein Kaddisch gesprochen werden.

4

Im Meer nächtlicher Finsternis tauchte die Stadt auf. Tel Aviv leuchtete ihnen entgegen. Jerusalem möge sie nicht, sagte Noa, aber die Stadt da unten. Ha-bua, die Blase: Das Schimpfwort für Tel Aviv sei ein Ehrentitel. Sie schwebe wie eine luftig leichte Schaumkugel über Krieg und Konflikt, liege jenseits von Religion und Regionalismen, sei schillernd und vielfältig. Hier finde sie Luft zum Atmen.

»Blasen platzen, früher oder später«, meinte Ethan und fragte, ob sie mit ihm ein Glas Sekt trinken wolle. Den gebe es im Flugzeug gratis.

»Für mich Tomatensaft.«

»Mit Salz und Pfeffer?« wollte er wissen, aber da ertönte bereits das Signal zum Anschnallen. Der Landeanflug begann.

Noch waren sie nicht zum Stehen gekommen, da wurden schon überall die Mobiltelefone eingeschaltet. Die Hektik war ihm unerträglich. Alle taten, als müßten sie so schnell wie möglich hinaus, um nicht wieder dorthin zurückverfrachtet zu werden, woher sie gerade gekommen waren. Früher, erinnerte er sich, hatten die Leute beim Aufsetzen der Maschine geklatscht. Den israelischen Piloten gebührte besonderer Applaus, denn sie seien, wurde ihm, dem kleinen Buben, erklärt, die besten Flieger überhaupt, alle beim Militär ausgebildet. In den siebziger Jahren waren Einwanderergruppen aus der Sowjetunion in Begeisterungsschreie ausgebrochen, sobald die Räder den Boden berührten, und dann war gesungen worden. *Hava nagila* oder *Hevenu schalom alechem*. Einer der Neuankömmlinge hatte Ethans Vater gefragt, ob in Israel Spezialisten für Eckzähne gefragt seien.

Kurz bevor sie aufbrachen, hatte auch ihn diese Aufregung ergriffen, als sei er ein Neueinwanderer, der eine Existenz hinter sich lasse und alle Brücken abbreche. Dabei war alles viel einfacher als in früheren Zeiten, als selbst eine Urlaubsreise nach Tel Aviv nur mit Umsicht und Planung zu bewältigen war. Damals mußten Mehlspeisen mitgenommen werden, auf die manche Bekannten im Nahen Osten sehnsüchtig warteten. Es genügte, Mozartkugeln zu überreichen, um als Stargast behandelt zu werden. Über Mannerschnitten aus Österreich kam man ins Schwärmen, als handle es sich um einen Goldschatz. Auch die Reise in die andere Richtung war nicht einfacher. Wenn die Eltern nach Wien flogen, wurden Pita, Falafel, Humus, Techina, Salzgurken, Nüsse, hebräische Literatur und israelische Zeitschriften eingepackt. Mittlerweile konnte Ethan in Wien bei orientalischen Verkäufern zwischen irakischem, türkischem, georgischem und libanesischem Fladenbrot wählen. In Österreich las er sein israelisches Leibblatt im Internet. Schaltete er da den Fernseher ein, sah er über Satellit, was dort gesendet wurde. Gastgeschenke mußte er nun kaum noch mitschleppen. Es gab ohnehin überall dasselbe, und er konnte jederzeit einen Billigflug in den Nahen Osten buchen.

Er hatte nicht vor, viel mitzunehmen. Drei Pakete voll Bücher schickte er voraus. Er bat seine Mutter, sie vorläufig in seinem ehemaligen Kinderzimmer aufzubewahren. Das war alles gewesen. Dennoch wurde er immer nervöser, als der Abflug näher rückte. Eine Woche davor war sein Geburtstag. Noa weckte ihn mit Frühstück und Sekt im Bett, aber während er sie küßte, befiel ihn wieder die Angst. Er hatte es nie lange in Israel ausgehalten. Es war dieses Gefühl, von allen in die Pflicht genommen und vereinnahmt zu werden, das er nicht vertrug. Auch diesmal fürchtete er sich vor ihren Erwartungen. Er sah Familienfeiern, Eßgelage und ein Hochzeitsfest auf sich zukommen.

Später flanierten sie durch den Stadtpark. Jugendliche saßen am Rand des Kanals und reichten den Joint im Kreis weiter. Einer klimperte auf der Gitarre, und Ethan hätte sich gerne dazugesetzt und wäre am liebsten seinem Leben entstiegen wie einem Bus. Da sagte Noa: »Ich weiß, daß ich es war, die hier wegwollte, aber ich habe ein flaues Gefühl im Magen«, und kaum hatte sie das gesagt, nickte er, und sie lächelten einander an, als habe sie ihn eben beschenkt.

Sie setzten sich in ein Café, um einander zu versichern, daß es vielleicht besser sei, zu bleiben. »Lassen wir es doch.« – »Ja, bleiben wir einfach.«

Ein alter Mann saß da und versuchte, seiner Frau die Tasche zu entreißen. »Sie hat mich beraubt«, schrie er. »Hilfe! Polizei!«

Die Kellner umstanden den Tisch und tuschelten.

Die Ehefrau sagte: »So geht es seit gestern. Er erkennt mich nicht mehr. – Laß die Tasche aus. Das ist meine!«

»Ich weiß gar nicht, wer das ist. Sie raubt mich aus. Immer schon!«

Ein Kellner redete ihm gut zu. »Aber Herr Brauner, das ist doch Ihre Gattin. Sie kommen doch seit Jahrzehnten zu uns.«

Der Ober trat an ihren Tisch und wollte die Bestellung aufnehmen, aber Noa und Ethan saßen da und kicherten wie jene Jugendlichen im Park. Der Kellner grinste. »Noch gar nichts bestellt, aber schon so vergnügt?«

Noa rief: »Zwei Glas Sekt!«

Kaum waren sie zurück in der Wohnung, fielen sie übereinander her und hingen aneinander, Hals über Kopf, bis Ethan fragte, ob sie die Koffer gemeinsam kaufen sollten.

Während die anderen Passagiere schon standen und ihr Handgepäck aus den Fächern holten, schaltete Ethan sein Mobiltelefon ein, um seine Mutter zu erreichen. Ob er ihre Nachricht bereits abgehört habe. Seit einer Stunde versuche sie, ihn zu sprechen. Vater gehe es plötzlich schlechter.

Er werde so schnell wie möglich ins Krankenhaus kommen, sagte Ethan.

Als sie das Flugzeug verließen, hüllte sie der Hitzewickel ein. Alle rannten zur Paßkontrolle. Dann das Warten auf die Koffer an den Gepäckbändern. Ein Gerangel. Kein Zweifel. Sie waren angekommen.

Sie wurden von Noas Mutter und einem ihrer Brüder abgeholt. Ethan wollte sich zurückziehen, aber sie hielt ihn fest und flüsterte: »Sie bringen uns doch in unsere Unterkunft.«

Die Mutter fragte sogleich, warum sie nicht bei ihr wohnen wollten. Noa küßte sie und lächelte. Der Bruder, Aron, blickte ihn abschätzig an und meinte zu Noa: »Hohe Absätze solltest du nicht tragen.«

Gemeinsam hoben sie das Gepäck ins Auto. Ein kleiner Subaru. Die Mutter fragte ihn: »Seit wann lebst du in Wien?« Und: »Wo wohnen deine Eltern?« Und: »An welcher Uni bist du?« Und: »Warum sind deine Eltern damals fort?« Und: »Woher stammen sie?« Und: »Wo waren sie während des Weltkriegs?« Eine Batterie von Fragen, aber als die gestellt waren und er ihr so einsilbig, maulfaul und unfreundlich geantwortet hatte, wie die Sitten es hierzulande verlangten, wandte sie sich abrupt ab und redete den Rest des Weges kein Wort mehr mit ihm. Er wußte sich zu Hause, fühlte sich so heimisch und fremd zugleich, daß ihn die Sehnsucht erfaßte, sofort wieder fortzufliegen.

Sie fuhren in den Süden Tel Avivs, hielten unweit der Shenkin-Straße. Hier hatte Noa eine Dachwohnung gefunden. Eine Freundin, die einige Wochen im Ausland verbrachte, hatte sie ihr überlassen. Miete mußten sie nicht bezahlen, aber die Pflanzen gießen, den Kater füttern und die Wellensittiche.

»Gebt die beiden Vögel der Katze zum Fressen, und schon habt ihr zwei Probleme weniger«, meinte Noas

Bruder. Eine Nachbarin händigte Noa die Schlüssel aus, während Ethan und Aron die Koffer hinaufschleppten.

Noas Mutter war von der Wohnung so beeindruckt, daß sie gleich anbot, ihnen ein Essen zu kochen und Noas andere Geschwister samt Anhang hierher einzuladen. Ethan sagte: »Großartige Idee« und spielte mit dem Gedanken, den Rückflug auf der Stelle zu buchen. Er ging auf und ab, um zu sehen, wo er seinen Laptop aufstellen sollte.

Noas Bruder umarmte seine Schwester: »Wenn du irgend etwas brauchst, Noale …« Dann rannte er die Stufen hinunter.

Die Mutter fragte, was sie jetzt vorhätten. Ob sie nicht am Abend bei ihr essen wollten? Noa meinte: »Unmöglich. Wir müssen erst ankommen. Da ist schrecklich viel zu tun. Ethan muß gleich weiter. Sein Vater liegt im Spital. Wir sind letztlich deshalb hier.«

Noas Mutter faßte sich an den Mund. Sie sah ihn erschüttert an, als kenne sie Felix Rosen seit vielen Jahren. Ja, sagte er, er müsse leider sogleich fort, um in die Klinik zu fahren. Gerne wäre er noch mit ihr zusammengesessen. Nein, sie solle ihn nicht mitnehmen. Er nehme lieber ein Taxi.

Der Vater lag in einem Einzelzimmer. Unbebrillt und fremd. Er schaute zur Decke. Der Blick verschwommen. Sein Gesicht aufgequollen. Die Haut glänzte gelblich. Insgesamt wirkte er ausgebleicht und aufgebläht. Der Atem ging stoßweise. Der ganze Raum lag im Rhythmus des Ächzens. Aber als er ihn sah, strahlte er ihn an.

»Tuschtusch? Wie blaß du bist.« Ethan beugte sich über den Kranken, drückte ihm einen Kuß auf die Stirn, und Felix Rosen mühte sich, ihm entgegenzukommen, aber er konnte kaum den Kopf bewegen. Die Mutter stand auf der anderen Seite des Bettes.

Ob er denn Schmerzen habe, fragte Ethan, worauf der Kranke die Brauen hob, als sei er vom Gedanken, ihn, der hier vor sich hin stöhnte, könnte irgend etwas quälen, überrascht. Zu Mittag, sagte die Mutter, hätte Ethan ihn sehen sollen; das jetzt sei nichts dagegen. Felix Rosen blickte ihn an, als hinge er, der alte Kämpfer, nicht an einer Infusionsnadel, sondern läge im Schützengraben. Die Handtücher seien nicht mehr frisch, sie besorge neue, meinte die Mutter und ließ die beiden allein. Kaum war sie verschwunden, flüsterte der Vater, als enthülle er ein Geheimnis. »Die Hölle, sie kommt nicht erst nach dem Tod, sondern schon davor.« Er lag gekrümmt im Bett. Das linke Bein hochgelagert, die rechte Schulter aufgestützt. In dieser Stellung gehe es besser, erklärte er. Er steckte in einem grünen Nachthemd oder einer Art Schürze, und wenn die Decke verrutschte, blitzte der Po hervor.

Ob er denn keine Medikamente bekomme, fragte Ethan. Der Vater lächelte. Der Schmerz sei zu groß. Zu groß für den eigenen Körper. Ein Fremdling, der einen von innen zerreißt. Er schmunzelte, während er redete. Dann wieder das Keuchen. Er vertrage bestimmte Medikamente nicht. Wegen der Nieren. Welch ein lustiges Ringelspiel. Da beiße sich die Katze in den Schwanz. Hinter seiner Ironie verbarg sich Unsicherheit, eine Schwäche aus Angst und eine Angst vor Schwäche, denn hier lag Felix Rosen, ein Patriarch, dessen Macht und Vermögen weit über die Familie hinausreichten, lag hilflos und ausgeliefert und ließ sich nichts anmerken, sondern streichelte die Hand des Sohnes und erzählte, antwortete auf keine Frage, die ihm gestellt wurde, und gab Antworten, die keiner erbeten hatte. Als die Schwester hereinkam, preßte er hervor, dies sei Frida, die Seele der Nephrologie, die kümmere sich um alles, was ihm an die Nieren gehe. An die eine Niere zumindest, die jetzt auch nicht mehr gehe, fügte er hinzu, und sie versicherte mit schwerem russischem Akzent, Ethan wisse ja gar nicht, wie glücklich er sei, einen solchen Vater zu haben, worauf der abwinkte. Sie solle nicht übertreiben, sondern sagen, wann der nächste Untersuchungstermin sei. Da sei ein Röntgen vorgesehen und ein Ultraschall. Ob sie bitte herausfinden könne, wann der Neurologe vorbeikäme, und die Schmerzspezialistin habe ihn zu sich bestellen wollen, und der Physiotherapeut sei auch angemeldet, und danach wolle ihn der Kardiologe sehen, der allerdings nur aus Freundschaft, aber all das müsse mit dem Internisten abgestimmt werden, und nachdem er der Krankenpflegerin alle Anweisungen gegeben hatte und sie davongelaufen war, flüsterte er, in diesem Spital herrsche nichts als Chaos, zwar seien die Ärzte angesehene Spezialisten, der Professor gelte als Koryphäe, das Pflegepersonal bemühe sich sehr, aber der Betrieb sei ein Moloch, und wenn Mutter nicht nach dem Rechten schaute oder er selbst das Ganze nicht in die Hand nehme, würde überhaupt nichts weitergehen. »Bei der Transplantation, Ethan, werde ich mich noch selbst aufschneiden müssen!«

Vor zwanzig Jahren war ihm ein Magentumor entfernt worden. Der Vater war durch die Klinik gerast, hatte die eigene Behandlung geplant, seine Krankenakte von einer Abteilung in die andere getragen, für sich ein Einzelzimmer gefunden, nebenher geschäftlich telefoniert, und womöglich hätte er sich noch einen weißen Mantel angezogen und der Visite angeschlossen, wenn er sich nicht hätte ins Bett legen müssen, um an Brust und Bauch rasiert und in die Chirurgie geschoben zu werden. Während die Ärzte den Vater operierten, saßen sie im Warteraum, und es war, als löste sich Dina Rosen auf, als würde in ihrem Inneren und nicht in dem ihres Mannes herumgeschnitten. »Was machen die denn? Wieso dauert das so lange? Doktor, wissen Sie, ob bei der Operation meines Mannes etwas passiert ist?« Mit der Rechten rieb sie sich den Nacken. Sie rannte auf den Gang, sobald sie draußen einen Arzt sah, und wollte wissen, wann ihr Mann die Prozedur überstanden haben werde und sie ihn endlich sehen könne. Je aufgeregter sie wurde, um so stiller wurde Ethan. Am liebsten hätte er dem ganzen Personal verkündet, seine Mutter nicht zu kennen. Sehen Sie diese Frau, diese Krawalltante, die – wollen wir wetten – gleich von ihrem Gatten, ihrem Felix, beginnen wird, mit dem sie alles zu teilen bereit ist, die keine Sekunde ohne ihn sein möchte und selbst auf der Toilette von Sehnsucht nach ihm geplagt wird, so daß sie nun schon ganz außer sich ist und am liebsten die Operation unterbrechen würde, um zu ihm zu gehen und nach dem Rechten zu schauen. Sehen Sie diese Kraftkammerzofe mit hochgesteckter Frisur, sehen Sie, wie sie auf und ab rennt voller Nervosität, ja, genau die da? Sehen Sie die? Ja? Die ist mir gänzlich fremd, der bin ich noch nie begegnet, mit der habe ich nichts zu tun!

Aber es war wie immer. Was ihn peinlich berührte, entzückte alle anderen. Niemand konnte sich dem Charme seiner Eltern entziehen. »Hören Sie nicht auf Ihren Sohn, Frau Rosen. Es stört mich keineswegs, wenn Sie nach Ihrem Mann fragen.« Der Oberarzt winkte beide heran. Für sie, für Frau Rosen, mache er gerne eine Ausnahme. Sie lasse er ins Aufwachzimmer. Eine sonst für Besucher verbotene Zone absoluter Ruhe.

Der Vater lag unter Schläuchen und Geräten, eine Atemmaske über dem Gesicht. Die Mutter streichelte ihn wach. Ethan stand am Ende des Bettes und griff nach dem linken Fuß mit den verkrümmten Zehen, massierte sachte den Rist, strich über die von Venen durchzogene Haut. Rosen blinzelte ins Licht, benommen von der Narkose. Im Hintergrund das Wimmern einer Patientin, und da sagte Dina: »Erschreck nicht, aber – sie haben dir den Ehering abgenommen.«

Er riß die Augen auf. Voller Entsetzen. Sie erwähnte nicht, daß ihm eben ein Viertel des Magens herausgeschnitten worden war. Bloß auf den Ring konzentrierte sie sich. Und auch er meinte nicht etwa, er habe jetzt andere Probleme, sondern fuhr auf, als gäbe es nichts Wichtigeres.

Sie erklärte ihm: »Wegen der Thrombosegefahr. Aber keine Angst, ich bringe dir den Ring morgen früh wieder.«

Und Rosen lächelte schwach und flüsterte unter der Maske: »Na, dann bin ich ja für diese Nacht von allen ehelichen Pflichten entbunden.«

Nie war er schlagfertiger als in den Situationen, die alle anderen sprachlos machten. Aus jeder Sackgasse wußte er den Ausweg. In der Not kannte er sich aus. Das war sein Terrain. Dina sagte, sie sei mit ihm das erste Mal ausgegangen, als er für ein Konzert, das gänzlich ausverkauft gewesen war, noch Karten ergattert hatte. Sie sagte, sie habe ihn geheiratet, weil er Plätze in überfüllten Kinos, Sitze in rappelvollen Bussen, Zimmer in ausgebuchten Hotels organisieren konnte. Wenn alle Tickets vergeben waren, trieb er noch irgend jemanden auf, der sie einer Reise, einer Erkrankung oder einer beruflichen Verpflichtung wegen nicht nutzen konnte und abgeben wollte, und dann suchte Felix diesen Menschen zu Hause, im Büro, im Militärlager, im Ministerium auf. Der Vater liebte es, im letzten Augenblick noch eine Lösung zu finden, wenn alle anderen schon aufgegeben hatten. Für seine Frau war ihm keine Mühe zu groß. Ebenso umsorgte er Ethan. Er rannte zu Lehrern, bestürmte sie seinem Sohn zuliebe, flehte sie an, den Buben, der während des Jahres mit den Eltern umgezogen war und nun in Paris oder New York eingeschult werden mußte, in die Klasse aufzunehmen. Der Junge müsse erst die Sprache neu erlernen ... »Leider, wir können Französisch und Englisch ja selber nicht viel besser, Herr Professor.« Er liebte es, sich für die Seinen zu zerreißen.

Zu seinem dreizehnten Geburtstag wünschte sich Ethan einen ganz bestimmten Kassettenrecorder. Monatelang studierte er Prospekte. Er vertiefte sich in die Magazine, fachsimpelte mit Freunden. Er wußte genau, was er wollte. Sein Vater ging mit ihm ins Geschäft, ließ sich das modische Gerät zeigen und fragte den Verkäufer, ob er kein besseres habe. Na ja, so der Händler, da hinten gebe es ein teureres, ein hochwertigeres. Etwas für Spezialisten. Der Vater wollte seinem Herzstück einen besonderen Apparat schenken. War der Sohn denn nicht sein Goldkind? Für Ethan, für diese Entschädigung aller familiären Verluste, für den eigentlichen Grund seines Lebens und seines Überlebenskampfes, den er auch in diesem Laden, vor der Konzerthalle, an der Theaterkasse, im Kino und am Elternsprechtag weiterführte, war ihm nichts zu teuer, und so hatte Ethan gar keine Chance zu widersprechen. Er bekam, was er gar nicht wollte, denn der Bub wurde so sehr geliebt und mußte so glücklich gemacht werden, daß auf seine Wünsche gar keine Rücksicht genommen werden konnte. Ethan war klein, aber die Zuwendung groß. Der Recorder war so kompliziert, daß er damit nicht zurechtkam. Die Klassenkollegen schüttelten den Kopf. Sie konnten sich nicht entscheiden, ob sie Ethan beneiden oder bemitleiden sollten.

Aber wer hätte Felix Rosen vorwerfen können, wie erbarmungslos er sein Kind bemutterte? Alle sahen, daß er die Familie mit seiner Liebe umzingelte. Jeder war von seiner väterlichen Opferbereitschaft überwältigt. Ethan wurde nicht von einer jiddischen Mame umhegt, sondern von zweien.

Außer Haus war Felix nur ein Geschäftsmann, der dafür gerühmt wurde, die unmöglichsten Waren auftreiben und unter die Leute bringen zu können. Eulen nach Athen? Tee nach Peking? Uhren in den Jura? Solche Aufgaben waren kein Problem für ihn. Zu jener Zeit, in den sechziger Jahren, mußte man die Dame vom Amt anrufen, um Überseegespräche zu führen. Der Ostblock mit Eisernem Vorhang reichte dicht an Wien heran, während in Griechenland, Spanien und Portugal die Militärs herrschten. An den innereuropäischen Grenzen wurde Zoll eingehoben, und jeder Kleinstaat verfügte über eine eigene Währung. Wer eilige Nachrichten übermitteln wollte, suchte das Telegrafenamt auf. Damals existierten noch kein Fax, kein Internet und kein Mobilfunk. Es gab nur Felix Rosen, und wenn keiner wußte, wohin der Überschuß an Unterwäsche in Bulgarien gehen sollte, wie Strumpfhosen in Lagos an die Frau gebracht werden sollten, wer Lakritzen aus Ostdeutschland brauchte, was mit den Schuhen aus Prag geschehen würde, sprang Felix Rosen ein, sprang er los, knüpfte Verbindungen kreuz und quer durch die ganze Welt, und dann verschiffte er Nähmaschinen aus Hongkong nach Prag, von wo er Kinderspielzeug nach London lieferte, mit dessen Verkaufserlös er Bananen aus Panama besorgte, die er gegen sowjetischen Nickel tauschte, um das Metall einem japanischen Unternehmen zukommen zu lassen, das ihm wiederum genug bezahlte, damit er jene Apparaturen aus Hongkong finanzieren konnte, mit denen das Profitkarussell begonnen hatte. Dieses Ringelspiel war sein Sport, und meistens liefen mehrere solcher unübersichtlichen Transaktionen gleichzeitig. Kommunikationsschwierigkeiten kannte Felix Rosen nicht. Er verstand alle Wörter in jeder Sprache, er wußte bloß nicht, was sie bedeuteten. Aber das war auch nicht notwendig, denn er begriff, was sein Gegenüber meinte, ehe es gesagt war. Niemand konnte ihn übers Ohr hauen. Er baute auf Vertrauen und baute Vertrauen auf, auch dort, wo er nichts über die Herkunft der Waren verriet. Sogar wenn er bis zum Äußersten ging, seine Partner unter Druck setzte und den Preis hart aushandelte, wurde er geachtet und respektiert. Seine Partner liebten es, mit ihm Geschäfte zu machen, selbst wenn durchschien, daß er sie ein wenig über den Tisch gezogen hatte, denn er trieb es nie zu weit, zeigte Verständnis für ihre Probleme und war bereit, ihnen zu helfen, wenn sie in Not geraten waren. All das schaffte er, ohne je angestrengt zu wirken, weil er in seinem Beruf aufging und die Arbeit zu genießen wußte.

So war es kein Wunder, wenn sein Zimmer im Krankenhaus zu einer Art Feldlager wurde, als wäre er der Oberbefehlshaber im Krieg gegen die Krankheit, ein General, der die Ärzte wie Kampfkameraden anfeuerte, ein Napoleon, der das gesamte Personal beim Vornamen kannte, er, Felix Rosen, der Held der medizinischen Abteilung.

»Diesmal ist es anders.« Der Vater lag da, zwanzig Jahre

nach jener Operation am Magen, fünfzehn Jahre, nachdem ihm die Niere seiner Frau eingepflanzt worden war. Er krümmte sich vor Schmerz. Stöhnte. Und dann ächzte er noch einmal: »Diesmal ist es anders.« Er bat um Schmerzmittel. Ethan holte Hilfe. Ein Arzt wollte wissen, wo genau es weh tue und wie, aber Felix Rosen antwortete auf keine Frage, sondern erzählte von der Dialyse, murmelte etwas von der Beschaffenheit seines Blutes, erzählte vom Mangel an Appetit, er, der geborene Wiener – er wisperte die Namen typisch österreichischer Mehlspeisen, Powidltatschkerln, Zwetschkenknödel, Brandteigkrapferl, Esterhazyschnitten, Guglhupf, Topfengolatsche, Mohnnudeln. Nie hatte er darauf ganz verzichtet, trotz der Verbote. Aber vor einigen Tagen, den Milchrahmstrudel seiner Frau, er hatte ihn nicht einmal angeschaut, beim bloßen Anblick sei ihm kotzübel geworden. Milchrahmstrudel! Wieviel davon hatte er einst verdrücken können.

Ethan merkte, daß der Alte am Arzt vorbeisprach, er unterbrach den Vater, er möge doch auf die Fragen eingehen, aber der Mediziner sagte: »Was heißt? Was mischst du dich ein? Felix ist es, der hier liegt und leidet. Deshalb hat er alles Recht, zu erzählen, wie es ihm geht und was ihn quält. Du kannst stolz sein auf deinen Vater. Was für ein wunderbarer Mann!« Der Internist nannte den Kranken Felix, als kenne er ihn seit Jahrzehnten, als habe er mit ihm persönlich im Unabhängigkeitskrieg gekämpft. »Wenn es zu schlimm wird, bitte die Schwester um eine Infusion. Aber Vorsicht! Wegen der Nebenwirkungen.«

Dina versprach, sie werde Felix nicht aus den Augen lassen und notfalls Alarm schlagen.

Die beiden waren eine verschworene Gemeinschaft, waren es immer gewesen, hatten zusammen ausgiebig gelitten und gefeiert. Ein Paar, seit sie einander zum ersten Mal begegnet waren. Längst konnten sie nicht mehr ohne den anderen sein. Voneinander getrennt, vereinsamten sie selbst dann, wenn sie von Freunden umgeben waren. Sie konnten nur noch in Symbiose leben. Über die Rosens wurde gesagt, sie würden Feste feiern, wie die Gäste fallen, und zwar unter den Tisch. Wenn sie auftischten, gab es einen Vorspeisenteller, Suppe, ein Fleischgericht, dem ein Fisch folgte, worauf zwei verschiedene Torten serviert wurden, und wer noch Unglück hatte in seinem Glück, eingeladen zu sein, der mußte auch vom Kompott probieren, ehe der Käse kredenzt wurde. Felix war es, der einkaufte, während Dina tagelang in der Küche arbeitete. Er streifte über die Märkte und suchte Läden auf, in denen er geschätzt wurde. Hier war bekannt, welche Fische er bevorzugte, welches Fleischstück wie für ihn vorbereitet werden mußte, hier konnte er sich darauf verlassen, nur das Beste zu bekommen.

Niemand konnte ausgiebiger alle Freuden und allen Kummer auskosten. Zuweilen schluchzten sie ganze Nächte aneinandergeschmiegt, und zwar laut genug, um ihren Sohn, der auf der anderen Seite der Wand im Bett lag, aufzuwecken, aber es konnte auch geschehen, daß sie zusammen zu singen begannen und nicht damit aufhörten, eben weil sie sich erinnerten, was sie alles gemeinsam durchlebt hatten. Sie waren die Widerlegung des Sprichworts, geteiltes Leid sei halbes Leid, denn bei ihnen wurde alles – ob gut oder schlecht – verdoppelt.

Diese Bindung war durch die Nierenspende nicht schwächer, sondern noch fester geworden, als wären sie nun zu einem Organismus, zu siamesischen Zwillingen zusammengewachsen, aber die Machtverhältnisse waren seither ein wenig verlagert. Die Mutter wirkte nun ruhiger, womöglich befreiter, auf jeden Fall aber erleichtert. Sie hatte ein Stück von sich hergeschenkt, das zum Unterpfand ihrer Freiheit und Souveränität geworden war. Es war immer so gewesen, als stünde sie in Vaters Schuld. Ethan hatte oft darüber gerätselt, woran das lag, und ihm schien, als habe sie sich mit der Transplantation entlastet und erlöst. Erst jetzt, da er stundenlang bei Felix saß, fragte er ihn: »Ist es nicht schwer, ausgerechnet mit Imas Niere leben zu müssen?«

Der Vater zuckte die Achseln: »Zunächst war ich dagegen. Ich hatte Angst. Im Lauf der Jahre lernt man die Schicksalsgenossen und ihre Geschichten kennen. Im Krankenhaus, bei der Dialyse. Eine Frau gab ihre Niere dem Mann, und danach verließ sie ihn. Gleich nach der Operation. Stand vom Bett auf und ließ sich scheiden. Bei einem anderen Paar war es der Empfänger. Er fühlte sich unter Druck gesetzt. Er sagte mir, er könne sie nicht mehr aus freien Stücken lieben. Er hat sie – die ganze Verwandtschaft war empört – nach der gelungenen Transplantation sofort verlassen. Ja, ich hatte Angst. Was, wenn das Organ nicht richtig arbeitet? Was, wenn es abgestoßen wird? Ich hatte von den Vorwürfen gehört, die danach erhoben werden! Ein Spender fühlte sich als Ganzes abgelehnt. Er war bereit gewesen, einen Teil von sich für sie zu opfern, und sie, sagte er, nehme es einfach nicht an. Schuld seien ihr Mangel an Liebe und das ewige Mißtrauen. Der Mann sagte seiner Frau: Du hast mich nie akzeptiert, hast dich mir immer schon versperrt, auch beim Sex. Es sei kein Wunder, wenn sie seine Niere nicht möge. Ja, er meinte tatsächlich, sie möge seine Niere nicht. Er tat so, als handle es sich um eine Frage der Zuneigung zwischen seiner Niere und ihrer Leber. Es ist verrückt: Plötzlich reagiert man allergisch aufeinander. Er wird zu ihrem Antikörper und sie zu seinem. – Nicht nur ich, auch Dina hörte von solchen Fällen, aber sie fürchtete sich nicht. Sie hatte Angst davor, mich sterben zu sehen. Nur die Geschichte eines jungen Ehepaares beschäftigte sie sehr. Er spendete ihr eine Niere, die nicht gesund war. Eine Wucherung war übersehen worden und wurde erst nach der Operation als Krebs erkannt. Der Mann hatte seiner Frau ein von bösartigen Zellen befallenes Organ überlassen. Beide starben hier in diesem Krankenhaus, erst sie, dann er.«

Vor der Transplantation hatten die Rosens von außen verhärtet gewirkt, nun war da nichts Verkrampftes mehr zu bemerken. Felix und Dina waren sehr zufrieden mit sich. Durch die Aufteilung ihrer Nieren war er zu ihrer und sie zu seiner besseren Hälfte geworden.

Er werde, sagte Ethan, am nächsten Morgen wiederkommen. Und er wolle von nun an jeden Tag da sein und sich um Vater kümmern.

»Was ist denn mit deinen Vorlesungen, deinen Symposien und Seminaren?« fragte Felix Rosen.

»Mach dir über meine Arbeit keine Gedanken. Du mußt jetzt gesund werden.«

Dina widersprach: »Du mußt arbeiten. Ich bin bei Felix.«

»Ich auch, Ima. Ich komme morgen früh.«

»Es ist der Tod«, sagte Ethan. Er kam erst spät nach Hause. Er sehe es dem Vater an. Der Blick werde trübe. Die Augen versänken, die Wangenknochen träten hervor. Das Gesicht werde zur Maske.

Sie glaube das nicht, meinte Noa. Felix sei ein Kämpfer. Der dürfe noch lange nicht abgeschrieben werden.

Er würde gerne weinen, aber aus irgendeinem Grund könne er nicht, so Ethan. Es sei wie bei einem Beinbruch. Der Schock betäube den Schmerz. Eigentlich verstünde niemand so recht, was seinem Vater fehle. Die Niereninsuffizienz führe nicht zu diesen Symptomen.

»Vielleicht eine harmlose Entzündung. Eine Schwellung, die auf die Lendenwirbel drückt. So etwas kann schrecklich quälen«, sagte sie.

Er wusch die Katzenschüssel aus und schüttete neues Futter hinein. Der Kater kam unter dem Sofa hervorgerannt und sprang an ihm hoch. Er versuchte, ihm auszuweichen. Dann goß er Samen in die Käfigbecher. Der olivgrüne Wellensittich hüpfte heran, der kobaltblaue schlief ungerührt weiter.

Ethan hatte den ganzen Tag im Krankenhaus verbracht. Um seine Arbeit kümmerte er sich nicht. Dabei mußte er mehrere Artikel und Referate fertigstellen. Sein Terminkalender für die nächsten Wochen war voll: ein Vortrag in New York, ein Seminar in Rom, eine Rede in Budapest, eine Veranstaltung in Antwerpen, dann eine Konferenz auf einem Schloß in Frankreich. Er verspürte keine Lust, Tel Aviv und seinen Vater jetzt zu verlassen. In zwei Tagungsprogrammen hatte er zu allem Überfluß gelesen, daß auch Rudi Klausinger dort auftreten würde.

Noa war unterwegs gewesen, hatte sich in der Galerie einer Freundin und im Studio eines Kollegen sehen lassen. Sie war losgezogen, um nach einer Wohnung Ausschau zu halten. Die Stadt war noch teurer geworden.

»Für Sie mache ich einen speziellen Preis«, sagte der Makler. »Aber wenn Sie mit Ihrem Freund einziehen … Wäre es nicht besser, gleich größer zu denken? Bleiben Sie nicht im Land? Denken Sie nicht an Ehe? Wollen Sie keine Kinder? Warum nicht? Sie haben doch genug Geld. Wollen Sie nicht mehr investieren? Wir haben einige wunderbare Objekte in Jaffa. Ein altes arabisches Haus. Wunderschöne Mauern. Aber keine Angst: ganz neu renoviert. Modernste Technik. Die ganze Straße wird umgebaut. Früher waren das Bruchbuden. Jetzt ist die Gegend in. Viele junge Familien aus Tel Aviv gehen dahin.«

Der Mann roch nach einer Mischung aus Parfum und Sperma. Er drängte Noa seine Visitenkarte auf. Sie nahm sie mit spitzen Fingern. Draußen rief sie eine Freundin an. Sie sei wieder im Land und suche nach einer Bleibe.

Seine Garçonnière in der Rechov Basel hatte Ethan an einen Chemiker aus England untervermietet. In der Dachwohnung, die Nurith ihnen für die Dauer ihrer Amerikareise überlassen hatte, konnten sie nur vier Wochen bleiben. Bei Ethans Mutter unterzuschlüpfen, hatte Noa abgelehnt, obgleich Dina Rosen ihr ausrichten ließ, dort sei genug Platz für sie und ihren Sohn. Gar kein Problem! Zwei Badezimmer, zwei Schlafzimmer und neben der Küche, dem Salon und der Eßecke noch ein separater Arbeitsraum, den Noa mit niemandem außer ihm teilen müßte.

Sie hatte den Vorschlag zurückgewiesen. Sie wollte mit ihm allein sein. Ihre eigene Familie versuchte, sie zu vereinnahmen, da brauchte sie nicht auch noch die Überforderungen seiner Mischpoche. Es war schwer genug, die eigene Blase auf Distanz zu halten. Jeder Besuch bei ihrer Mutter, so Noa, zehre sie auf. Es sei, als würde sie mit Haut und Haaren verschlungen. Die Speisen schmeckten, aber die Dosis mache bekanntlich das Gift. Nicht bloß die Menge an Essen, auch das Übermaß an Liebe verwandle den Leckerbissen zum Fraß. Ihren Vater, längst von der Mutter geschieden, traf sie hingegen nur im Zwischendurch, in einem Café oder einem Laden. Immer war er in Eile, als wäre er auf der Flucht.

Wenn sie sich längere Zeit bei ihren Verwandten aufhielt, mußte sie nachher immer wochenlang abspecken. Ihre orientalischen Angehörigen waren – anders als jene

Ethans – zwar keine Überlebenden, aber nicht weniger fürsorglich. Hier wurde jede Rückkehr zum orgiastischen Empfang, zum nahöstlichen Mulatschag. Seine Verwandten zählten viele Tote – Ermordete, die ihm bei jedem Bissen über die Schulter schauten. Ihre Großtanten und Großonkel aus Hebron und Marrakesch waren Heimgegangene anderer Art, weilten unter den Lebenden und waren dennoch dahin. Ihrem Großvater, Stammhalter des jüdisch-palästinensischen Zweiges, kam das Geburtsland fremd vor, seitdem es zur Heimat Israels geworden war. Er kannte sich darin nicht mehr aus, aber je verlorener er sich fühlte, um so verbissener haßte er alle Feinde des Staates.

Der Alte war empört gewesen, als sie ankündigte, nach Wien zu ziehen. Jahrhundertelang waren die Levys doch in Zion geblieben. Wozu gerade jetzt in die Diaspora gehen? Hatten die Alten durchgehalten, damit die neue Generation, die Kinder Israels, wegliefen, sobald sie endlich wieder Herr im eigenen Land waren? Ihre Liebe war von der Familie als Verrat am ganzen Volk, an Ben Gurion und König David höchstpersönlich angeklagt worden. Aber sie hatte dagegen rebelliert. Warum, hatte sie damals gefragt, konnten sich die Juden hier nicht endlich in eine Nation wie jede andere verwandeln? Mußte sich denn ein Finne, ein Italiener, ein Türke rechtfertigen, wenn er beschloß, in Wien zu leben? Sie hatte die Enge nicht mehr ertragen. Und sie war damals, vor zehn Jahren, nicht nach Wien gegangen, um jetzt zurück ins ehemalige Kinderzimmer verfrachtet zu werden.

Sie sahen einander kaum. Ethan mußte sich um den Vater kümmern. Hinzu kamen die beruflichen Umstellungen. Sie waren beide beschäftigt. Keiner warf es dem anderen vor. Allein verbrachten sie die Tage. Nachts kamen sie zusammen. Vielleicht war es die Art, wie sie in ihm einen anderen sah. Vielleicht war es die Art, ihn anzuschauen, die Art, wie sie dabei den Kopf hob. Er wußte nicht, was an ihr ihn so atemlos machte, was an ihr ihn nicht atemlos machte. Im Dunkeln nannte sie ihn Johann und Rossauer. Bei ihr konnte er außer sich sein. Nachher wußte er nie, wieviel Zeit vergangen war. Es brauchte einige Herzschläge, bis er verstand, wo er war. Der rotgetigerte Kater mied ihr Schlafzimmer.

Die Ärzte, so Ethan, wüßten nicht, woher die Schmerzen kamen. Unklar war, ob sie von der Insuffizienz der Niere herrührten oder ob – im Gegenteil – das Organ durch die anderen Beschwerden außer Tritt geraten war. Solch ein Syndrom könne durch eine Verquickung mehrerer Gebrechen ausgelöst werden, die einzeln gar nicht aufgefallen wären, aber zusammen einen Zusammenbruch der Physis bewirkten. Mit elektronischen Geräten rückte man Felix Rosen zu Leibe, und sein Blut wurde chemischen Analysen unterzogen, aber die Mediziner fanden nicht den Grund für seine Schmerzen.

Er war den ganzen Tag im Krankenhaus geblieben. Der Vater hatte sich wiederholt erkundigt, weshalb er nach Tel Aviv gekommen sei. Ob es denn bereits so schlimm um ihn stehe? »Sag es mir, Ethan. Ich will wissen, falls ich bald sterbe. Ich habe ein Recht darauf.«

»Ich beruhigte ihn. Gegen mein eigenes Gefühl. Ich habe ihm vom Nachruf auf Dov erzählt, von meiner Antwort ... alles nur, um ihn abzulenken ... und auch von dir ... um ihn auf andere Gedanken zu bringen. Aber es war, als höre er mir gar nicht zu. Nur als ich von Klausingers Artikel erzählte, zeigte er Interesse. Doch dann wollte er wieder wissen: »Aber warum hast du denn die Stelle in Wien aufgegeben, Ethan?« – Ich sprach von uns. Das überzeugte ihn nicht. Mich übrigens auch nicht. Wir haben doch beide in Österreich gewohnt. Zwei Israelis hatten es vorgezogen, an der Donau zu leben. Du und ich wollten uns von hier fernhalten. Wir hätten in Wien bleiben oder an irgendeinem anderen Ort auf dieser Welt leben können. Weder du noch ich mußten umziehen. Niemand von uns kann seiner Arbeit nur hier nachgehen. Im Gegenteil. Du bist ungebunden und international vernetzt. Aufträge kannst du in jeder Metropole entgegennehmen und ausführen. Bei mir ist es umständlicher. Ich brauche eine Universität, eine Forschungsstelle, und es gäbe für mich andernorts bessere Angebote und Möglichkeiten. Warum zu zweit nach Tel Aviv? Wozu diese Anstrengung? Migration im Doppelpack. – Vater wollte wissen, was du machst. Und kaum antwortete ich, verstand ich selbst nicht mehr, was diese Rückkehr soll. Wir könnten in vielen Ländern arbeiten, aber in wenigen unter so schwierigen Bedingungen wie hier. Ja, Tel Aviv ist wunderbar, aber nur für Besucher. Die Sonne. Das Meer. Aber das Leben? Ich frage dich: Gibt es nicht billigere, friedlichere, sicherere Orte? Und mein Vater, der immer nur gewollt hatte, ich möge hierherkommen, der nur von Zion sprach und mir erklärte, wie sehr er darunter leide, daß ich seinen Wandertrieb geerbt habe, sah mich an, als mache er sich Sorgen um mich. »Jetzt ist eine schwere Zeit«, sagte er. Als wäre es hier sonst so leicht. Ich widersprach ihm nicht. Ich bin erst kurz im Land, aber schon will ich wieder weg. Es ist wie eine Allergie. Kaum trete ich aus dem Flughafen, sehe die ganze Mischpoche, die versammelte Sippschaft, diesen Mischmasch aus Gott und Ghetto, aus Kitsch und Kischkes, sehe dazu diesen Apparat, für den die permanente Ausnahmesituation die einzige Normalität ist, die Sicherheitsleute, die Soldaten, fällt mir das Atmen schwer. Dann diese Hast, diese Anspannung, die jeden sofort in Beschlag nimmt. Wo hast du sonst noch das Gefühl, jeder renne, wenn er nur zum Parkplatz eilt oder Geld abheben will, um sein nacktes Leben. Jede Geste wird ausgeführt, als ginge es um einen Notfall. Alle greifen und grapschen zu, als müßten sie dauernd eine Reißleine ziehen. Sie glauben sich im Absturz. Immerzu. Nicht, daß die Leute hier konformistischer sind als anderswo. Im Gegenteil; jeder ist davon überzeugt, er sei der einzige, der weiß, woher die Rettung kommen muß. Jeder erzählt dir, alle anderen irren und rasen in den Abgrund. Nein, es herrscht nicht Konformismus, sondern Paranoia. Eine Volkskrankheit im doppelten Sinn des Wortes, die alle aus der Ferne mitgebracht haben, die auf den dortigen Erfahrungen gründet und der sie auch hier weiter erliegen. Nein, nicht ohne Grund, denn wir sind schließlich im Nahen Osten, aber, verstehst du, dieser Verfolgungswahn, der in der Diaspora unsere Folklore war und nötig zum Überleben, erreicht hier eine kritische Masse. In Wien vergesse ich immer, wie beengt ich mich hier fühle. Nicht nur das. Wenn mir dort einer mit solchen Eindrücken kommt, wenn der davon redet, in dieser orientalischen Ecke gebe es einfach zu viele von uns auf einem Fleck, dann setze ich dem zu, bis ihm Hören und Sehen vergeht. In diesen Momenten vergesse ich mich und all jene Gedanken, die mir selbst nicht fremd sind, sobald ich wieder in Israel bin. Doch als Abba sich so sehr wunderte, daß ich zurück im Land bin, erinnerte ich mich an nichts, was ich einem Österreicher auf eine solche Frage geantwortet hätte. Ich sah zu Boden und zuckte mit den Achseln, und dann meinte ich: Aber ich habe doch bloß einen einzigen Vater. Dabei drückte ich ihm seine Hand, und er schaute mich groß an.«

Am nächsten Morgen sagte Ethan alle Termine ab. Er würde, schrieb er nach New York, nicht zum Vortrag kommen können. Er entschuldigte sich bei der Kollegin in Rom. Er könne das Seminar dort nicht halten. Familiäre Gründe. Er verzichtete auch auf das Wochenende im französischen Schloß. Er ließ die Konferenz in Antwerpen aus. Er sagte das Symposium in Berlin ab. Er könne nicht nach Budapest zum Beirat fahren. Es täte ihm furchtbar leid, aber er sehe sich nicht imstande, nach Breslau zu kommen. Er meldete sich einfach ab. Es war, als liege nicht sein Vater im Sterben, sondern er selbst. Er gab eine berufliche Todeserklärung ab. Er rief nicht einmal die Universität an, um seinem Institut mitzuteilen, daß er wieder im Land war. Er habe keine Zeit und keinen Kopf dafür.

Vier Tage nach seiner Ankunft sandte er zum ersten Mal in seinem Leben eine E-Mail, in der er mitteilte, er sehe sich nicht in der Lage, den bereits angekündigten Artikel zu verfassen. Ein Krankheitsfall. Und nachdem er diese ihm so unangenehme Verpflichtung hinter sich gebracht hatte, fühlte er sich so erleichtert, daß er denselben Text gleich noch an alle anderen Zeitschriftenredakteure und Herausgeber schickte, denen er versprochen hatte, in den nächsten Wochen Beiträge zu liefern.

Er schrieb auch einen offiziellen Brief an Wilhelm Marker, in dem er noch einmal ausführte, daß er die Stelle am Wiener Institut nicht antreten werde, aber nicht des Eklats mit Rudi Klausinger wegen, sondern um für seinen Vater dazusein. Nachdem er das Dokument ausgedruckt hatte, klappte er den Laptop zu. Zur Post, antwortete er Noa, als sie fragte, wohin er denn gehe.

Er stellte sich an. Nur zwei von sechs Schaltern waren geöffnet. Eine lange Schlange. Eine alte Frau drängte sich vor: »Laßt mich vor. Ich schicke es Expreß.«

»Na und? Glaubst du, ich kann fliegen, weil ich Luftpost aufgebe? Stell dich hinten an. Expreß meint, daß der Brief schneller vorankommt, nicht du.«

Ein anderer mischte sich ein. »Regt euch nicht auf. Es geht um einen Brief, nicht ums Leben.«

Aber der erste antwortete: »Wieso denn? Bin ich ein Freier?« Ein Freier, das war ein Lieblingsbegriff im Land.

Das Wort aus dem Deutschen bezeichnete auf hebräisch jene, die großherzig und spendierfreudig bis zur Selbstaufgabe waren, und seit einigen Jahrzehnten wollte das keiner mehr sein in Israel. Kibbuzniks waren vielleicht einst Freier gewesen. Die Chaluzim, die Pioniere, die sich für ihre Ideen aufgeopfert hatten, mochten womöglich Freier gewesen sein, jetzt waren das Gestalten, denen nicht zu trauen war, sei es, weil sie dumm waren oder weil sie in Wirklichkeit verborgene Ziele verfolgten.

Nachher kaufte Ethan ein paar Gurken beim Gemüseladen gegenüber. Der Verkäufer sagte: »Schau dir bloß diesen Salat an. Das wächst in unserem Land. Ist es nicht herrlich? Was für ein wunderbarer Staat. Hier, nimm das in die Hand. Willst du es kosten? Wenn du das ißt, weißt du, daß es einen Gott gibt. Daß der Messias kommt. Glaubst du denn nicht auch, daß der Messias kommt?«

»Ändert meine Antwort irgend etwas an dem Preis der Gurken?«

»Natürlich nicht!«

»Na, eben!«

Der Verkäufer fragte, ob er in der Gegend wohne und was er arbeite, dann wandte er sich ab, um einen anderen Kunden zu bedienen.

Noa simste ihm eine Nachricht: »Lust auf Sushi?«

»Keine Zeit. Besuche Vater«, tippte er zurück.

Mit dem Taxi fuhr er in die Klinik. Kaum hatte er sein Ziel genannt, wollte der Fahrer wissen, ob er denn krank sei, weshalb er unbedingt dahin wolle. Eine Kaskade von Fragen, und jede Antwort führte zur nächsten Erkundigung. Danach erzählte der Chauffeur von seinen Leiden, derentwegen er sein früheres Geschäft, einen Kiosk, aufgegeben hatte. Er fragte Ethan nach dessen Arbeit, und als er hörte, wo er in den letzten Monaten gelebt hatte, sagte er: »Wie konntest du dort wohnen? Die sollen alle Antisemiten sein. Müssen die Juden da nicht um ihr Leben fürchten?« Erst als Ethan ihm versicherte, es werde in Österreich keinem Juden ein Haar gekrümmt, erstarb das Gespräch, und der Mann sah ihn argwöhnisch an, als hätte er eben behauptet, Nazis seien überaus liebenswerte Menschen und die ganze Geschichte von der Verfolgung wäre nur ein Mißverständnis.

Ethan mußte an jenen Wiener Taxler denken, der Noa und ihn einige Tage vorher zum Schwechater Flughafen gebracht hatte. »Nach Israel? Ist die Lage dort denn sicher genug? Ich meine nur. Wegen der Attentate.«

Noa daraufhin: »Taxifahren ist gefährlicher.«

Der Zustand seines Vaters hatte sich verschlimmert. Er lag vollkommen entkräftet da. Jede Bewegung war ihm zuviel. Er keuchte. Sein Körper war besetztes Gebiet. Der Schmerz hatte ihn okkupiert, saß ihm in den Gliedern. Vater und der Schmerz. Ein gegenseitiges Belauern. Er wollte dennoch reden. Er gab nicht auf, blickte seinen Sohn traurig an, als wolle er sich für sein Benehmen entschuldigen, als tue es ihm leid, sein Kind seinetwegen leiden sehen zu müssen.

»Du hättest nicht wegen des Nachrufs einen Streit beginnen dürfen.«

»Das ist jetzt unwichtig.«

»Du hättest einen Text für Dov schreiben sollen. Nicht eine Polemik gegen den anderen. Eine Hommage. Er hätte es verdient.«

»Ich konnte nicht.«

»Aber verstehst du nicht? Das Gedenken wäre die bessere Antwort gewesen … Ohne diesen anderen zu erwähnen. Was soll der dir? Wenn Klausinger glaubt, Dov, dem Vertriebenen, so die Ehre zu erweisen … Soll sein. Was muß dich das stören?«

»Du hast dir sogar seinen Namen gemerkt? Abba, denk nicht daran. Warum ißt du das Joghurt nicht? Und du mußt dein Wasser trinken.«

Er wehrte das Glas ab, preßte hervor: »Niemand hätte dir das übelgenommen. Deine Erinnerung an Dov … Im Gegenteil … Aber jetzt ist er eine umstrittene Gestalt. Sein Leichnam, seine Biographie ein Schlachtfeld. Und du hast das gemacht.«

»Hätte ich schweigen sollen? Müssen wir uns auf den Kopf spucken lassen und dann sagen, daß es regnet?«

»Über Dov hättest du schreiben müssen.«

»Hier, dein Joghurt.«

»Laß mich, ich kann nicht mehr. – Es ist nicht zu spät dafür. Setz dich hin und schreib.«

»Ich will nicht. Die ganze Debatte hängt mir zum Hals heraus.«

Sie sahen aneinander vorbei. Ethan nahm die Schale

und einen Teelöffel zur Hand. Der Kranke drehte das Gesicht weg: »Dov war kein Rassist. Es ging ums nackte Überleben. Wir waren auf der Flucht.«

Er löffelte dem Vater das Essen in den Mund.

Aber nach dem zweiten Bissen keuchte der: »Glaubst du, wir hatten eine andere Wahl? Es gab keinen Ausweg. Wohin hätten wir denn sollen? Nach Auschwitz? Hätte ich im Lager bleiben sollen?«

»Hier geht es nicht um Auschwitz. Klausinger schrieb von Israel, von Dov, vom Kibbuz. Über das Land der früheren arabischen Nachbarn …«

»Sie waren geflohen. Wir haben den Krieg nicht begonnen.«

Ethan wiederholte nur: »Es geht nicht um Auschwitz.«

»Ich habe es geahnt. Insgeheim gibst du denen recht. Ich kenne dich. Einen Sohn habe ich aufgepäppelt und großgezogen … Das eigene Fleisch und Blut …«

Ethan schüttelte den Kopf, aber er sagte nichts.

Von unten, im Liegen, sah Felix Rosen auf seinen Sohn, der sich über ihn beugte und auf ihn herabblickte. Felix Rosen sah sein Ende. Er würde bald nicht mehr sein. In ihm staute sich das Gift. Sein Körper wurde geflutet. Ihm war nicht nur, als werde er in Zukunft nicht mehr sein. Er schaute zu, wie alles, was er je gewesen war, ausgelöscht wurde. Selbst seine Vergangenheit wurde nachträglich verfälscht und vernichtet. Er war nicht als Zionist ins Land gekommen, sondern bloß mit letzter Kraft. Viele im Displaced Persons Camp sprachen den ganzen Tag nur von der Aussicht auf einen Judenstaat. Ihn hatte vor allem beschäftigt, nicht zugrunde zu gehen. Ehe er an Bord eines illegalen Schiffs nach Palästina aufgebrochen war, hatte er sich bemüht, ein Visum in die USA zu erlangen. Vergeblich.

Damals war es noch kein Verdienst gewesen, ein Opfer, ein Überlebender zu sein. Die Schmach der Verfolgung haftete an ihm. Er stank nach Angst und Tod. Die Leute wollten nicht hören, wie es ihm ergangen war. Keiner wollte wissen, wie er den Mördern entronnen war. Niemand wagte zu fragen, wieso er nicht umgebracht und verbrannt worden war, aber er fühlte, daß er unter Verdacht stand, allein weil er noch existierte.

Kaum jemand hatte sich damals für einen wie ihn, für den jungen Felix Rosen interessiert. Nicht die Amerikaner und nicht die Russen. Aber Dov Zedek sehr wohl. Er hatte nach ihm gesucht, ihn wiedergefunden und aus dem Lager herausgeholt.

»Nichts weißt du«, ächzte Felix Rosen, während Ethan, das Joghurt in der Hand, sich über ihn beugte.

»Er tut so, als hätte ich keine Ahnung. Ich kenne die Geschichte, wie und von wem er inmitten der anderen Überlebenden aufgestöbert wurde. Sie wurde mir Dutzende Male erzählt – von beiden. Glaubt er wirklich, ich werfe Dov vor, ein Rassist gewesen zu sein? Ich besuche ihn, halte ihm die Hand, stütze ihn, wenn er aufs Klo muß, bringe ihm die Zeitungen, lese ihm daraus vor. – Ich will ja kein Dankeschön. Ich mache es, weil ich nicht anders kann. Es ist kein Gefallen für ihn. Es ist eine Notwendigkeit für mich. Ich bin sein Sohn. Aus. Fertig. Aber seine Angriffe halte ich nicht mehr aus.«

Noa hörte zu. Seit einer Woche sah sie mit an, wie er sein Leben ausgesetzt hatte und nichts anderes mehr tat, als die Tage bei seinem Vater zu verbringen. Zu ihren Füßen der rotgetigerte Kater, Tschuptschik.

Er kochte, während er ihr von seinem Vater erzählte. Er begann, einen Strudelteig einzurollen, und berichtete dabei, wie er den Arzt angeschrien hatte, denn es müsse doch eine Ursache für die Schmerzen geben. Er hackte den Salat und klagte, sein Vater esse nicht genug. Erst als er ihr den Teller servierte, teilte er ihr mit: »Abba will dich kennenlernen.« Sie nahm einen Schluck Wasser. Tschuptschik stand auf, rekelte sich und schlich aus der Küche. Geflatter bei den Wellensittichen. Wieso das Gespräch auf sie gekommen sei, wollte sie wissen. Sicher werde er bald vergessen haben, sie sehen zu wollen.

»Kennst du den Unterschied zwischen einem Rottweiler und meinem Vater? – Ein Rottweiler läßt manchmal wieder los.«

»Das wird sonst über die jiddische Mame gesagt.«

»Eben. Mein Vater ist die Mame aller jiddischen Mames. Meine Mutter hingegen nicht. Sie ist ein israelischer Panzerkommandeur.«

Einige Tage später fühlte sich sein Vater ein wenig besser. »Bring sie mit«, schrie er ins Telefon. »Ich brauche Abwechslung. Ich glaube, du traust dich nicht, sie mir vorzustellen. Du fürchtest wohl, ich könnte ihr zu gut gefallen. Hat sie etwa ein Faible für Hinfällige?«, und ein wenig später rief er nochmals an: »Dein Anblick langweilt mich noch zu Tode, mein Sohn. Zeig mir deine Freundin, und alles wird wieder gut.«

Noa und Ethan fuhren mit Dina ins Krankenhaus. Die beiden Frauen verstanden sich so prächtig, daß Ethan am liebsten gleich ausgestiegen wäre. Er steuerte Vaters Wagen, während Noa und Dina hinten miteinander tratschten und lachten. Auf dem Beifahrersitz lag ein Strauß Blumen, den Noa besorgt hatte. Die Mutter erzählte, Ethan sei bereits als Kind ein zerstreuter Professor gewesen, vollkommen anders als Felix. Beide aber, Vater und Sohn, seien im Grunde treue Seelen, was in stereophones Frauenlachen mündete.

Sie fuhren an einem Hügelplateau vorbei, ein mit Erde bedeckter Müllhaufen, eine künstliche Erhebung aus Abfällen. Er blickte zur kahlen Anhöhe hinauf. In der Ferne zogen Kakteenstauden durchs Feld. Grenzmarken früherer arabischer Eigner. Sattes Grün säumte die Straßen. Kein Haus und kein Garten ohne Blumenhain und Obstbäume. Da ergoß sich eine Bougainvillea über den Zaun, dort stieg ein Eukalyptus im Schatten einer Mauer empor. Überall feuerten die Wasserkanonen. Das ganze Land wurde in Schuß gehalten. Ein ewiger Kampf.

Das Leben schien hier nur durch außergewöhnliche Anstrengungen möglich. In Wien war ihm alles leichthin zugeflossen. Jetzt fand er nicht die Kraft, einen Text zu schreiben oder auch nur das Institut aufzusuchen. Der Streit mit Rudi Klausinger war ihm nicht mehr wichtig. Die Auseinandersetzung kaum der Rede wert. Vater hatte recht. Weshalb hatte er statt der Polemik gegen Klausinger keine Hommage auf Dov Zedek geschrieben? Wieso war er den Attacken nicht ausgewichen? Als er in das Krankenhausareal einbog, hatte er für einen kurzen Augenblick das Gefühl, einen südlichen Zwilling von Klausinger zu erspähen, ein Phänomen, das er von seinen vielen Reisen kannte, ob in Mumbai, Colombo, Hongkong, in New York, Sofia oder Marrakesch. Überall fand er – am Straßenrand, im Restaurant, auf dem Flughafen – einen, der ein dunkleres oder helleres Double eines bekannten Gesichts aus einem anderen Land zu sein schien. Schon als Bub hatte Ethan solche Visionen gehabt. Er war überzeugt gewesen, der Portier im Hotel von Delhi sei der Kellner aus dem Pariser Café, wohin sein Vater so gerne ging. Und wieso sah niemand, daß der Elektriker in New York in Wirklichkeit der Trafikant aus Wien war?

Gekämmt, gewaschen und frisch eingekleidet, so empfing sie Felix Rosen. Er hatte diesmal eine Brille auf, das goldene Modell aus den Achtzigern, die Gläser waren über die Jahre matt geworden. Das Zimmer war gelüftet worden, das Bett neu bezogen. Er saß aufrecht, ein wenig angespannt und immer noch blaß und aufgebläht. Die Haltung tat augenscheinlich weh, aber er ließ sich nichts anmerken. Noa präsentierte ihren Strauß. Felix lächelte sie an und ergriff ihre Hand. Er habe bereits viel von ihr gehört.

Ethan fragte ihn auf deutsch, ob die Nachtschwester freundlich zu ihm gewesen sei – »sprich hebräisch«, unterbrach ihn Felix, »wir haben keine Geheimnisse vor Noa.«

Sie spreche Deutsch, sagte sie. Sie habe schließlich jahrelang in Wien gelebt. Ihre Sätze – ohne Fehler, wenn auch mit kehligem Akzent, die Zischlaute tiefer angesetzt und die Vokale dunkler gefärbt – lösten eine beinah hysterische Euphorie aus. Felix und Dina konnten ihr Glück kaum fassen. »Was du nicht sagst? Sie kann Deutsch!« Wären sie auf einen Marsmenschen gestoßen, der Heurigenlieder singt oder Walzer tanzt, hätten sie nicht überraschter tun können.

Deutsch zu sprechen galt ihnen als Auszeichnung. Jahrelang waren ihresgleichen, Juden aus Österreich, dafür verachtet worden, immer noch in der Sprache der Mörder zu reden. Den früheren Nachbarn aus der Ben-Jehuda-Straße haßte Felix jedoch dafür, daß er seit Jahrzehnten im Land lebte, viel länger als er und Dina, und dennoch nicht Hebräisch gelernt hatte. Die Ben Jehuda war das Zentrum der deutschsprachigen Einwanderer in Tel Aviv gewesen. Hier wohnten sie. Hier machte Ethan seine ersten Schritte. Hier genügte es niemandem, dem Straßennamen das Wort Rechov voranzustellen. Die Ben Jehuda wurde hebräisch und deutsch eingerahmt. Der Berliner Hermann Steiger sagte, er wohne in der Rechov-Ben-Jehuda-Straße, und allein diese Wortwahl machte ihn zum Preußen Judäas, zum zionistischen Piefke, zum Piefkineser aus Tel Aviv.

»Wir sind keine Jekkes, sondern Juden aus Österreich«, erklärte Felix Herrn Steiger. »Wir sind keine Jekkes, sondern aus Österreich, aus Wien«, wiederholte er vor seinen Geschäftspartnern, vor dem Gemüsehändler und dem Friseur. Aber was wußten die schon, die aus dem Irak, aus Jemen oder Marokko hierhergekommen waren? Nebbich. Für jene war er ein Jekke und würde es bleiben. Selbst die Polischen, die Tschechischen und die Rumäner machten da keinen großen Unterschied. Die Wiener selbst nannten die Ben Jehuda den Kanton Ivrit, weil man hier »kan Ton« Hebräisch hörte.

In der Buchhandlung am Eck konnten die Werke Goethes, Schillers und Heines gekauft werden. Herzl und Freud gab es hier nur im Original. Daneben eine Zahnarztpraxis mit dem Türschild: »Hier werden alle Sprachen gesprochen!« Eines Tages wagte Felix die Frage: »Sie sprechen alle Sprachen, Herr Doktor Kohn?« Worauf der Dentist sich über Felix beugte und sagte: »Ich doch nicht. Aber meine Patienten.«

Felix und Dina fragten Noa nach ihren Eltern und Großeltern. Ethan kannte dieses Ritual. Sie taten gerne so, als wären alle Juden auf der ganzen Welt ein einziges Familienunternehmen. Abba erkundigte sich nach ihrem Nachnamen, und beide, Mutter und Vater, sahen einander vieldeutig an. Dina meinte, sie würden Noas Verwandte kennen. Ethan sah zur Decke und seufzte, doch sie ließen sich nicht beirren. Wo ihre Eltern wohnten? Was sie beruflich machten? Noa erzählte von der Scheidung, erzählte von ihrem Großvater, seiner Bäckerei, dem Zuckerwarengeschäft in Jerusalem, von ihrem Vater, der gemeinsam mit seinem Freund, Menasche Salman, eine

Firma für fotografische und optische Waren besessen hatte.

»Salman? Der Fotograf? Den kennen wir gut!«

»Wirklich? Er ist aber kein Fotograf.«

»Was redest du, Felix«, rief Dina. »Seit wann ist Salman Fotograf?«

»Ja, heute steht er in seinem Fotokopierladen! Früher rannte er mit einer Kamera herum.«

»Was für ein Fotokopierladen«, widersprach Ethan. »Das ist eine Kette, die optische und elektronische Geräte verkauft. Die haben Filialen in Haifa, Tel Aviv, in Beer Sheva, in Eilat. Glaubt ihr etwa, es gibt nur einen Salman in Jerusalem?«

»Was mischst du dich ein? Was ist dein Problem? Du kennst doch Salman überhaupt nicht. Das ist der mit der Glatze …«

»Haare hat er tatsächlich nicht mehr viele«, gab Noa zu.

»Sag ich doch. Ein alter Freund. Mit so einem Bauch.«

»Na ja, derart dick ist er nicht.«

»Schau, wie sie ihn in Schutz nimmt«, lachte Dina.

Aber Felix sorgte sich: »Er hat abgenommen. Wie geht es seinen Beinen?«

»Er betreibt Nordic Walking.«

Dina sagte: »Wunderbar! Kein Wunder, daß er nicht mehr so dick ist. Hörst du, Felix. Das Bein ist geheilt. Sogar ein paar Haare sind ihm gewachsen. So ist er – unser Salman!«

Der Vater wurde stiller. Er schob den Unterkiefer vor.

Die Augen wurden schmal. Er stützte den Oberkörper mit dem Arm ab. Ihm war anzusehen, wie schwer es ihm fiel, die Schmerzen zu überspielen. Dina hatte ihm eine Suppe mitgebracht, aber Felix war nicht imstande, einen Löffel davon zu essen. Noa füllte Wasser in einen Schnabelbecher, aus dem Vater trinken konnte, ohne sich aufsetzen zu müssen. Er dankte ihr mit einem Nicken. Er war nun gänzlich verstummt.

Später kam die Visite, und sie wurden gebeten, das Zimmer zu verlassen. Sie standen im Gang, und als die Ärzte fertig waren, trat der Chefarzt auf Dina und Ethan zu. Noa machte einen Schritt zurück. Sie hole Kaffee für alle.

Sie wüßten noch immer nicht, sagte der Mediziner, woran Felix eigentlich leide. Die Niereninsuffizienz sei es nicht. Hier gehe es wohl um eine lokale Infektion oder einen eingeklemmten Nerv. In der Nacht habe Felix so laut geschrien, daß andere Patienten davon aufgewacht seien.

Als sie wieder ins Zimmer traten, winkte der Vater Ethan heran. Er setzte sich dicht ans Bett. Felix raunte: »Sie ist besonders. Wunderschön und klug.«

»Du kennst doch unseren Sohn. Sag ihm lieber, dir mißfällt Noa«, mischte sich Dina ein.

»Laßt mich doch bitte in Ruhe.«

»Siehst du? Überall und immer dagegen. In Paris die Arbeit über Kolonialfilme, in Jerusalem die Studie über Palästinenser in der Literatur. In Tel Aviv die Vorträge über diese muslimischen Ruinen. Den Österreichern redet er vom Antisemitismus, und in Chicago wolltest du unbedingt den Kommunismus einführen. Aber als Vater dich in die DDR mitnahm, mußtest du ausgerechnet sowjetkritische Literatur einpacken.«

»Und die Forschungseinladung nach Tirnovo«, warf Felix ein, »kaum angekommen, referierte er über die Situation der Roma in Bulgarien.«

»Hatte ich unrecht?«

»Ein Besserwisser bist du! Ein Herr Klug! Mit noch vollen Koffern gibst du schon allen Bescheid.«

Er war diesen Hohn gewohnt. Sie hatten ihn darauf getrimmt, ein kleines Genie zu sein, um es ihm gleichzeitig vorzuwerfen. Als Volksschüler war ihm von der Mutter bereits ausgerichtet worden: »Du bist ein echtes Wunderkind. Das Wunder wird gehen, und das Kind wird bleiben.«

Mitten im Streit stöhnte der Vater auf. Er müsse sofort auf die Toilette. Er keuchte, kam aber nicht hoch. Der Schmerz schraubte ihn nieder. Ethan versuchte, ihm zu helfen, aber der Vater begann zu wimmern, als er ihn anfaßte, weshalb er ihn wieder losließ, worauf der Vater schrie, warum er denn nachlasse. Als Felix endlich stand, schnaufte er, als habe er eine Bergtour hinter sich. Bei jedem Schritt ächzte er, doch am schlimmsten wurde es, als er sich hinsetzen wollte. Er war nicht imstande, das rechte Bein abzuwinkeln. Er konnte kaum hocken, und als er fertig war, rief er, er käme nicht mehr hoch. Sie mußten ihn hochstemmen und stützen, während er sich die Hände wusch.

Dann der Weg zurück. Während er sich hinlegte,

hechelte er. »Langsam. Ganz langsam! Hörst du? Holt mir Frida. Ich halte es nicht mehr aus. Eine Infusion! Schnell!«

Er fand Noa vor der Kaffeemaschine.

»Hast du es denn nicht bemerkt? Wie er versucht hat, zu überspielen, wie schlecht es ihm geht … Wie er sich vor mir zusammengenommen hat? Begreifst du denn nicht?«

Gemeinsam gingen sie zurück ins Krankenzimmer. Schwester Frida war dagewesen. Felix lag unter der Infusionsflasche. Das Schmerzmittel wirkte. Sein Blick schien gedämpft. Ein wenig glasig. Die Anspannung war aus dem Gesicht gewichen. Dina stand vor dem Bett und streichelte ihn. Sie würden jetzt in die Stadt fahren, flüsterte sie ihm zu. Er lächelte erschöpft.

»Ja, bitte. Geht nach Hause. Alle drei. Ich brauche Schlaf. Ihr müßt euch auch ausruhen. Geh, Ethan. Mach dir keine Sorgen. Bring Dina und Noa nach Hause. Und nimm den Schleier von deinem Gesicht.« Und dann, als die anderen einander anblickten, winkte er Noa zu: »Guten Tag, Frau Doktor.«

»Aber Vater, das ist doch Noa.«

Er schaute sie an, als müsse er durch einen Nebel hindurchblicken. Waren es die Schmerzmittel? Oder trieb er – wie früher so oft – seine Scherze? Schon waren Felix die Augen zugefallen, und er schnarchte leise. Sie gingen zum Lift, fuhren in die Eingangshalle hinunter und trotteten zum Parkplatz.

Ethan griff in die Tasche. »Ich habe mein Telefon vergessen.«

Das sei doch egal, meinte Dina. Er komme ja ohnedies am nächsten Tag wieder, doch Ethan reichte Noa wortlos die Autoschlüssel und rief im Laufen: »Fahrt ohne mich. Ich komme mit dem Taxi nach. Bald schon.«

Da stand der andere, kein Doppelgänger, keine Täuschung. Da war er, der Gegenspieler. Neben Vaters Bett. Gebräunt, als hätte er ein ganzes Jahr am Strand verbracht, ohne Brille und auch ganz anders gekleidet als bei jenem Treffen vor wenigen Tagen in Wien. Felix Rosen schnarchte nicht mehr. Im Gegenteil. Er sah munter aus und lächelte.

Ethan starrte ihn an. Er blickte von Klausinger auf seinen Vater und wieder zurück. Dann trat er auf den anderen zu. Heiser, ein Zittern in der Stimme, fragte er: »Was machen Sie denn hier?«

Klausinger sah zu Boden und wich einen Schritt zurück. »Es wäre wohl besser, wenn ich gehe.«

»Am besten wäre es, wenn Sie nicht hergekommen wären.« Ethan drängte ihn noch weiter zurück.

»Ich wollte mit Felix allein sein.«

»Wozu?«

»Hör auf, Ethan«, sagte Felix.

»Weißt du, wer das ist, Abba? – Lassen Sie meinen Vater in Frieden. Er ist schwer krank.«

»Rudi, Rudi Klausinger«, sagte Felix, und diese Worte brachten Ethan zum Schweigen. Hatte der Alte alles arrangiert? Waren die Schmerzattacken, sein Halluzinieren, sein Einschlummern bloß gespielt gewesen? Hatte er sie deshalb nach Hause geschickt? War es nur darum gegangen, eine Verabredung mit Klausinger einzuhalten? Und was wollte der Wiener von Vater?

Klausinger stand da, verstummt, versteinert. Er schaute auf Felix, als erwarte er von ihm eine Erklärung. Ethan glotzte ihn an. Einen israelischen Geschäftsmann, einen Überlebenden hatte Klausinger erwähnt, als er vom Geliebten seiner Mutter gesprochen hatte. Er glaubte doch nicht, ausgerechnet in Felix Rosen diesen Mann gefunden zu haben?

»Was macht der hier, Abba?«

Der Kranke sah ihn herausfordernd an. Er scheute sich offenbar nicht, dem Sohn entgegenzutreten. Felix preßte hervor: »Er will den Nachruf auf Dov neu schreiben. Er wird es tun. Nicht wahr, Rudi?«

Es war, als begreife Klausinger nur allmählich, angesprochen zu sein. Er nickte zäh, zog die Mundwinkel herab und sah grimmig drein.

»Wie kommt er darauf, Abba?«

Felix grinste: »Wieso ist das wichtig?« Und damit war alles gesagt. Felix Rosen hatte es wieder einmal geschafft, einen Menschen für sich einzunehmen. Er hatte einen seiner Tricks angewandt, und die gelangen um so besser, wenn nicht gefragt wurde, wie sie funktionierten. »Wieso ist das wichtig?« Es war wie immer. Felix war in seinem Element. Er hatte ein Geschäft ausgehandelt. Klausinger, soviel war klar, würde die Würdigung für den toten Freund neu schreiben. Welcher Preis dafür gefordert worden war? Das war sein Geheimnis und sollte es bleiben, aber Felix hatte alles aufgeboten, um eine Lösung zu finden, als ginge es um eine Konzertkarte für Dina, einen Ausbildungsplatz für Ethan, als bräuchte es eine Arbeitsstelle für den Vater und die Schwester, damit sie nicht deportiert würden, oder als gälte es wieder, aus dem Sammellager zu fliehen wie damals im Herbst 1941, als er einem SS-Mann einredete, er sei nur hier, um seinem Bruder eine Bescheinigung zu bringen, nun würde aber noch ein Papier fehlen, das er holen müsse. »Und?«

»Wenn ich aber jetzt hinausgehe, komme ich gar nicht mehr herein.«

Da sagte der SS-Mann zum Torposten: »Siehst du den da? Wenn der zurückkehrt, laß ihn sofort durch«, und so war Felix Rosen einmal noch entwischt, ehe er Monate später doch verhaftet und verschleppt wurde.

Ethan fragte: »Wieso ist dieser Mann in deinem Zimmer, Abba?«

»Seit wann muß ich dich fragen, wer hier hereindarf?«

Ethan schrie Klausinger an: »Warum verfolgen Sie mich? Woher wissen Sie überhaupt, daß mein Vater im Krankenhaus liegt?«

Klausinger schwieg, aber Felix meinte ganz ruhig: »Wieso mußt du das wissen? Entscheidend ist doch nur, daß er jetzt einen Kommentar schreibt, mit dem er alles richtigstellen wird, was dir so falsch vorkam.«

»Mir?« Ethan schüttelte den Kopf. Der Vater hatte hinter seinem Rücken mit seinem Gegenspieler gemeinsame

Sache gemacht. Ihm war übel vor Zorn. Er hielt sich am Fußteil des Bettes fest.

»Kinder, hört auf zu streiten.«

Eine Krankenschwester kam in den Raum. Sie kontrollierte die Infusionsflasche, wechselte die Handtücher, fragte den Kranken, ob er irgendwelche Wünsche habe, und räumte das Essen weg. Zugleich kam eine Putzfrau ins Zimmer. Sie wischte den Boden und zog sich in die Toilette zurück, wo sie das Klo und das Waschbecken reinigte. Die drei Männer verstummten, während die zwei um sie herum arbeiteten. Sie blickten aneinander vorbei.

Kaum waren die beiden Frauen verschwunden, fragte Ethan: »Ich will nur eines wissen. Seit wann haben Sie Kontakt zu meinem Vater?«

»Laß doch gut sein, Ethan. – Du mußt ihm nicht antworten, Rudi.«

»Ich habe Felix vor Wochen einen Brief geschrieben.«

»Wieso ist das wichtig«, seufzte Vater.

»Also schon vor dem Nachruf?«

Klausinger schwieg noch, da rief Felix: »Ich bitte euch!«

»Wohl schon, ehe Sie sich um die Stelle in Wien bewarben«, redete Ethan ruhig weiter.

»Was tut das zur Sache?« stöhnte Felix. Er schaute von einem Moment zum anderen sehr müde aus. »Nimm den Schleier vom Gesicht, Rudi. Du auch, Ethan. Seht euch an.«

Der Vater schnaufte. Er ächzte und winselte abwechselnd. Klausinger nahm ein Glas vom Nachttisch und rannte damit zum Waschbecken, um es für den Kranken zu füllen. Da brüllte Felix: »Ich kann nicht mehr, Ethan! Verstehst du nicht? … Frida. Holt sie. Es ist nicht auszuhalten!« Es brandete in ihm hoch, es überflutete ihn, und dann sein Schrei, worauf beide, Rudi und Ethan, losrannten, um endlich Hilfe, um endlich Schwester Frida zu holen.

5

Felix lag ermattet zwischen den Bettlaken. Über ihm die Infusion. Sie schien weit oben zu schweben. Ein Ballon, der ihn hinaufzog. Er glitt hoch. Der Schmerz war nicht verschwunden, aber er zermalmte ihn nicht mehr. Leicht wurde ihm. Wärme durchflutete den Körper. Sein Gesicht glühte. Der Kopf sank ihm zur Seite. Er wollte nicht mehr reden. Ethan und Rudi, Rudi und Ethan. Er schaute an ihnen vorbei. Der bloße Anblick der beiden strengte ihn an. Die Lider wurden schwer und ließen sich nicht öffnen. Er hörte sich sprechen. »Genug, Kinder.« Es klang dumpf. Irgend jemand deckte ihn zu.

Ethan starrte den anderen an. Der beugte sich über Felix. Wie der dem Kranken über die Stirn strich, sein ganzes Augenmerk auf den Vater richtete. Der Gegenspieler würdigte ihn nicht eines Blickes. Ethan sagte: »Hören Sie: Mein Vater braucht jetzt Ruhe.«

Im Zimmer wurde es dämmrig. Es war spät geworden. Noa rief an. Er sah ihren Namen auf dem Display und ging hinaus. Draußen spazierte ein Patient über den Gang, seine Familie schlich ihm hinterher. Er hielt sich an dem fahrbaren Infusionsständer fest. Der Kranke ging voran wie ein Bischof, den metallenen Hirtenstab in der Hand. Eine Prozession.

Noa fragte: »Wo bleibst du denn? Das Mobiltelefon hast du ja offenbar gefunden. Noch immer bei Felix?«

Ethan flüsterte. Sie könne nicht ahnen, wer da sei … Nein, niemand von der Familie, nein, auch kein enger Freund. Nein. Rudi Klausinger. Rudi Klausinger! Klausinger … Ebender … Der Kerl stehe, während er mit ihr telefoniere, am Krankenbett und streichle Vater … Wenn er es doch sage … Vater sei mit Medikamenten vollgepumpt. Ethan erzählte von der Schmerzattacke. Vom Anfall … Klausinger werde einen neuen Nachruf schreiben. So habe es Vater beschlossen. Eine Art Wiedergutmachung.

Er zischte vor Wut ins Handy: »Es ist, als wäre er uns hinterhergereist … Ich glaube, er stellt mir nach … Zuerst die Bewerbung. Dann der Artikel. Ich bin anscheinend seine ganz persönliche Leidenschaft.« Und dann noch die Idee des Vaters, fuhr Ethan fort, dieser Schnösel solle einen zweiten Artikel über Dov verfassen. Bullshit! Dov sei in den letzten Jahren Ethans enger Freund gewesen. Wenn schon, dann müßte er über Dov schreiben. Er habe mit ihm viele Abende verbracht. Mit ihm Veranstaltungen und Diskussionen besucht. Felix hingegen habe Dov seit langer Zeit kaum je allein getroffen – nur bei größeren Gesellschaften seien sie einander begegnet.

Noa versuchte, Ethan zu beruhigen. »Komm nach Hause. Es bringt doch nichts, wenn ihr euch am Krankenbett anschreit.«

»Erst schmeiße ich den Kerl aus Abbas Zimmer. Ich lasse Felix nicht mit ihm allein.« Ethan legte auf.

Rudi hatte den ganzen Tag darauf gewartet, Felix alleine zu treffen. Auf keinen Fall wollte er Aufsehen erregen. Im Gegenteil. Ethan und Dina auszuweichen und erst nach ihrem Abmarsch bei Felix vorbeizuschauen, das war sein Plan gewesen. Als die anderen das Zimmer verlassen hatten, waren er und Felix endlich ungestört gewesen, aber nur kurz. Es blieb keine Zeit, um zu reden. Einige Sekunden nur. Bloß die Begrüßung. Nach Monaten des Briefwechsels und einem längeren Telefonat stand er endlich vor jenem Mann, von dem er vermutete, der heimliche Liebhaber seiner Mutter gewesen und sein Vater zu sein. Felix war distanziert geblieben.

»Sie kannten meine Mutter, Herr Rosen?«

»Nenn mich Felix.«

»Waren Sie … Warst du … mit meiner Mutter?«

Müde hatte ihn der Bettlägerige angeschaut. Ermattet. Er lächelte an Rudi vorbei. Ein Glänzen in den Augen. Ein Kranker am Tropf, aber da war Ethan ins Zimmer gekommen, und plötzlich hatte Felix überhaupt nicht mehr benebelt gewirkt. Im Gegenteil. Über einen neuen Nachruf hatten sie bisher gar nicht geredet. Dov Zedek war in keinem Brief und bei keinem Telefonat ein Thema gewesen. Plötzlich hatte Felix behauptet, Rudi habe sich zu einem weiteren Artikel verpflichtet. Und wie hätte er in dieser Situation widersprechen können? Der alte Fuchs hatte ihn übertölpelt, ehe er vom Schmerz überwältigt wurde.

Jetzt stand Ethan draußen und telefonierte. Felix war nicht mehr bei Bewußtsein. Die Infusion schien hoch dosiert gewesen zu sein. Er wimmerte im Schlaf, wisperte zuweilen vor sich hin. Satzteile, ein Schnaufen, ein Knurren, als spräche ein Tier. Einzelne Wörter ließen sich erahnen. Hatte er eben Ethan gesagt? Und Dina und Brüder? Rudi versuchte, sich aus dem Griff dieses Mannes zu winden, aber jedesmal, wenn er seine Hand aus der von Felix lösen wollte, sachte, ohne ihn zu wecken, spürte er die Finger stärker nach ihm fassen. Merkwürdigerweise fühlte er sich weniger eingeengt als gebraucht und aufgehoben in den Krallen des Kranken.

Noch während er gegen die zähe Kraft des Alten ankämpfte, hörte er Ethan eintreten. »Lassen Sie gefälligst meinen Vater in Ruhe. Was machen Sie denn da?«

Endlich gelang es Rudi, den Griff des anderen zu lockern, und im selben Moment öffnete der die Augen.

»Nackte«, sagte Felix. Er starrte zur Decke, als laufe da oben ein Film ab. »Schau … Hier … Schaut doch. Ein Dschungel. Beine … Hintern, Arme und Brüste … Ein Fresko. – Die treiben es miteinander. Die bumsen. Seht ihr es nicht? Hört ihr nichts? Die Lustschreie!«

Eine Pflegerin kam ins Zimmer. Sie schaltete das Licht ein und brachte das Abendessen. Felix sah sie gar nicht. Sie fragte, ob sie seine Teekanne abräumen könne. Ethan nickte. Als sie wieder hinausgegangen war, sagte Felix: »Zum Glück hat sie nichts bemerkt. Dabei ist das … doch nicht zu übersehen.«

»Da ist nichts, Abba«, erklärte Ethan.

Aber Felix sah an ihm vorbei zum Plafond und murmelte: »Was weißt denn du?«

»Es wird alles gut.«

»Du hast ja keine Ahnung.«

»Hab keine Angst. Das ist nichts Schlimmes.«

»Es ist pervers. Eine Orgie.« Felix schaute ihn an, sah durch ihn hindurch. »Du meinst, ich sehe, was gar nicht da ist. Aber du siehst ja nichts. Nichts siehst du. Verstehst du? Nichts.«

Er schloß die Augen und wisperte: »Brüder seid ihr. Hörst du? Brüder. Sag der Schwester, du brauchst eine Infusion. Dann hast du keine Schmerzen mehr, und du wirst alles sehen.«

Draußen war es dunkel geworden. Die Straßenlaternen gingen an. Felix nickte ein. Er schnarchte. Ethan ging zur Tür. Rudi folgte ihm hinaus, nachdem er das Licht im Zimmer ausgeschaltet hatte.

»Er halluziniert«, sagte Ethan. Zu zweit gingen sie zum Lift. »Verstehen Sie, Klausinger?«

»Nenn mich Rudi.«

Sie warteten auf einen der Aufzüge. Es klingelte, als einer ankam, aber er war überfüllt. Noch ein Läuten und wieder ein Fahrstuhl. Auch hier dichtes Gedränge, doch diesmal stiegen sie ein. In jedem Stockwerk ein Stopp. Im Erdgeschoß eilten sie hinaus und stritten sich weiter. Ethan blieb beim Sie, Rudi duzte ihn. Der Sabre hielt Distanz, während der Österreicher auf jede Form verzichtete. Klausinger wechselte ins Hebräische, das er fließend beherrschte. In Ivrit konnte keiner den anderen siezen, doch Ethan fügte in seine Sätze ein Herr Klausinger ein.

»Er ist nicht richtig bei sich, Herr Klausinger.«

»Er ist mein Vater, und wir sind Brüder, Ethan.«

»Auch eine Überdosis abbekommen?«

»Ich fand Briefe im Nachlaß meiner Mutter.«

»So ist das mit Nachlässen.«

»Liebesbriefe.«

»Ödipale Eifersucht?«

»Der Mann zeichnet als Motek. Er nennt sie Dschindschi. Wie viele in Österreich kannten damals hebräische Begriffe? Er will sie in der Seilerstätte treffen.«

»Na und?«

»Du weißt es. Dort hatte Felix sein Büro.«

»Das beweist nichts. Mein Vater hätte sein Kind nie im Stich gelassen. Nie! Er ist kein Feigling.«

»Er wußte nichts von mir. Das ist es ja. Er hatte keine Ahnung. Das war ihre Rache an ihm.«

Sie kamen zum Taxistandplatz. Rudi fragte: »Sollen wir gemeinsam fahren?«

Ethan stieg in den ersten Wagen und fuhr davon.

Avi Levy hatte in der Bäckerei gestanden, das Mehl gestreichelt, den Teig geknetet, darüber geschwitzt und gestöhnt, die Bälge in den Ofen geschupft, die Schaufel wie ein Ruder geschwungen, den Brotlaib bestäubt, ein Lied gesummt, und all das voller Leidenschaft, als ginge es ihm nur ums eine, und die Kundinnen konnten ihm vom Vorraum aus zuschauen, wenn er sich mit muskulösem Oberkörper und im ärmellosen Unterhemd in die Arbeit kniete, das Feuer anfachte, bis die Funken sprühten, und die Masse walkte und massierte.

Ob Wecken oder Fladen, ob Semmel oder Pita, jedes Stück, so Saba Avi, der Großvater, zu Noa, schmecke ein wenig nach ihm, und im Vertrauen erzählte er, wie wichtig es für einen Bäcker sei, gut zu riechen. Sie hatte als Mädchen gesehen, wie der Großvater seine Kundinnen empfangen hatte, wie er sie umsorgt und ihnen nachgeblickt hatte. Avi Levy war ein Meister, wenn es ums Einheizen und Anbraten ging, und er war Feuer und Flamme für all die Damen, die ihn besuchten.

Noa erinnerte sich. Sie sah den Großvater in der Backstube, sah, wie Frau Efron am Brot roch, und hörte sie sagen: »Wie das duftet«, und dabei blickte sie dem Großvater tief in die Augen, bis er sie anlächelte, und die Ventilatoren im Laden wirbelten um einiges schneller, und die Luft war so aufgeladen, daß die kleine Noa den Atem angehalten hatte, und der Atem stockte ihr heute noch, wenn sie daran dachte.

Ihre Eltern waren geschieden. Sie lebten in neuen Beziehungen. Wieso traute Ethan dem eigenen Vater keinen Seitensprung zu? Warum wollte er nichts davon wissen? So viele Rosens gab es doch nicht mehr. Er hatte ihr ein Album gezeigt. Das kleine aschkenasische Grüppchen aus Tanten und Cousinen. Er sei als Bub von diesen jiddischen Mames in die Wangen gekniffen worden. Der typische Zwickparcours. Das waren die Streicheleinheiten gewesen, die ihm als Kind zuteil geworden waren, denn die übergroße Liebe hatte keine milden Gaben zugelassen. Die Innigkeit war schonungslos. Warum sie nicht ein wenig mit Rudi Klausinger teilen? Wäre ein Halbbruder aus Favoriten nicht eine Bereicherung? Könnte so einer nicht helfen, die Familienbande ein wenig zu lockern?

Unentwegt hatte sich Ethan über die Enge in seiner Sippschaft beklagt. Und jetzt endlich kommt eine Wiener Mischkulanz daher, sprengt diese jüdische Version der Heiligen Dreifaltigkeit, stellt sich zwischen ihn, Dina und Felix, ist das Corpus delicti eines Ehebruchs, zwingt den treuen Ehemann zum Geständnis, und wie reagiert der anerkannte Kulturforscher, der Experte für die Dekonstruktion aller Mythen, der Meister aller geisteswissenschaftlichen Relativitätstheorien? Was macht der große Tabubrecher? Er verkündet, sein Abba, sein Vati, könne unmöglich eine Affäre gehabt haben. Selbst wenn der es zugibt.

Sie lagen im Bett. Umm Kulthum schluchzte ein Lied. Geigenmusik, die Kapriolen schlug. Er küßte sie, da läutete das Telefon.

Er möge sich die Briefe doch wenigstens anschauen, schlug Rudi vor. Ethan solle selber entscheiden. Vielleicht erkenne er die Handschrift. Sei er denn an der Wahrheit überhaupt nicht interessiert?

Ethan sagte: »Was beweisen schon solche Briefe? Selbst wenn sie einander liebten. War Felix Rosen der einzige Mann in ihrem Leben?«

»Hast du etwa Angst, sie dir anzuschauen? Fürchtest du, zugeben zu müssen, daß Felix sie schrieb?«

Er sah Noa ins Badezimmer verschwinden. Tschuptschik, der Kater, sprang vom Kleiderschrank und rannte ihr hinterher.

Sie einigten sich auf ein Lokal in der Shenkin.

Eine Stunde später saßen sie zu dritt vor dem Café. Noa war von der Ähnlichkeit der beiden überrascht. Rudi war eine südlichere, eine im landläufigen Sinne gefälligere Ausgabe von Ethan. Die Kellnerin, eine zierliche Person mit Dreadlocks unterm Turban, brachte die Getränke. Vorsichtig gruppierte sie alles um die Briefe und Dokumente herum. Einen Cappuccino für Ethan, Campari Soda für Noa und eine Flasche israelisches Bier, Goldstar, für Rudi. An einem Nebentisch diskutierte eine Gruppe junger Leute, einen American Pit Bull zu ihren Füßen. An einem anderen turtelte ein junges Paar. An einem dritten schwiegen sich drei Männer aus, ließen die Augen sprechen, blickten Frauen hinterher. In einiger Entfernung spielte ein Gassengeiger, saß zerlumpt auf der Erde. Einzelne Töne wehten herüber. Russische Folklore.

Ethan sah die Briefe durch. Sie können nicht von seinem Vater stammen, sagte er. Der habe eine andere Handschrift. Der formuliere auch ganz anders, viel klarer, nicht so verspielt wie der hier.

Noa widersprach. »Das ist kein Geschäftsschreiben, sondern eine Liebeserklärung. Und vor vierzig Jahren wird Felix romantischer gewesen sein als heute während der Dialyse.«

Rudi nickte. Sein Bruder, sagte er, ja, er sagte sein Bruder, werde nichts zugeben, solange ihm nicht ein Foto, am besten ein Film präsentiert würde, in dem zu sehen sei, wie Karin Klausinger es mit Felix Rosen getrieben hatte, wie seine Mutter daraufhin schwanger wurde und ihn zur Welt brachte, und nur, wenn sie beide zum Abschluß auch noch in die Kamera erklären würden, daß Ethan und Rudi Halbbrüder seien, dann könnte er – vielleicht – die Wahrheit akzeptieren. Doch wahrscheinlicher wäre, daß er auch dann noch meinte, es handle sich um nachgestellte Szenen. In Wirklichkeit fühle Ethan jedoch genau, wie unhaltbar seine Position geworden sei. »Du belügst dich selbst.« Er rief der Kellnerin zu, er wolle ein weiteres Goldstar.

»Du unterstellst mir eine Lüge? Ausgerechnet du?« Ob es etwa Zufall sei, daß Rudi sich für denselben Job beworben, den Nachruf auf Dov verfaßt und dafür auch noch ihn, Ethan, zitiert habe? Wie hoch war die Wahrscheinlichkeit, mit einem Halbbruder um ein und dieselbe Stelle zu konkurrieren und gleichzeitig mit ihm einen öffentlichen Disput auszutragen? Und nicht nur das. War Rudi etwa nicht längst mit Felix in Kontakt gewesen? Es sei ihm doch immer nur um seine Stelle gegangen, nichts anderes stecke hinter der ganzen Geschichte. Ja, seine, denn sie war doch Ethan auf den Leib geschneidert worden. Ethan sagte: »Du hast den Nachruf nicht für Dov, sondern gegen mich geschrieben.«

»Was soll ich getan haben? Bist du paranoid?«

»Ich bin deine fixe Idee.«

Rudi tat so, als höre er gar nicht mehr zu. »Mach kein Mysterienspiel daraus. Was ist ungewöhnlich daran, wenn ich einen Nachruf für einen Wiener Überlebenden schreibe? Ich mache das immer wieder. Und bist du nicht ein renommierter israelischer Intellektueller? Wieso nicht dich zitieren? Ist es verboten?«

Noas seidenes Lächeln. »Nein«, sagte sie, »es ist natürlich erlaubt, die Worte des eigenen Halbbruders zu zitieren, nicht aber seinen Namen zu nennen. Es ist bloß bezeichnend.«

Ethan schrie: »Du wußtest, wer ich bin. Diese ganze Inszenierung, die Debatte in der Zeitung, alles eine Lüge. Von Anfang an. Deshalb glaube ich dir nicht. Du bist nicht mein Bruder. Du bist nur irgendein Bastard mit Hintergedanken.«

Ja, ein Bastard, feixte Rudi. Jawohl. Das sei er von Anfang an gewesen. Und nur deshalb akzeptiere ihn Ethan nicht, das habe er immer gewußt.

»Was denkst du dir eigentlich? Du kannst ihm doch nicht vorwerfen, ein Bastard zu sein«, fuhr Noa ihn an. Ihre Stimme war heiser geworden. »Ihr zwei seid einander wert.«

»Ich scheiß auf dein Verständnis. Ethan trifft zumindest den Punkt. Ich bin ein Bastard. Ein Mamser. Das hört mit der Kindheit nicht auf, sondern begleitet einen durchs ganze Leben.« Er rückte mit dem Sessel vom Tisch weg.

Der American Pit Bull, der unter dem Nebentisch lag, sprang auf, knurrte und bellte ihn an. Rudi schrak zusammen. Der Besitzer riß an der Leine, um das Tier auf den Boden zu zwingen. Mit einem scharfen »scheket!« rief er den Rüden zur Ruhe. Ein massiger nachtschwarzer Hund mit breitem Gebiß. »Platz, Nebbich«, sagte der Mann, worauf das Monster seufzte und die Schnauze auf die Pfoten bettete.

Ethan sagte: »Wäre es zuviel verlangt, dem Hund einen Maulkorb anzulegen?«

»Nebbich ist völlig harmlos.«

»Haben wir gesehen! Ich verstehe nicht, was ein Kampfhund in einem Café zu suchen hat.«

»Nebbich ist kein Kampfhund. Er tut nichts. Ich habe ihn unter Kontrolle. Solange ihr euch nicht auf seine Pfoten setzt.«

Ein anderer Gast sagte: »Das ist ein jüdischer Kampfhund. Der gehört ins Kaffeehaus.«

»Jüdisch? Ist er ein Angstbeißer?« fragte darauf Noa.

Rudi kam wieder näher an den Tisch. Er sprach leiser weiter. Er sei sich am Anfang ja gar nicht sicher gewesen, auf seinen Vater gestoßen zu sein. Der Verdacht allein hätte ihm natürlich nicht genügt. Deswegen seine Recherche. Darum auch der Besuch im Krankenhaus. Er habe die Briefe gekannt und Felix vor einiger Zeit geschrieben, aber bis heute war der Alte vage geblieben und hatte zwar nichts abgestritten, aber auch Zweifel an seiner Vaterschaft geäußert. Ja, er sei ein Bastard, ein Mischling. Er sei für die Nichtjuden ein Jude und für die Juden ein Goj. Und er sei es gewohnt, sich einzuschmuggeln und einzugemeinden, in jede Kultur und jedes Land. Und wer meine, das höre mit der Kindheit auf, habe nichts begriffen.

Er war wieder lauter geworden, der Terrier bewegte die Ohren und zog die Lefzen hoch. Die Nachbartische hatten längst begonnen, den Streit aus den Augenwinkeln zu verfolgen. Die Kellnerin patrouillierte auf und ab. Rudi bestellte eine weitere Flasche Goldstar. Er wußte nicht, was er sich vorwerfen sollte. Er hatte sich um eine Stelle beworben, für die er qualifiziert war. Er hatte einen Artikel geschrieben, weil er von einem Redakteur darum gebeten worden war. Er hatte Ethan zitiert, ohne ihn zu nennen. Nun gut. Das war nicht fein, aber auch kein Verbrechen. Hatte er voraussehen können, dadurch einen solchen Skandal auszulösen?

Ein Kind ratterte mit einem Plastiktraktor vorbei. Die Kellnerin brachte die Bestellung, und Rudi setzte das Bier an, ließ es in sich hineinrinnen. »Ich scheiß drauf.« Es war mehr ein Rülpsen als ein Sprechen. Und dann: »Wer braucht einen wie dich schon als Bruder?«

Rudi stand auf. Am Nachbartisch sagte einer, die seien sicher verwandt, nur Familienmitglieder könnten so streiten. Rudi setzte sich wieder.

Ethan nahm die Briefe zur Hand. Es waren kurze Schreiben. In Eile hingeworfen. »Ich habe prinzipiell nichts gegen die Möglichkeit. Wir könnten Brüder sein, natürlich. Es geht nicht darum, daß die Ordnung der Familie durcheinanderkommt.« Er verzog angewidert das Gesicht, als er die Worte »Ordnung der Familie« aussprach. »Geschwister sind keine Frage der Wahl. Wenn Felix erklärt, dein Vater zu sein, wer bin ich, es zu bestreiten.«

Rudi richtete sich auf und beugte sich mit hochgerissenen Armen zu Ethan, um ihn zu umarmen, aber der American Pit Bull, der mit zuckenden Lefzen und gebleckten Zähnen den Streit der beiden Männer belauert hatte, sprang mit einem Knurren auf und schnappte nach Rudis Hintern. Rudi schrie auf vor Schmerz. Ethan brüllte den Besitzer an: »Ich bring dich um! Nicht den Hund, sondern dich.«

»Ist schon gut. Reg dich ab«, antwortete der Mann. »Es ist ja nichts passiert.«

Rudi rief: »Was soll das heißen? Was, wenn er Tollwut hat?«

»Nebbich«, sagte der andere, und es war unklar, ob er sich damit auf Rudi bezog oder seinen Hund zurückrief.

Es sei genug. Der Besitzer des Cafés stand plötzlich vor ihnen. Er räumte den Tisch ab. Das Vieh habe ab sofort Lokalverbot, und die ganze Blase, ob Geschwister oder nicht, solle jetzt abhauen. Und zwar sofort. Er verzichte auf die Bezahlung. Raus.

Sie wollten ohnehin nach Hause. Der Biß des Hundes hatte bei Rudi kaum Spuren hinterlassen, aber er wollte sich hinlegen. Auch Ethan und Noa fuhren heim. In der Nacht klammerte er sich an sie. Sie hielten sich aneinander fest, als wäre das Bett abschüssig. Im Dunkeln fühlte Ethan den Kater über seine Füße tapsen.

Am nächsten Morgen frühstückten sie gemeinsam. Danach las er drei Seminararbeiten, die ihm per E-Mail zugeschickt worden waren. Er mußte Anfragen beantworten. Eine Einladung zu einer Konferenz lehnte er dankend ab. Aus dem Tel Aviver Institut erreichten ihn bürokratische Mitteilungen. Er löschte sie. Wilhelm Marker bat ihn, sich zu überlegen, ob er sich nicht doch bewerben wolle.

Auf seinem Schreibtisch stapelten sich Briefe. Er öffnete die Kuverts. Rechnungen, Veranstaltungsankündigungen und Werbung. Er ließ alles achtlos liegen, hörte danach seine Mailbox ab. Ein Rabbi Jeschajahu Berkowitsch bat um Rückruf. Der Name kam ihm bekannt vor, aber ihm fiel nicht ein, wo er schon auf ihn gestoßen war. Ethan skizzierte einige Ideen zu einem Aufsatz über Selbstmord-attentate und fuhr mittags zur Universität.

Er stieg die Treppe hoch zum Eingang und öffnete seine Tasche, als er die Sicherheitskontrolle passierte. Gegen-über der Bibliothek lag das Gebäude, in dem sich sein Büro befand. Studenten grüßten ihn, und als er ins Se-kretariat kam, fragte ihn eine junge Assistentin nach der Professur in Wien. Sie wunderte sich, daß er die Stelle ausschlagen wollte, um nach Tel Aviv zurückzukehren, schaute ihn an, als litte er an einer unheilbaren Krankheit. Ein Dozent der deutschen Geschichte sprach ihn an. Ob eine gemeinsame Lehrveranstaltung denkbar sei?

Er klopfte bei Jael Steiner an, die erst vor einem hal-ben Jahr zur Vorsitzenden der Abteilung gewählt worden war. Sie wollte gerade in die Mensa und bat ihn, sie zu begleiten.

Er fehle sehr am Institut, meinte sie, worauf Ethan sag-te, da habe er gute Nachrichten. Er werde die Stelle in Wien womöglich nicht antreten. Er würde dort allerdings mehr verdienen und wolle deshalb über einen neuen Ver-trag verhandeln.

Sie lächelte müde.

Überall konnte er auf mehr hoffen, nur hier, gleichsam

zu Hause, wurde ihm nicht zugestanden, was er andernorts wert war. Ein Fremder mit ähnlichem Curriculum, sagte Ethan, würde zweifellos besser eingestuft werden.

Sie nickte und grüßte eine Kollegin aus der Sinologie. Das Mittagsmenü könne sie heute durchaus empfehlen. Ein Wokgericht, sagte sie noch, um übergangslos fortzusetzen, daß er selbst es schließlich gewesen sei, der vor kurzem hier sein Büro zur Verfügung gestellt habe. Dann nahm sie einen Schluck vom Kaffee, kramte Zigaretten hervor, steckte sich eine in den Mund, zündete sie aber nicht an, da das Rauchen im Gebäude verboten war. »In Wien wolltest du nicht als Fremder behandelt werden, und hier meinst du, es wäre besser, einer zu sein?«

Wer ihr von seinen Problemen in Österreich erzählt habe? Noch ehe er den Satz zu Ende gesprochen hatte, ahnte er schon die Antwort, hörte im voraus, welcher Name gleich fallen würde.

»Ein Kollege. Österreicher. Rudi Klausinger, ich lernte ihn vor Jahren kennen. Auf einer Konferenz in Beer Sheva. Er wird in diesem Semester hier lehren … Was hast du, Ethan? Du schaust plötzlich so komisch.«

Er wählte Dovs Nummer. Der Anrufbeantworter schaltete sich ein, und er hörte die Stimme von Dov Zedek. »Dov Zedek. Das wird ein recht einseitiges Gespräch, aber ich rufe alle zurück, die mir eine Nachricht hinterlassen.«

»Hier spricht Ethan. Katharina, ich versuche, dich zu erreichen. Wenn du das Band abhörst, melde dich bitte. Meine Nummer lautet …«

In diesem Moment das Klicken in der Leitung und dann Katharinas Stimme: »Ethan? Bist du im Land?«

»Vater ist im Spital.«

»Was? Felix? Ist es die Niere?«

»Sie wissen es nicht.«

»Kommst du vorbei, wenn du in Jerusalem bist?«

»Hast du in einer Stunde Zeit?«

»Ich warte.«

Er holte Vaters Auto aus der Garage. Nach etwa vierzig Minuten hatte er die Serpentinen erreicht, die nach Jerusalem hinaufführten. Dovs Wohnung lag in Machane Jehuda. Er kurvte durch die Straßen, fand keinen Parkplatz. Endlich, dreißig Minuten zu spät, läutete Ethan an der Tür. Katharina begrüßte ihn durch die Gegensprechanlage. Als sie ihm öffnete, wunderte er sich, wie gut sie aussah. Nie war sie ihm schöner erschienen. Sie lächelte ihn an. Erst als er nachfragte, wie es ihr denn gehe, merkte er, wie sie in sich zusammensackte.

»Es wird«, antwortete sie. Die Zimmer waren unverändert. Vollgeräumt. Die Wände verschwanden hinter Regalen und Einbaukästen. Überall stapelten sich Bücher und Zeitschriften. Dovs Arbeitstisch schien unberührt. Auf dem Sofa lag noch das Buch, das er zuletzt gelesen hatte. Aufgeschlagen.

Ein Zimmer hatte er mit ganz besonderen antiquarischen Ausgaben ausgestattet. Ethan betrat den Raum. Es roch nach Holz und altem Papier, auch süßlich nach Leder und vielleicht ein wenig nach Leim, aber das konnte Einbildung sein.

»Komm, Ethan, ich zeig dir meine Sammlung«, hatte Dov den Jugendlichen einst, vor drei Jahrzehnten, angelockt. »Die Leute fragen einander immer: Wenn du auf eine einsame Insel fährst, was würdest du mitnehmen? Hier, Ethan, das war es, was sie hierherbrachten, um sich zu retten.« Es waren die Bücher früher Einwanderer, die Dov interessierten. Er besaß mehrere Ausgaben der Freudschen *Traumdeutung*. Ethan erinnerte sich, wie Dov mit ihm vor dem Regal stand, einen Band herauszog und sagte: »Hier. Schau. *Die Traumdeutung*. Die zweite vermehrte Auflage von 1909. Eine wissenschaftliche Revolution, die noch als Buch erschien und nicht in einer Zeitschrift.«

Ethan war es, der Dov später, zum achtzigsten Geburtstag, den Erstdruck besorgt hatte. Er entdeckte ihn bei einem New Yorker Kollegen, der – sterbenskrank – seine Schätze jahrzehntelang gehütet hatte, um sie nun in die richtigen Hände zu geben. Ethan dachte sofort an den alten Freund in Jerusalem, und Dov Zedek versetzte Ethan eine leichte Ohrfeige und sagte: »Du bringst mich noch zum Weinen, du dummer Bub.«

»Mit Freuds *Traumdeutung* und dem *Altneuland* Herzls bin ich nach Palästina gekommen.« Dov besaß *Altneuland* auf deutsch, in Hebräisch, aber auch eine Ausgabe aus dem Jahr 1915 auf jiddisch. Er zeigte auf eine Fassung der *Traumdeutung* und eine von *Altneuland*. »Das waren die zwei Bände, die ich eingepackt hatte. Was meinst du? Welches ist letztlich ein Buch der Träume geblieben und welches hilft, ein unabhängiger Mensch zu sein?«

Ein anderes Mal fragte Dov: »Und was, wenn Herzl eines Tages zu Freud gegangen wäre, angeklopft und gesagt hätte: »»Herr Doktor, ich habe einen Traum?‹«

Auf der linken Seite des Raumes sah Ethan die Werke von Arthur Szyk, die Schriften von Bialik und Tschernichowski. Alles war unverändert, und ihm war, als komme Dov gleich zur Tür herein. Aus einem Regalfach zog er eine Zeitung hervor, *Die Stimme*, das einstige österreichisch-zionistische Blatt. Die Ausgabe vom 6. Juli 1934 hatte Dov nie weggeworfen. Bialik, so wurde hier gemeldet, sei eben in Wien verstorben. Ethan blätterte weiter. Vom Mangel an Zertifikaten nach Palästina war zu lesen. Dann Artikel über die Lage der Juden in Deutschland, in Polen und in der Sowjetunion. Sein Blick fiel auf eine Anzeige. »Anspruchsvolle Starkbärtige, Empfindliche, Eilige nehmen nur die sanft-scharfe Schwing«. Auf einer anderen Seite fand er ein Inserat der Kurkommission Bad Gastein.

In einer Ecke waren marxistische Schriften in den verschiedensten Sprachen versammelt. Gleich daneben standen die Werke von Heine und die Dramen von Büchner. Katharina trat in die Bibliothek, die Dovs Arbeitszimmer gewesen war. »Ich traute mich noch nicht herein, seitdem er nicht mehr da ist«, sagte sie. Er wollte sie umarmen, aber sie hatte das Tablett mit Kaffee und Kuchen, mit Teller und Tassen in den Händen. Er nahm es ihr ab. Sie setzten sich ins Wohnzimmer.

Sie behauptete, nichts von den Kassetten zu wissen, die Dov für ihn besprochen hatte. Aber er glaubte ihr nicht ganz. »Auf dem Band sagt er, du seist nebenan, im Schlafzimmer. Er sitze derweil in der Küche. Er sagt am Ende, du bist aufgewacht. Und du hast nichts von seinen Aufnahmen gemerkt? Nichts von dem Plan, sie mir zuzusenden? Nach seinem Tod.«

»Du kennst doch Dov.« Sie korrigierte sich: »Du kanntest ihn. Er arbeitete vor sich hin. Ich wußte von vielem nichts.«

Ethan konnte nicht widersprechen. Solange er lebte, war sie Dov nie ganz nahe gewesen. Als Witwe blühte sie indes auf. War es denkbar, daß er ihr verheimlicht hatte, Vorkehrungen für den Tod zu treffen? Schließlich hatte er ihr vieles verschwiegen. Und treu war er ihr auch nicht gewesen. Selbst als Greis pflegte er romantische Bekanntschaften; nicht mehr leidenschaftliche Affären, aber innige Verliebtheiten. Er belog sie nicht. Immerhin wußte sie, wie unverbindlich er von jeher lebte. Ausschließlichkeit hatte er ihr nie versprochen. Auch das war nun anders, seitdem sie ihn begraben hatte. Nun war sie die einzige, die Eigentliche, wenn auch bloß, weil sie ihn spät genug kennengelernt und ausreichend lange ertragen hatte.

Womöglich wollte Dov sie einfach nicht mit dem Gedanken an sein Ableben belasten. Die Tonbänder hatte er hinter ihrem Rücken besprochen. Nachts. Sie hatte geschlafen. So konnte es gewesen sein. Er richtete sich darauf ein, mit ihr über Felix zu reden und ihr vielleicht ein wenig von Noa zu erzählen, aber zu seiner Überraschung war sie es, die von Rudi Klausinger zu sprechen begann. Sie hatte von dem Nachruf in der Wiener Zeitung gehört. »Was für eine Gemeinheit«, sagte sie. »Dieser Mensch muß ein Schwein sein. Ein Antisemit. Ein Nazi.«

»Katharina, jetzt übertreibst du.«

»Mein Lieber, ich weiß, worum es geht. Ich kenne meine Pappenheimer. Unter meinen eigenen Verwandten sind solche Typen. Ich bin froh, daß du ihm geantwortet hast. Gut, daß du aufgezeigt hast, was für ein Rassist er ist.«

»Das habe ich doch gar nicht geschrieben.«

»Natürlich nicht. Aber alle haben verstanden.« Sie steckte sich eine Zigarette an und zog scharf daran: »Egal. Vergiß ihn einfach. Er ist es nicht wert, sich mit ihm abzugeben.«

»Ich traf ihn gestern in Tel Aviv.«

Sie konnte es nicht glauben. Klausinger der illegitime Sohn von Felix? Ethans Halbbruder? Er spreche Hebräisch? Bald aber faßte sie sich wieder. »Ich kenne diese Sorte. In Wien schreibt er einen Artikel gegen Dov, und hier will er Teil der Mischpoche werden. Und die Geschichte mit Felix! Dein Vater ein Don Juan? Ich bitte dich. Ich könnte mich nackt vor ihm hinlegen, und er würde sagen: Pardon, mein Herr, und so tun, als bemerke er nicht, wer ich bin. Felix doch nicht! Dieser Rudi Klausinger nutzt seine Krankheit aus.«

»Katharina, dieser Rudi Klausinger ist überzeugt, mit uns verwandt zu sein. Und Felix war eindeutig. Er hat es bestätigt.«

»Nimmst du ihn schon in Schutz, weil er dein Bruder sein soll? Früher versuchten Juden, um zu überleben, als

Arier zu gelten. Nun fahndeten Kinder ehemaliger Nazis nach Vorfahren, die als Sarah und Israel verfolgt wurden, um instant koscher zu werden. Rudi Klausinger hat sich seinen Felix Rosen gefunden.«

»Da oben sind nackte Frauen, Männer auch.« Stellungen, die er noch nie gesehen habe. Ein Gestöhne und Geseufze ohne Ende. Das reinste Pornokino. Er ächzte die Worte, lag zerschlagen da. Vor der Dialyse habe er sich gefühlt wie eine Fischleiche, aufgequollen und faulig, jetzt fühle er sich leer. Er lächelte gequält. »Und hier, auf der anderen Bettseite, steht manchmal ein Herr. Übrigens sehr elegant. Muß ich sagen. In der Hand einen Spazierstock mit rundem Messinggriff. Überaus freundlich. Der nickt mir zu, und wenn er zum Fußende gleitet, dann verschwimmt seine Figur wie hinter gewölbtem Glas. Dort scheint er dünn, da dick. Eine Gestalt aus dem Lachkabinett.« Er winkte ins Leere. An seinem Arm der Shunt für die Blutwäsche, nicht weit davon die Tätowierung aus dem Lager.

»Er schwebt auf und ab. Hier vor mir. So klar wie du … Ich weiß, daß er nur Einbildung ist. Mein Gehirn sagt mir, ich darf meinen Augen nicht trauen. Verstehst du? – Ich bin ganz klar im Kopf. Es ist eine optische Täuschung. Aber ich durchschaue sie. Und du ahnst nicht, wer mich seit gestern besucht. Ein gemeinsamer Freund von uns allen. Der alte Dov Zedek. So lebendig wie du. Er stand da und sprach mir Mut zu.«

Ethan horchte auf. »Könnte es sein«, murmelte er, »daß Dov nicht wirklich gestorben ist?«

»Ethan, liege ich hier oder du? Bekomme ich Morphium oder du? Habe ich Halluzinationen oder du? Dov Zedek ist gestorben, begraben. Er ist tot! Begreife es, Junge. Er ist nicht mehr. Was ich sehe, sind Trugbilder, und ich weiß es. Ich bin ganz klar im Kopf, Ethan. Ich könnte jetzt sofort Geschäfte mit dir machen. Dov ist tot. – Aber was kommt nach? Was bleibt übrig?«

Ethan kannte die Geschichte, die nun folgen würde. Ein alter Freund, Stahllieferant, hatte Felix vor einem Jahr angerufen. Er war eines Tages zur Bank gegangen. Am Schalter erfuhr er, daß der Sohn, zeichnungsberechtigt, alles Geld vom Geschäftskonto abgehoben hatte. Der Metallhändler war außer sich, rief den Jungen an. Weshalb der Bub die Einlagen transferiert habe? Das Geld sei nun auf seinem Sparbuch, habe der seelenruhig geantwortet. Wieso denn? Warum er so etwas mache? Er sei doch ohnedies sein Nachfolger. Er würde sowieso alles nach seinem Tod bekommen. Solange werde er doch noch warten können. Aber der Rotzbengel antwortete, er habe eigene Pläne. Er brauche die Investition jetzt, sofort. Warum, so fragte der Alte, habe er nicht darum gebeten? Was er sich erlaube? Ob er seinen Eltern keinen Respekt schulde? Und überhaupt! Das Kapital sei doch nicht ihr Privatbesitz, sondern Firmeneigentum. Er sei schließlich bei seinen Partnern im Wort. Er schulde denen jetzt Geld. Er müsse Verbindlichkeiten gegenüber Kunden begleichen. Der Vater hatte am Ende gar mit dem Anwalt gedroht. Wenn er nicht zur Vernunft komme, müsse er ihn, den Sohn, vor Gericht bringen. »Wie du willst«, habe der geantwortet. »Aber dann melde ich alles der Finanz. Dann verlierst du viel mehr. Dann bleibt dir nichts.«

Felix liebte es, solche Geschichten zu erzählen, sprach von den Greisen, die ihr ganzes Leben und den Aufbau des Landes niemand anderem als ihrem Nachwuchs gewidmet hatten, der Jeunesse dorée des Kleinstaates. Diese Alten, den Lagern entkommen, seien hierhergeflüchtet, um Frieden zu finden … Und was sei daraus geworden?

Ethans Mobiltelefon klingelte. Er verließ den Raum, stand im Gang. »Professor Rosen? Hier spricht Rav Jeschajahu Berkowitsch.«

»Ja?«

»Verzeihen Sie, Professor Rosen, wenn ich Sie behellige, aber ich muß Ihnen ein Geheimnis verraten.«

»Müssen Sie?«

»Wenn ich es Ihnen doch sage. Sie können mir helfen und nicht nur mir, sondern allen Juden, ja, der gesamten Menschheit.«

»Ich fürchte, Rav, Sie sind falsch verbunden. Ich gebe nichts.«

»Wer redet von Geld? Im Gegenteil. Es geht um eine Hinterlassenschaft.«

»Ein Erbe?«

»Eher ein Vermächtnis.«

»Die Tradition? Sie wollen mich zum Glauben zurückholen?«

»Werter Herr Professor, ich habe gehört, daß ich bei Ihnen keine Chance habe. Sie haben heute keine Tefillin gelegt, gestern nicht und werden sich morgen keine umbinden. Und wissen Sie was? Ich weiß sogar, warum.«

Und ehe die nächsten Worte sein Ohr erreichten, sah Ethan den fetten Hintern vor sich, erinnerte er sich an das Wippen im Flugzeug, dachte er an den Orthodoxen, der sich ins Gebet geworfen hatte, hin und her, als gelte es, das Flugzeug zum Absturz zu bringen, und da hörte er den Geistlichen sagen: »Sie stehen nicht auf Leder!«

»Sind Sie der Fromme, der im Flieger neben mir saß?«

»Nein. Ich sagte doch, ich bin Rav Berkowitsch.«

Im selben Moment begriff Ethan, mit wem er es zu tun hatte, und er erinnerte sich, über diesen Rabbiner Berkowitsch in der Zeitung gelesen zu haben. Eine geistige Autorität. Ein ultraorthodoxer Führer, der im Hintergrund der religiösen Fraktionen agierte.

»Der Chassid, der damals mit Ihnen flog, arbeitet für mich. Ich habe, Herr Professor, Erkundigungen über Sie eingezogen. Es ist eine sehr wichtige Angelegenheit, derentwegen ich Sie sprechen muß. Es geht um Ihre Familie. Um Ihre Verwandtschaft. Ich kann Ihnen ein Geheimnis verraten, von dem niemand weiß und das Ihre Vorfahren und auch Sie betrifft.«

»Ein Geheimnis?«

»Mehr noch, ein Rätsel, das nicht einmal Ihre Eltern kennen.«

»Was haben denn meine Mutter und mein Vater damit zu tun? Können Sie die beiden nicht aus dem Spiel lassen?«

»Wenn ich doch sag: Wir sollten einander sehen«, erklärte der Rabbiner, und Ethan war gar nicht mehr überrascht, als der Geistliche den Haupteingang jenes Krankenhauses, in dem er sich gerade befand, als Treffpunkt vorschlug. Sie vereinbarten, einander in einer Woche dort zu sprechen.

Im Zimmer des Vaters ein Aufruhr. Die Familie am Krankenbett. Ein Gedränge. Ethans Onkel Jossef, der Bruder von Dina. Hinter ihm Rachel, seine Frau, die ihren Mann beiseite schob und aufjauchzte, als stünde sie nicht vor einem Leidenden, als gebe es hier keine Patienten, niemand, der Ruhe brauchte, keine verzweifelten oder trauernden Angehörigen. Sie schrie: »Du hier? Er ist hier, Jossef, da ist Ethan! Er ist hier! Du hast gar nicht gesagt, daß du hier bist! Jossef, hast du gewußt, daß Ethan hier ist? Seit wann bist du im Eretz?« Sie schlug die Hände zusammen. »Warum meldest du dich nicht, Ethan? Jossef, was sagst du? Hat er dich angerufen? Findet er es notwendig, seine Familie zu besuchen? Kümmert er sich, ob wir noch leben?« Aber sogleich zwickte sie ihn in die Wange und begann zu säuseln: »Nu, mein Süssinker, wann kommst du deinen Onkel Jossef und deine Tante Rachel besuchen?« Er versuchte sich von ihr zu befreien, lächelte dabei und drehte sich ein wenig zur Seite. Jossef war Stadtbeamter in Tel Aviv gewesen, Rachel hatte im Einwanderungsministerium gearbeitet. Sie umarmte Ethan, jeder ihrer Bewegungen wurde von einem Ächzen begleitet, jede Geste war ein Vorwurf.

Vor dem Fenster eine entfernte Verwandte seiner Mutter, Jaffa, in deren Nähe Ethan als Jugendlicher immer errötet war. Eine blond gesträhnte Erscheinung mit immer noch jugendlichem Körper und allzu straffem Gesicht. Die Backen mochten hinter den Ohren festgezurrt worden sein. Sie drückte Ethan, kniff seine Wangen und quietschte dabei wie eine Gummiente. Nimrod, ihr Mann, ein Riese, das Gesicht eine Maske aus sonnengegerbter Gleichmut, ein verdorrter Feschak, Reeder und Besitzer einer großen Schiffswerft, grüßte mit einem Nikken, ohne zu lächeln, und brummte im Baß. Eine Stimme aus dem Eichenfaß.

In der Ecke lehnte der Enkel einer Großtante mütterlicherseits. Schmuel, ein Rotschopf voller Sommersprossen, hatte seinen Militärdienst als Sanitäter in den besetzten Gebieten absolviert. Hier geriet er mit Offizieren in Konflikt, als er bei Übergriffen auf Palästinenser dazwischenging. Nach der Armee hatte er, wie so viele, ein Jahr in Indien verbracht. Dort wollte er seine Ängste loswerden; einige Rauchwaren und manche Rauschmittel sollten dabei helfen. Nun stand er da, als wäre er, zumindest geistig, noch nicht ganz angekommen.

Das Zimmer war eine Blumenhandlung. Alle hatten einen Strauß mitgebracht. Krankenschwester Frida sorgte für Vasen, und sein Vater lag da, als wäre das Bett ein Thron. Unübersehbar, wie sehr er litt, aber ebenso, wie sehr er sich bemühte, die Schmerzen zu überspielen. Er stöhnte bei jeder Bewegung, bewahrte Haltung, wirkte aber sehr steif und blaß dabei. Der Überfall so vieler Verwandter auf einmal war nicht abgesprochen. Sie waren unabhängig voneinander in die Klinik gekommen, um ihn vor dem Wochenende zu sehen. Er schickte sie nicht weg und wollte sich keine Blöße geben, denn hier war Felix Rosen, der zwar nicht unbedingt gern um sein Leben, aber auf jeden Fall für sein Leben gern kämpfte.

In manchen mitteleuropäischen Ländern, dachte Ethan, hätte eine solche Ansammlung als Invasion gegolten, und während ihn die Distanziertheit und Unnahbarkeit dort abstießen, litt er hier, eingezwängt zwischen den anderen der Mischpoche, unter der Beengtheit. Niemand bemühte sich um Ruhe, seine Familie war ein Rollkommando. Das Gespräch kreiste um Felix, umging sein Schweigen, schwebte um die Niere, die ihm fehlte. Der Werftbesitzer Nimrod Karni sagte, er kenne Orte, an denen sich menschliche Organe kaufen ließen, ohne weiteres, und das koste sicher nicht die Welt. Genügend Menschen hätten zwar zwei von diesen Teilen, die verhinderten, innerlich zu ertrinken, aber zu wenig Geld, um sich über Wasser zu halten.

Einen Moment lang horchten alle, was Felix dazu sagen würde, doch der atmete nur ein wenig schwerer als vorhin. Ethan öffnete das Fenster, um frische Luft einzulassen. »Nackte an der Decke«, wisperte der Kranke plötzlich, »ein Reigen. Verrenkungen. Orgien. Ein Kamasutra.«

Niemand wußte mit diesen Worten etwas anzufangen, doch dann sagte die Tante, sie kenne solche Tempelbilder, in Indien hätten die Menschen ein anderes Verhältnis zu Leib und Liebe. Der Tod sei dort nur ein Übergang, der einzelne eine Inkarnation. Und erst die islamischen Selbstmordattentäter …

Vater sehe Traumbilder, erklärte Ethan. Er habe Visionen.

Die anderen verstummten, aber Jossef hielt die Stille nicht aus. Die Rabbiner seien jedenfalls zu streng, wenn es um Transplantationen gehe, worauf seine Frau vorrechnete, jeder tote Attentäter verschleudere seine zwei Nieren in alle Himmelsrichtungen, von den Körpern der Opfer ganz zu schweigen.

Jaffa setzte sich zu Felix und rückte das Essen näher an ihn heran. Sie reichte ihm die Gabel. Die anderen schauten zu, doch nach ein paar Bissen schob Felix den Teller weg: »Hier. Da ist Dov. Hörst du, Ethan? Dov Zedek!«

»Abba, er ist tot, begraben.«

Die anderen schauten einander entsetzt an, aber Felix stemmte sich in die Höhe, als seien seine Schmerzen verschwunden und stöhnte ins Leere: »Dov? Die Leichen müssen weg, Dov. Auch mein Vater und deiner. Ich kann nichts dafür. – Schaut doch! Dort an der Tür. Der junge Adolf Gerechter. Ein Dibbuk!«

Und obwohl alle im Zimmer überzeugt waren, daß der Kranke unter einer Halluzination litt, wandten sie sich um, und erst jetzt bemerkten sie den Fremden, sahen sie Rudi Klausinger, der näher trat und sagte: »Felix, ich bin es. Rudi.«

In diesem Moment entspannten sich die Angstfalten im Gesicht des Kranken. Er lächelte: »Rudi!«

Rudi drängte sich an den anderen vorbei. Jaffa stand

auf, um Platz zu machen. Er beugte sich über Felix und drückte ihm die Hand, doch der zwang ihn zu sich herunter und küßte ihn auf die Wange. Er streichelte seinen Arm.

Felix wisperte: »Was hältst du eigentlich von Nieren aus Indien, mein Sohn? Sollen wir kaufen? Oder abstoßen? Bevor die Kurse fallen …«

Rudi hielt immer noch die Hand des Alten und schwieg. Die anderen waren verstummt. Irgend jemand wisperte: »Hat er mein Sohn gesagt?«

Nimrod, als Reeder unempfindlich gegen alle Gefühlswogen, brummte: »Hier geht es nicht um Aktien. Niemand handelt mit Organen. Ich habe bloß von einer Entschädigung gesprochen, von Schmerzensgeld. Ein Zeichen der Anerkennung für Menschen, die ihre Niere spenden würden.«

Felix hielt Rudis Linke wie die Pfote eines kleinen Hündchens und schnaufte erschöpft.

Ethan sagte: »Darf ich vorstellen: Doktor Rudi Klausinger. Aus Wien.«

Rudi verbeugte sich ein wenig. Die anderen nickten ihm zu.

Da hob Felix den Zeigefinger und sagte leichthin: »Sie sind Brüder.«

Es war mit einemmal, als würden die Besucher und nicht er von Halluzinationen heimgesucht. Sie schauten den Fremden an wie ein Gespenst. Jaffa starrte ihn mit offenem Mund an. Ihr Mann zuckte die Achseln. Onkel Jossef blickte noch stumpfer als sonst. Nur der Jüngste,

Schmuel, strahlte. Jede seiner Sommersprossen blühte auf. Er lehnte nicht mehr an der Wand, die Arme an den Rumpf gepreßt, die Hände in den Taschen vergraben, sondern richtete sich auf, seine ganze Gestalt gewann an Größe. Er musterte Rudi, als wäre er eines jener wundersamen Phänomene, die ihm in Indien begegnet sein mochten, ein Yogi etwa, der sich seit zwanzig Jahren nur von Wasser ernährte, rückwärts ging und keinen Tag begann, ohne drei Pfeilspitzen durch seine beiden Wangen zu bohren. Schmuel war begeistert. Die Tante aber atmete mit aufgesperrtem Mund, als wolle sie einen Spiegel beschlagen. Es dauerte eine Minute, bis sie doch wieder zur Sprache fand, um nur ein Wort hervorzupressen: »Ojwej.«

Felix schaute wieder zur Decke, entrückt, als ginge ihn das Ganze nichts an. Ethan wußte nicht, was er sagen sollte. War es nicht an Vater oder an Rudi, den Mund aufzumachen? Die beiden aber schwiegen.

Rudi starrte ins Leere. Er kannte hier niemanden. Was sollte er sagen? Seine Mutter war tot. Nie hatte es zwischen ihnen eine Nähe gegeben, wie er sie hier, in diesem Krankenzimmer, spürte. Früh hatte sie ihn zu einer Pflegefamilie nach Tirol gebracht und dort in ein Internat gesteckt. Er war fern von ihr aufgewachsen. Seine Tiroler Zieheltern, knorrige Bergmenschen, hatten ihn geliebt, aber wie einen Marsianer. Sie staunten, wie sehr er einer von ihnen geworden war, doch in Wahrheit barg ebendiese Anerkennung das Bekenntnis, daß er nie wirklich zu ihnen gehören würde. Und daß er ihnen so dankbar dafür war, wie liebevoll sie ihn aufgenommen hatten, bewies, wie fremd er ihnen geblieben war. Dann hörte er Tante Rachel murmeln: »Kennt ihr Dina nicht? Sie wird ihn umbringen. Ihre Niere hat sie ihm gegeben!«

In diesem Augenblick ging ein Ruck durch Felix, und er stöhnte: »Dina!« Niemand blickte in die Richtung, in die er sprach. Sie dachten, er reagiere auf Rachels Einwurf mit einer seiner Phantasien, doch schon rauschte sie herein. Sie umarmte Jaffa, streifte mit ihrem Ohr Nimrods Wange, preßte Schmuel an sich, drückte Rachel und Jossef ein Bussi auf und ließ sich von Ethan küssen. »Seht, wer heute alles hier ist!« Sie sah Rudi.

Alle im Raum hielten den Atem an.

Sie bemerkte das Zögern, sagte: »Schön, dich zu sehen, Rudi, mein Lieber« und drehte sich blitzschnell zu den anderen. Sie bitte nun die Verwandten zu gehen. Sofort. Felix brauche Ruhe. Soviel Besuch auf einmal sei zuviel für ihn. Sie werde sich am nächsten Tag bei allen melden. Versprochen. Und als Rachel widersprechen wollte, herrschte Dina sie an: »Raus jetzt, meine Liebe! Verstanden? Hopp hopp. Das ist ein Spital, kein Kaffeehaus.«

Es war ein Befehl. Alle drängten hinaus, winkten Felix noch einmal zu.

Erst als die Tür hinter ihnen ins Schloß gefallen war, wandte sie sich um und musterte Rudi von oben bis unten: »Ihr seid euch ähnlicher, als ich dachte. Unverkennbar Brüder.« Sie dürfe ihn doch Rudi nennen. Und er solle Ima zu ihr sagen. Ein Sohn von Felix sei auch ihr

Sohn. Sie ging auf ihn zu und streckte ihm die Arme entgegen.

Er danke ihr, brachte Rudi hervor.

Dina sah ihn von unten her an. »Was hast du denn gedacht ...« Sie atmete durch: »Felix und ich haben uns immer ein zweites Kind gewünscht. Vergeblich. Es ist nun wichtig, zusammenzuhalten, damit Felix gesund wird.«

Der Vater schaute zur Decke, als gehe ihn das Gespräch gar nichts an. Er folgte den Bildern und Szenen, die sich über seinem Kopf abspielten. Die Mutter und Rudi hingegen hatten einander fest im Blick. Ein Doppelpack an unerbittlicher Freude. Ethan stand abseits und sah zu, wie die eigene Familie ihm fremd wurde.

6

Von einem Tag zum anderen waren die Schmerzen beinahe verschwunden. Es blieb ein Nachhall im Rücken. Ein bamstiges Weh, die Erinnerung an das Glühende, das sein Kreuz zerfleischt hatte. Die Ärzte wußten nicht, woher die Linderung kam. Sie hatten nicht herausgefunden, was in ihm vorgegangen war, und nun begriffen sie nicht, wieso er nicht mehr daran litt. An seiner eigentlichen Krankheit hatte sich nichts geändert. Er mußte weiterhin zur Dialyse, und ohne Transplantation würde er nicht mehr lange leben.

Die Trugbilder hielten noch länger vor, aber die Nackten traten in den Hintergrund. Und wenn sie sich zeigten, kamen sie ihm nicht mehr so nah. Hatten ihre Füße eben noch fast die Bettdecke berührt, waren sie nun unerreichbar weit weg.

Schwester Frida nahm seine Phantasien merkwürdigerweise persönlich. Sie wußte, daß Felix nur der Medikamente wegen halluzinierte. Und obwohl sie an der Überdosis nicht ganz unschuldig war, empfand sie die Visionen als Beleidigung. Vielleicht war es auch ihr schlechtes Gewissen, das sie fürchten ließ, Felix, ihr Lieblingspatient, sehe in den Pflegerinnen verkleidete Huren und verdächtige sie, die kleine, fürsorgliche Matrone, heimlich die Puffmutter eines einschlägigen Etablissements zu sein. Meinte er etwa, sie hätte ihm absichtlich zuviel vom Schmerzmittel verabreicht? Sie blickte ihn beleidigt an und schwieg verbissen.

Der Chefarzt beruhigte Felix: »Das sind nur harmlose Nebenwirkungen. Andere werden von Zwangsvorstellungen heimgesucht. Wir können froh sein, daß nichts Schlimmeres passiert ist. Manche Patienten stürzen nach so einem Mißgeschick in eine Psychose.«

Dina tat überrascht. »Hätte ich dir gar nicht zugetraut.« Und dann ein wenig spitzer: »Hast du dabei etwas Neues dazugelernt?«

Felix wollte nicht mehr im Krankenhaus bleiben. Er bekam eine Gehhilfe, die er zu Hause kaum verwendete, weil er zu stolz dafür war. Als er zum ersten Mal wieder auf die Straße wollte, stürzte er. Dina schrie, ein Nachbar kam gerannt und versuchte, ihm aufzuhelfen, der Portier des Hochhauses, in dem sie wohnten, wollte den Krankenwagen rufen, doch Felix wehrte jede Hilfe ab. Langsam stand er wieder auf, schaute sich um und nickte. Seht her, das ist Felix Rosen, und er steht auf eigenen Beinen.

Sie besuchten die Eltern täglich und brachten Essen mit. Die ganze Wohnung war vollgeräumt. In der Ecke stand ein kleines Biedermeiertischchen mit edlen Intarsien, die niemand sah, weil darauf ein Tuch mit feinster Brüsseler Spitze lag, das wiederum unter einer in allen Farben schillernden Glasvase, einer flammenden Kreation im Popstil der Siebziger, verborgen war, aus der ein Blumenstrauß aus knallgelben Gerbera und weißen Rosen sproß. Die

Garderobe war Pariser Art déco, davor Plastiksessel, daneben ein Bauernschrank. Die Räume ähnelten einem Depot, in dem verschiedene Sammlungen durcheinandergeraten sein mußten. Hier residierten die Rosens, hier hatten sie sich nach Jahrzehnten globaler Geschäftigkeit niedergelassen, eingezwängt in ihre Erinnerungen. An den Wänden hingen Werke frühzionistischer Künstler neben den Bildern europäischer Maler des neunzehnten Jahrhunderts.

Die Fenster waren dicht verschlossen. Die Hitze blieb ausgesperrt. In jedem Zimmer surrte eine Klimaanlage. Kältestarre. Sibirischer Frost. Ethan hatte Noa gewarnt. Sie hatten Jacken mitgebracht, hatten sie durch die Gluthitze geschleppt, um sie sich nun umzuhängen.

Bei einem ihrer Besuche sagte Felix zu Ethan: »Zwischen uns ist alles, wie es war. Du bist schließlich keine Krämerseele. Er nimmt dir nichts weg. Ginge es ums Geld, ließe sich alles leicht regeln. Wir könnten Vereinbarungen treffen, die Erbschaft sichern. Ein Testament aufsetzen. Aber darüber hat er kein Wort verloren. Und du hast auch noch nie davon geredet. – Merkwürdig eigentlich.«

Auch die Mutter hatte Rudi ins Herz geschlossen, so fest, daß es Ethan beim bloßen Anblick den Brustkorb zusammenschnürte. Rudi wiederum genoß die Überschwenglichkeit der Eltern, vor der Ethan von jeher geflüchtet war. Rudi fühlte sich geborgen. Angenommen.

Ethan hätte zufrieden sein können. Da war einer, der sehnte sich nach dem, womit er verschont werden wollte.

Doch er freute sich nicht darüber. Er fühlte sich unter ständiger Beobachtung. Jede seiner Regungen wurde, so schien ihm, registriert, und das engte ihn erneut ein. Er begann, sich selbst zu belauern, und der Gedanke, es werde von ihm verlangt, offen auf Rudi zuzugehen, machte ihn nur noch verschlossener. »Was stört dich so, Tuschtusch? Ich bin dein Vater. Ich sehe es dir an. Der Ehebruch ist es doch nicht, oder? Hätte ich zu Tante Rachel, zu Onkel Jossef und Jaffa etwa sagen sollen, meine lieben Anverwandten, das da, dieser fremde Gast hier, ist der späte Auswuchs eines meiner verirrten Samenergüsse und einer wild gewordenen Eizelle? Nu, Ethan, wäre dir das lieber gewesen? Hätte dir doch auch nicht gefallen. Ich kenne dich.«

Dina war froh, Felix wieder bei sich zu haben. »Im Krankenhaus läßt er sich gehen. Zu Hause werden die Halluzinationen verschwinden. Nicht bei Frida. Die überschwemmt ihn mit ihrer Fürsorge. Kein Wunder, daß sie ihm eine so hohe Dosis verabreichte, als er darum bat. Dort wird er zum Pflegefall. Hier ist er auch versorgt, aber bleibt gefordert. Schlimm genug, daß er zweimal in der Woche zur Dialyse ins Spital muß. In der Klinik wird er nicht gesund. Er braucht seine gewohnte Umgebung und seine Familie. Sein Stammlokal. Meine Bridgerunde. Außerdem kann er hier Rudi kennenlernen.«

Sie sagte: »Wußtest du das nicht? Rudi zieht bei uns ein, in dein ehemaliges Zimmer. Ist es für dich schlimm, daß er in deinem Bett schläft? Soll er wieder gehen?« Sie sah ihn traurig an, die Stirn in Falten, die Wangen eingefallen, als fürchte sie, er könnte die falsche Antwort geben. Ethan schüttelte den Kopf.

Rudi sagte: »Ich kann, wenn du willst, auch im Hotel wohnen. Es ist keine Frage des Geldes.«

Rudi konnte nicht sagen, wonach er in Ethans Hochbett, zwischen den Schallplatten und Büchern des Teenagers suchte. »Eine Silbe von dir, und ich bin weg«, meinte er. Ethan schüttelte wieder den Kopf.

Noa sagte: »Bist du eifersüchtig, weil er in deinem Kinderzimmer schläft? Willst du mit Rudi tauschen? Du gehst in dein altes Bett, und er soll zu mir unter die Decke? Nur zu. Sag, was du auf dem Herzen hast, Johann Rossauer.«

Niemand verstand, weshalb er sich nicht über seinen neuen Bruder freute. Ihm wiederum schmeckte die ganze Süßlichkeit nicht, sie war ihm zu klebrig und üppig. Am Wochenende lud Dina zum gemeinsamen Essen. Sie wolle alle Kinder beisammenhaben, Ethan und Rudi, aber auch Noa.

»Auf die Familie!« Felix stieß mit ihnen an.

Je nach Thema wurde zwischen Hebräisch und Deutsch gewechselt. Ein Slalom der Sprachen. Felix begann in Hebräisch über Österreich zu sprechen, glitt dann ins Wienerische, um von der Oper zu schwärmen, und Rudi nahm den Faden auf. Sie fanden schnell zu den gemeinsamen Vorlieben. Beide nannten ihre Lieblingsarie, und natürlich, ja, natürlich, hieß es sogleich, war es dieselbe. Felix sagte: »Casta Diva.«

Und Rudi jauchzte: »Die *Norma* von Bellini! Aber keine kann es so wie sie, wie die eine.«

»Natürlich. Sie war die Beste und wird es immer bleiben.« Hier saßen einander zwei Getreue, zwei Jünger gegenüber.

Es war nicht Bosheit, nicht Widerwillen, sondern eher die Zuneigung für den Vater, die Ethan mitspielen ließ: »Aber gibt es nicht auch andere Sängerinnen, die zumindest ebensogut singen? Die Anderson, die Ross, die Gruberová … War es nicht einfach ihre Zeit, ihr Geschick, ihre Präsenz? Ihre Heirat mit Onassis?«

»So ein Blödsinn! Eine Gemeinheit ist das. Sie war lange vor dieser Ehe die Primadonna, die Diva assoluta. Sie hat diesen Gesang überhaupt erst erfunden. Sie hat den Weg für die anderen geöffnet.« Ethan fing Noas Blick auf. Er meinte, eine Mischung aus Tadel und Mitleid zu erkennen, und unwillkürlich schaute er zu Boden. Niemand glaubte, es gehe hier nur um Musik.

Rudi lächelte: »Es ist eben eine Frage des Geschmacks«, aber die Art, wie er das sagte, der Anflug von Spott in seiner Stimme, widersprach dem, was er sagte.

Nun jagten Felix und Rudi die Themen durch, hakten ab, was ihnen am wichtigsten war, und siehe da, ob Dirigent oder Solist, ob Schauspieler oder Regisseur, es fielen dieselben Namen. Einigkeit auch über jene, die von ihnen verachtet wurden. Als Kinder hatten beide, Felix und Rudi, Geige gelernt. Beide mochten keine Katzen. Sie sprachen lange über die Vorzüge verschiedener Hunderassen, über ihre Lieblingsspeisen, bis Rudi plötzlich erzählte, seine geheime Leidenschaft sei Rhabarber.

»Nein! Rhabarber«, schrie Dina.

»Rhabarber«, brüllte Felix. »Ich könnte morden für Rhabarber!«

»Rhabarber«, schüttelte sich Noa, »schrecklich!«

»Ethan und ich wollten nie Rhabarber«, sagte Dina, »aber Felix bestand auf Rhabarberkuchen, Rhabarberkompott, Rhabarberbiskuit. Und vor allem Rhabarbergries.«

»Gries oder Rhabarber«, sagte Ethan, »ich weiß nicht, was schlimmer ist.«

»Die Leute hassen es, weil es sie an die Mangelwirtschaft der Nachkriegszeit erinnert«, rief Felix, »aber ich liebe beides.«

Rudi sekundierte: »Ich auch.« Und dann: »Ich kann doch nichts dafür. Es ist ja vererbt!«

Rabbi Berkowitsch saß in sich versunken da. Ein kleiner Mann, dessen Körper filigraner nicht hätte sein können. Sein schlohweißer Bart lief über der Brust zu einem langgezogenen Spitz zusammen und endete unter dem Gürtel in einem Zipfel Haarsträhnen. Der Rabbiner hatte auf diesem Café im Krankenhaus bestanden. An der Wand ein Zertifikat, das mit rabbinischer Unterschrift bescheinigte, hier würden ausschließlich streng koschere Speisen und Getränke serviert. Er griff zur Tasse, schlürfte den Milchschaum. »Herr Professor Rosen, glauben Sie an die Bestimmung? War es Zufall, als Sie damals im Flugzeug neben dem frommen Juden zu sitzen kamen? Zufall, daß ich von Ihnen hörte?«

Ethan sah sich einem Obskuranten gegenüber. Das unverdrossene Lächeln. Die Gewißheit, mit der er sprach. Das war kein Glaube, der den Zweifel überwunden hatte, sondern ein Eifer, der erst gar keinen zuließ. Dieser Mensch schien unberührt vom Alltag um ihn herum und tat, als wäre er ganz im reinen mit sich selbst. Dabei konnte er nicht einmal seinen taubengrauen Seidenkaftan sauberhalten, den er gerade mit Kaffee bekleckerte. Aber diese Nachlässigkeit gegenüber Äußerlichkeiten schien geradezu kultiviert, als wäre es kein Zeichen von Schlampigkeit, sondern ein Merkmal besonderen Geistes. Und gerade weil Rabbi Berkowitsch keinerlei Wert auf sein Aussehen legte, überzeugte er viele Menschen davon, nur auf Wesentliches, auf Transzendentes konzentriert zu sein. Er galt unter vielen Frommen als eine Leuchte rabbinischer Weisheit, vor allem deshalb, weil das meiste, was er von sich gab, unverständlich klang. Überdies war er ein wahrer Kenner der talmudischen Schriften. Ein Gelehrter, darüber herrschte Einigkeit.

Der Rabbiner sagte: »Der Zufall ist nur das Fällige, das uns zufällt. Die Schrift ist da, wir sind es, die sie entziffern müssen, und es steht geschrieben, einer wird kommen und wird erfüllen, was verkündet wurde.« Rabbi Berkowitsch hatte zunächst Ivrit gesprochen, doch nun rezitierte er im altertümlichen Hebräisch die Sprüche, die vom Volke kündeten, das im Dunkel lebe, dann aber ein Licht sehen werde, das über jene, die in der Finsternis wohnten, hell leuchten solle. Und lapidar fuhr er fort: »Hören Sie? Genau festgehalten ist, was zu geschehen hat. Es ist verbucht, er wird auf dem Throne Davids sitzen, und seine Herrschaft wird Frieden bringen.« Wieder sagte er die heiligen Verse auf, erzählte vom Wolf, der beim Lamm wohnen, vom Panther, der beim Böcklein liegen werde, während Kalb und Löwe, von einem kleinen Knaben behütet, zusammen weiden. Die Kuh werde bei der Bärin liegen, der Löwe mit dem Rind gemeinsam Stroh fressen und der Säugling vor der Höhle der Schlange spielen, und als der Alte zur Strophe über das Kind gekommen war, das seine Hand in das Loch der Natter stecke, war Ethan vom Enthusiasmus dieses Religiösen angesteckt, obwohl er kein einziges Wort glaubte, das der von sich gab.

Es sei von Beginn an so bestimmt gewesen, einander zu treffen. Er, Rabbi Jeschajahu Berkowitsch, sei auserwählt gewesen, ihn aufzustöbern, so wie Ethan nun berufen sei, mitzuhelfen, damit der Eine, der Gesalbte, endlich erscheinen könne.

»Von welchem Auserwählten reden Sie jetzt eigentlich? Vom Messias, von mir oder von sich?«

»Lachen Sie nicht, Herr Professor Rosen.«

»Ich lache nicht. Ich kann es bloß nicht glauben.«

»Darum geht es nicht.«

Ethan horchte auf. Seit wann kam es für diese Geistlichen nicht darauf an, Gott zu ehren. »Ich will Ihnen ja nicht zu nahe treten, Rabbi, aber ...«

»Keine Angst. Sie können mir nicht zu nahe treten.«

»Ich bezweifle, daß es Ihnen nicht um meine Frömmigkeit und meine Gesetzestreue geht.«

Der Rabbiner nahm wieder einen Schluck von seinem Kaffee. »Es ist aber so.«

»Bei allem Respekt, Rabbi …«

Der sah zur Decke. Dann sein mürrisches Lächeln. »Respekt? Ersparen Sie uns das. Ich weiß, was Sie von mir halten. Ich kenne Sie in- und auswendig, Professor Rosen. Sie sehen in mir ein Relikt, ein Fossil aus der Kreidezeit. Ich habe über Sie recherchiert, Ihre Artikel gelesen. Meinen Sie, ich merke nicht, was in Ihnen vorgeht? Wie Sie mich anschauen? Ich stinke Ihnen. Der Fromme im Kaftan bringt Sie zum Schwitzen. So ist es. Wenn ich atme, raubt es Ihnen die Luft. Mein Aufzug engt Sie ein. Meine Kippa bedrückt Ihr Haupt, und meine Schläfenlocken baumeln Ihnen vor den Augen. Nein, ich behaupte nicht, daß Sie unter jüdischem Selbsthaß leiden. – Erstens leidet unter dem Haß der Verhaßte und nicht der Hassende. Zweitens verachten Sie mich nicht mehr als einen Mönch in seiner wollenen Kutte. Drittens stören Sie unsere dicken Gewänder nicht im kalten Norden, sondern bloß in Eretz Israel. Ihre Abneigung, Ihre – wenn ich so sagen darf – Allergie tritt nur in bestimmten Gegenden auf. Viertens weiß ich, daß Sie jeden Deutschen in die Hölle jagen würden, der es wagte, gegen mich das Wort zu erheben. Aber wissen Sie was? Ich brauche Ihre Verteidigung nicht, und Ihren Respekt und Ihre Toleranz können Sie sich auch sonstwohin stecken. – Sie akzeptieren mich? Soll sein. Sie bestaunen meine Glaubenskraft? Sie bewundern mein Gedächtnis? Meine Gelehrsamkeit? Kann sein. Das laß ich mir einreden. Aber Respekt? Von Ihnen? Wem wollen Sie das erzählen? Mir? – Sie denken, es geht mir um Ihren Glauben? Bin ich ein katholischer

Missionar? Ich will nur wissen, was einer wie Sie macht. Warum er das macht oder nicht, steht auf einem anderen Blatt. Mich interessiert nicht, weshalb, sondern nur, was. Was sind Sie bereit zu tun.«

»Was kann ich denn machen, damit der Messias erscheint? Am Samstag kein Licht einschalten? Am Morgen Lederriemen umbinden? Auf Schweinefleisch verzichten? Soll ich beten, damit es schneller geht?« Ethan beugte sich vor. »Bedenken Sie doch, Rav: Sie sollten Leuten wie mir, die keine Tefillin legen und den Schabbath nicht halten, dankbar sein. Dankbar! Wegen uns kommt das Ende aller Zeiten nicht. Sie können weiterhin beten und fasten. Sobald der Messias da ist, hört das ganze Larifari auf, und zu allem Überfluß werden alle unsere Verwandten von den Toten auferstehen. Nu, ich frag Sie, Rabbi, wer braucht das? Faßt Ihre Wohnung so viele Besucher?«

Der Rabbiner lächelte spitz: »Es wird genug Platz sein für alle. Auch für Juden und Araber in Eretz Israel. Friede wird herrschen, Herr Professor. Der Mensch wird dem Menschen kein Unmensch mehr sein. Bald schon.«

Er trank die Tasse leer und rief die Kellnerin, bestellte eine Cremetorte, sah Ethan tief in die Augen und flüsterte: »Es gibt Geheimnisse hinter den Buchstaben und zwischen den Zeilen.«

Ethan kannte die Zahlenspiele der Mystiker und ihre kabbalistischen Taschenspielertricks zur Genüge. Er hörte dem Frommen gerne zu, wie er auch einem afrikanischen Wunderheiler, einem Tiroler Wünschelrutengänger oder einem walisischen Spiritisten gelauscht hätte. Ihn konnten solche Gestalten begeistern. Sie waren Studienobjekte. An ihre Magie glaubte er nicht, aber er zweifelte nicht an den unglaublichen Kräften, über die sie verfügten, diese Meister der Manipulation und Suggestion. Sie waren Illusionisten.

»Na, Rabbi, wollen Sie mir erzählen, Sie haben schon errechnet, wann der Messias endlich auf die Welt kommt?« Ethan schmunzelte und legte den Kopf schief. Das wollte er nun bis zuletzt auskosten.

Der Rabbiner nahm einen Bissen von seiner Torte. »Halten Sie sich nicht zurück, Herr Professor. Machen Sie sich ruhig lustig über mich. Ja, stellen Sie sich vor, ich kann es und konnte beweisen, daß in den heiligen Büchern verborgen steht, wann er geboren werden muß. Meine Methode wurde von mehreren Autoritäten anerkannt, bis zum Moment, da ich erklärte, was ich herausgefunden hatte.«

»Wieso?«

Der Rabbiner äffte ihn nach: »Wieso?« Er schüttelte den Kopf. »Jetzt beginnt es Sie zu interessieren, was ich entdeckte, nicht wahr?« Er wisperte: »Ich werde Ihnen, Professor Rosen, den Grund verraten. Ich, Jeschajahu Berkowitsch, habe mit Hilfe meines rabbinisch-talmudischen Wissens entziffert, daß der Meschiach bereits vor langer Zeit gezeugt worden ist.«

Ethan zuckte mit den Schultern: »Das behaupten die Christen auch.«

»Das wurde mir von meinen ehrenwerten Kollegen auch vorgehalten. Und es wurde mir vorgeworfen, ein

Ketzer zu sein, ein Schabtai Zwi, ein Abtrünniger. Aber ich behaupte gar nicht, daß der eine, der es sein wird, bereits zur Welt kam, denn noch ist der Löwe dem Lamm kein Freund und der Mensch dem Menschen ein Feind.«

Ethan verzog das Gesicht, als habe er in faules Obst gebissen. »Er wurde gezeugt, aber nicht geboren? Das klingt nach metaphysischer Obstipation! Was kann da helfen? Etwa, daß ich Tefillin lege?«

»Ich weiß nicht, was Sie die ganze Zeit mit den Tefillin wollen. Darum geht es nicht. Das haben wir geklärt.« Rabbi Berkowitsch nahm einen weiteren Bissen von der Torte, nicht ohne einiges von der Sahne auf sein Hemd tropfen zu lassen, und redete weiter: »Was aber, wenn der Meschiach tatsächlich bereits vor Jahrzehnten gezeugt, doch nie geboren wurde?«

»Was soll das heißen?«

»Hören Sie mir zu, Herr Professor. Meine Aufzeichnungen ergaben nicht bloß, daß der Gesalbte schon gezeugt wurde – was meine geschätzten Kollegen genug schokkierte. Ich konnte aufgrund der Verknüpfung aller offenen und verschlüsselten Verkündungen sogar bestimmen, wann, wo und von wem. Ja, selbst die Nacht, in der die Frau und der Mann einander erkannt hatten, in einem galizischen Schtetl. All das ließ sich eindeutig feststellen.«

»Eindeutig?«

»Zugegeben: Alles eine Frage der Interpretation, Herr Professor! Soll sein. Aber eben eine mögliche Lesart und zudem die einzige, die von den Gelehrten nachvollzogen werden kann. Doch sie weigern sich, die Konsequenzen zu denken. Sie fürchten das Ergebnis! Die Schlußfolge-rung! Das Urteil!« Die letzten Worte hatte der Rabbiner nicht mehr geflüstert, sondern gekreischt, und die Kell-nerin schaute zu ihrem Tisch herüber. Er aber achtete nicht darauf. Ethan sah diesen Mann vor sich, dessen Durchdrungenheit wie von einer anderen Welt war. Mit solchem Charisma mochten die Religionsgründer frühe-rer Jahrhunderte ausgestattet gewesen sein. Aber die bibli-schen Zeiten waren vorbei. Galt einer, der so erfüllt war vom Glauben, heute nicht bestenfalls als Fanatiker oder gar als psychotischer Fall?

Der Rabbiner sprach weiter, fiebrig. Er ballte dabei die Faust. »Was, frage ich, wenn der Meschiach gezeugt wurde, von einem Juden und einer Jüdin im Polen der frühen vierziger Jahre, von einer Frau und einem Mann, deren Abstammung und Herkunft, deren Leben und Lei-densweg ich nachzuzeichnen imstande war. Was, wenn alle Vorhersagungen der Schrift sich bewahrheitet haben. Ich kann Ihnen, Herr Professor«, er schlug im Takt seiner Worte auf den Tisch, »die Beweise vorlegen.«

Aus einer Tasche kramte er ein Konvolut von Doku-menten, Notizen und Karten hervor. »Ich habe histori-sche Fakten, Stammbäume, Gemeindebücher, Gerichts-urteile verglichen mit den verborgenen Hinweisen aus den verschiedenen Schriften. Ich habe erkennen müssen, wie alles zueinanderpaßt. Es ist alles verzeichnet. Wir sind gezählt und gewogen, Herr Professor, und wir, ob wir auf Leder stehen oder nicht, wir sind alle, allesamt, für zu leicht befunden worden. Nichts sind wir und nichtig. Es ist verbucht, Herr Professor. Millionenfaches Nichts. Verstehen Sie?«

Zum ersten Mal in diesem Gespräch spürte Ethan gegen seine eigene Überzeugung, daß hinter den Worten des Rabbiners ein bezwingender Gedanke stecken mochte. Eine tiefere Wahrheit. Er begriff noch nicht, worauf der Rabbiner hinauswollte, aber er fühlte, welche Verzweiflung diesen frommen Menschen zu seinen Studien und Nachforschungen getrieben haben mußte.

»Der Meschiach«, wisperte er und sah sich um, »es ist bezeugt, er war bereits gezeugt. Noch wußte niemand von ihm. Noch hatte niemand ihn gesehen. Aber unter der Brust einer Frau wuchs ein Embryo heran. Ich kann die Zeichen entschlüsseln, kann jeden Buchstaben zur Zahl entziffern, kann die Methoden unserer Gerechten anwenden und damit sogar den Geburtstermin festlegen, an dem das Kind das Licht der Welt hätte erblicken sollen. Jener Nachkomme Davids und Salomons aus dem Hause Juda, der uns endlich den Sinn allen Seins eröffnet hätte. Aber es kam nicht dazu. Da ist kein Sinn mehr, sondern bloß noch Unsinn, nein, Widersinn geblieben. Dieses Wesen wurde nicht. Seine Mutter konnte ihm kein Leben schenken, weil sie ihres schon verloren hatte, weil es ihr geraubt, weil sie erschossen worden war. Der Vater sollte sein Kind nie in die Arme nehmen, weil ihn die Mörder vergast hatten. Im Winter des Jahres 1942 war das Schtetl zusammengetrieben worden, und alle wurden innerhalb weniger Tage ermordet. Was soll ich sagen? Wozu erzählen, was sich an Abertausenden Plätzen genauso zugetragen hat. Sie sperrten Frauen, Kinder und Männer in eine Scheune und zündeten sie an. Die anderen durften draußen zuschauen, wie die Verwandten um ihr Leben schrien, wie der Rauch aus dem Inneren stieg, wie das Feuer hochschlug, wie sie den Flammen zu entkommen versuchten, wie sich einige wenige aus den Fenstern stürzten und von der SS totgeschlagen wurden. Wie die meisten in den Wald getrieben wurden, um jene Gruben auszuheben, in die sie bald danach hineingeschossen wurden. Was soll ich Ihnen erzählen, Herr Professor? ... Keines meiner Worte reicht aus. Meine Sprache versagt. Und Sie werden es ohnehin nie verstehen. Was soll ich Ihnen erklären? Wieso der Rest ins Lager verschleppt wurde?«

Ethan nickte, dann fragte er leise: »Sie waren dort, nicht wahr, Rabbi Berkowitsch?«

Der Rabbiner erbleichte, und dann flüsterte er: »Ich kann Ihnen sagen, Herr Professor, es hat sich getan.«

Ethan wußte nicht, wohin schauen, da fuhr der Alte fort: »Ich war andernorts. Im Wald.« Er räusperte sich. »Wir sind alle Überlebende, Herr Professor. Keiner hätte übrigbleiben sollen. Kann vorherbestimmt sein, was geschah? Fragen Sie sich manchmal, Herr Professor, wie Religiöse sich erklären, was uns widerfuhr?«

Ethan nickte. »Ich kenne die Theorien. Manche meinen, der Holocaust unterscheide sich nicht von anderen Katastrophen, die das Judentum trafen.«

»Blödsinn! Die geplante Ausrottung eines Volkes, die industrielle Produktion von Leichen war noch nie da. Nie!«

»Dann, Rabbi, gibt es noch die These, Gott hätte die Juden für ihre Sünden bestraft.«

»Und die Million ermordeter Kinder? Sogar der Satan selbst könnte keine Sünde erfinden, die von diesen Kleinen gesühnt werden müßte. Nebbich. Es gibt keine Erklärung. Am dümmsten ist die Theorie, der Massenmord sei notwendig gewesen, um Israel zu gründen. Wieso sollte Gott den Juden, von denen er zuerst die meisten umbringen läßt, ein Land schenken? Das wäre so, als würde einer sagen, es gibt Brände, damit die Feuerwehr mit roten Autos, Blaulicht und Sirenen durch die Stadt rasen kann. Das ist doch meschugge. Nein. Die Feuerwehr gibt es wegen der Flammen. Der Staat wurde gegen den Antisemitismus gegründet. Alle unsere Erklärungen taugen nicht, da sie nicht beantworten können, warum solch ein Verbrechen sein mußte. Was aber, wenn die Antwort für uns nur nicht zu erkennen ist, weil sie in der Zukunft liegt. Vor uns. Vor unseren Augen. Vor unserer Nase!«

Ethan war verstummt. Berkowitsch fuhr fort: »Sie müssen es doch verstehen. Sie sind doch nicht so blöd. Eben deshalb, weil unsere Erklärungen nichts erhellen, bleibt alleinig der Verweis auf Gott. Verstehen Sie?«

Ethan begann die Ungeheuerlichkeit zu begreifen, die Berkowitsch andeutete. »Sie wollen doch nicht sagen, die Vernichtung sei Gottes Schöpfung? Der Massenmord ist ohne Sinn, ist das Widersinnige schlechthin!«

Der Rabbi winkte ab: »Die Shoah das Ergebnis blinder Zufälle? Die Untat ist so böse, so monströs. Sie schreit nach einem zentralen Plan. Gottes Existenz war nie so offenkundig wie in jenem Augenblick, da er sich nicht zeigte, da er fehlte.«

Ethan fröstelte bei diesem Gedanken: »Auschwitz als Gottesbeweis?«

Der Rabbiner fuchtelte mit dem Zeigefinger. »Auschwitz als Teufelswerk, und wenn der Satan existiert, wird der Glaube an Gott zur Gewißheit. In der Shoah sehen wir das Übermenschliche, denn es gibt dafür keine Erklärung, die in unseren Kopf paßt. Wir müssen erkennen, daß manches jenseits unseres Geistes liegt.« Und dann schrie er: »Ist es meine Aufgabe, Gott zu rechtfertigen? Er selbst muß sich verantworten. Nur er kann offenbaren, wieso er es zuließ. Und die einzige Antwort, die wir akzeptieren können, ist die sofortige und vollständige Erlösung. Verstehen Sie, Ethan? Nichts weniger! Das Ende aller Leiden. Die Verbannung des Bösen von dieser Erde. Die Herrschaft Gottes durch das Erscheinen des Meschiach. Gesegnet und willkommen König Meschiach. Baruch hu, baruch ha-ba melech ha-maschiach!« Die letzten Worte hatte er gerufen, als wäre er der Ansager in einem Boxring in Las Vegas. Eine arabische Familie auf Krankenbesuch, die gerade am Café vorüberging, zuckte zusammen, als hätte sich das Gebrüll gegen sie persönlich gerichtet. Eine Krankenschwester rief ihn streng zur Ruhe, er sei hier in einer Klink, in der Patienten geschont werden müßten. Aber Rabbiner Berkowitsch achtete nicht auf die Zurechtweisung, nicht auf die Nebentische, nicht auf die Patientin, die im Rollstuhl vorbeigeschoben wurde. Er sprach weiter und fixierte dabei Ethan, zwang ihn ebenfalls, die anderen nicht zu sehen. »Nichts weniger ist zu akzeptieren. Nichts anderes steht in den Büchern.«

»Aber Rabbi, Sie haben doch gesagt, der Messias sei im Mutterleib ermordet worden.«

»So ist es.«

War es möglich, daß der Rabbiner seine eigenen Worte und ihre Bedeutung nicht erfaßte? Schwungvoll schlug Rabbi Berkowitsch einen Ordner auf. Der Deckel drückte die Cremetorte flach, und die weiche Füllung quoll hervor. »Ich sehe, was Sie denken, Herr Professor. Ich weiß durchaus um den Widerspruch in meinen Aussagen. Dieses Paradoxon ist es, auf das wir in den Schriften stoßen. Einerseits die Prophezeiungen, der Messias werde kommen, die Welt zu befreien, und im Gegensatz dazu die Vorhersagungen der Katastrophe. Die versteckten Zeichen, wann und wo er gezeugt werden soll, aber ebenso die verborgenen Hinweise in eine ganz andere Richtung. Wie sollte ein Embryo, der ermordet wurde, zum Herrscher der Welt werden können? Wie kann der Lauf der Geschichte umgekehrt werden?«

Der Rabbiner machte eine Pause, in der er die Tortencreme vom Karton des Ordners kratzte und zu essen begann. Ethan sah ihm verdrossen dabei zu. »Nu, Rabbi, was ist die Antwort?«

Die Augen des Frommen blitzten. Das Interesse des säkularen Professors war endlich geweckt. »Es liegt an uns, Ethan Rosen. Dies ist der Moment der Entscheidung, die

Stunde der Wahrheit. Unsere Generation ist auserwählt, die Herausforderung anzunehmen.«

»Indem wir Tefillin legen?«

»Im Namen des Allmächtigen, ich rede nicht von den Gebetsriemen. Sind Sie beschränkt? Ich spreche von der Schrift, von den Zeichen. Hören Sie nicht? Ich spreche von den geheimen Chiffren, die Gott seit Anbeginn in unserem Innersten verborgen hat. Sie sind der Ursprung und das Ende unseres Seins. Ich rede von einem Embryo und dem Text, der diesem Wesen eingeschrieben war, noch ehe es zur Welt kam. Von Gottes Signatur, die es in sich trug. Was ist denn die Befruchtung, wenn nicht eine Schöpfung? Was findet sich im Kern allen Lebens, wenn nicht die Insignien des Göttlichen, jene Spirale mit genetischer Information, die in der Biologie mit dem Namen Desoxyribonukleinsäure bezeichnet wird, diese Steigleiter unseres Selbst. Diese rotierende Doppelhelix ist, das sagte ich auch meinen rabbinischen Kollegen, die Grundeinheit jeder Thorarolle. Sie ist uns von Gott gegeben. Verstehen Sie, Herr Professor? Wir müssen nur bereit sein, sie im Lichte unseres Wissens zu lesen.«

Ethan schüttelte den Kopf. »Ich glaube, ich verstehe Sie nicht. Besser gesagt, Sie können doch nicht meinen …«

»Das Kollegium aus Rabbinern verstand mich sofort, Herr Professor. Warum sind Sie so begriffsstutzig? Passen Sie auf. Es steht alles geschrieben. Wir wissen über den Messias genug, wenn wir die Zeichen und Codes entziffern. Warum sollten wir nicht tun, was wir seit Jahrtausenden machen und was die Essenz unserer Religion ist? Wir lesen und lernen auswendig. Wir schreiben ab und bleiben den Buchstaben treu. Weshalb nicht kopieren, was uns gegeben wurde? Wieso nicht mit Hilfe unseres Wissens gegen die Auslöschung und die Vernichtung ankämpfen? Der Text ist da. Die Paraphe Gottes liegt vor uns. Wir wissen viel über jenen Embryo, der getötet wurde. Wir müssen nur die allernächsten Verwandten finden, die überlebt haben. Wir können dann mittels gentechnischer Verfahren und mit Unterstützung unserer talmudischen und kabbalistischen Lehren, vor allem aber mit der Hilfe des Allmächtigen, ja, be-esrat ha-shem, das Experiment wagen.«

»Rabbi, sind Sie total meschugge? Sie wollen den Messias klonen? Wie Dolly, das Schaf?«

Der Rabbiner frohlockte: »Sehen Sie, jetzt haben Sie es endlich verstanden. Obwohl: Es ist kein Klonen, da wir ja gar kein Original haben. Noch nicht! Aber aus den Keimzellen der allernächsten Verwandten wollen wir jenes Kind wieder erstehen lassen, das bereits einmal gezeugt und das ermordet wurde, ehe es zur Welt kam. Wir werden dazu vielleicht Tausende von Embryos brauchen – und Gottes Hilfe.«

Rabbi Berkowitsch war mit seinem Vorhaben auf die Ablehnung der Gelehrten gestoßen. Sein Ansehen hatte gelitten. Dieser Mann war unter den Ultraorthodoxen des Landes berühmt. Wenn von ihm die Rede war, horchten fromme Chassiden auf. Nicht wenige waren von seinen Ideen fasziniert. Viele achteten sein Wissen und bewunderten seine Entschlossenheit. Er wußte aufzutreten. Er leitete eine eigene Denkschule. Sein Zentrum lag in einem kleinen Städtchen unweit von Tel Aviv. Hier empfing er Menschen aus seiner Gemeinde. Nachts hielt er Audienz, tagsüber arbeitete er mit seinen engsten Schülern und Vertrauten. In den frühen Morgenstunden warteten im Bethaus jene, die seinen Rat suchten, seinen Schiedsspruch erbaten oder seinen Segen erhofften. Sie standen in einem kahlen Eingangsraum, Neonlicht bleichte das Zimmer, aus dem eine steile Treppe in ein winziges Büro führte, in dem Rabbi Berkowitsch auf einem Sofa hinter einem Tisch saß. Ihm gegenüber an der Wand lehnte ein junger Chassid, der dem Rabbiner zur Hand ging, wenn er etwas brauchte, und die Besucher heraufrief.

Selbst jene, die seinen Gedanken ablehnend gegenüberstanden, konnten sich seiner Faszination nicht völlig entziehen, denn seine Abhandlungen waren von einer bestechenden Logik, wenn sie auch zumeist zu überraschenden und sogar skandalösen Folgerungen führten. Besondere Empörung hatte seine These vom embryonalen Tod des Messias hervorgerufen, aber Berkowitsch verteidigte die Theorie mit allen argumentativen Mitteln. Er trat seinen Gegnern selbstbewußt entgegen. Weshalb seine Idee denn soviel abwegiger sei als jene Theodor Herzls, der vor mehr als hundert Jahren in Basel die Gründung des jüdischen Staates prophezeite? War nicht verkündet worden, nur Gott allein werde die Juden heimführen? Und hielt man nicht jene religiösen Fraktionen für verrückt, die zu glauben begonnen hatten, ausgerechnet die säkularen Linken könnten das himmlische Werk vollenden? Hatten viele religiöse Gelehrte nicht gehofft, pünktlich mit Ben Gurion die messianische Zeit einzuläuten? Und war es etwa verständlich, Siedlungen zu gründen mitten in arabischen Städten? Oder Kindergärten zu errichten, die nur unter dem Schutz einer jüdischen Besatzungsarmee existieren konnten? Wieso sei dieses politische Vorgehen geheiligter als der Versuch, mit laizistischen Wissenschaftlern die Niederkunft des Messias anzustreben? Hieß es nicht mit gutem Grund, in diesem Land sei nur ein Realist, wer an Wunder glaube, mit ihnen rechne und auf sie baue? Er verstehe die Zurückhaltung nicht. Es gebe doch Chassiden, die sich nur rennend durch die Welt bewegten, weil sie in der Shoah ein Zeichen der Endzeit sehen und das Nahen des Messias erwarten. War es da nicht vernünftig, zumindest die Chance zu ergreifen, mit modernen Mitteln für die alten Verkündungen zu arbeiten? Was sollte daran falsch sein, es zu wagen? Wenn das Experiment mißlang, würde eben kein Messias, sondern das eine oder andere jüdische Kind geboren werden. Künstliche Befruchtung war nichts Außergewöhnliches mehr. Was aber, wenn durch diese Intervention die Welt gerettet und neu erschaffen würde? Mußte diese Möglichkeit nicht genutzt werden?

»Seit vielen Monaten suche ich nach den Überlebenden jener Familie, aus deren Mitte der Meschiach hätte entspringen sollen. Ich stieß auf die Linie, aus der die Mutter des ungeborenen Kindes stammte, verfolgte deren Stammbaum, und – ahnen Sie es nicht schon, Professor Rosen? – Sie sind ein entfernter Verwandter jenes Embryos, der in Polen ermordet wurde. Sie sind einer der Angehörigen und jung genug, um ein Samenspender im großen Experiment zu sein. Sie mögen keine Tefillin legen, nicht koscher essen, den Schabbath nicht halten und die hohen Feiertage nicht begehen, aber Sie können uns Ihr Sperma geben und sich unserem Projekt verschreiben. Es geht um das Vermächtnis, um das Erbe, um eine Hypothek aus der Vergangenheit.«

Der Rabbiner fuhr sich mit der Hand durch seinen Bart. Ethan starrte den Frommen an. Warum hatte er sich nur auf dieses Treffen eingelassen? Er hatte es mit einem Meschuggenen zu tun, einer Gestalt aus dem Altertum, wie sie in diesem Land zu Abertausenden umherwuselten, Pilger, die plötzlich glaubten, Christus höchstpersönlich zu sein, und für die eine eigene Jerusalemer Klinik eingerichtet worden war, die auf dieses sogenannte Jesussyndrom spezialisiert war. Mönche, die umherliefen, als wären die Kreuzzüge noch nicht vorbei. Priester, die miteinander stritten, welche Stufe in der Grabeskirche der einen und welche der anderen Kongregation gehörte. Seit mehr als eineinhalb Jahrhunderten lehnte an einem Fenstersims über dem Haupteingang des Heiligtums eine kleine verwitterte Holzleiter, die irgend jemand vor Generationen dort vergessen hatte. Sie konnte seither nicht weggeschafft werden, weil nicht geregelt war, welche Glaubensgruppe dort überhaupt hinlangen durfte. Da waren Muftis, die gegen jedes archäologische Unternehmen in der Altstadt predigten. Die Juden, so wetterten diese muslimischen Geistlichen, wollten den Felsendom unterhöhlen. Aber auch ultraorthodoxe Rabbiner wehrten sich gegen die Ausgrabungen, da die vor Jahrtausenden Verstorbenen durch die Freilegungen in ihrer Totenruhe gestört würden. Einig waren sie sich nur, wenn es darum ging, eine gemeinsame Parade von arabischen und jüdischen Schwulen durch Jerusalem zu verhindern. Die Pressekonferenz der gottvollen Männer in ihren weiten Röcken, im Ornat oder im schlichten Schwarzen, mit Mitra, Spitzkapuze oder Ballonhütchen, geschmückt mit Ringen, Broschen, Medaillons, Amuletten, Steinen, Juwelen und Ketten, war Ethan wie eine Drag Queen Show vorgekommen.

Rabbiner Berkowitsch hörte nicht auf zu reden. Was habe Ethan denn zu verlieren? Erscheine der Messias, werden – das sollte Ethan doch ansprechen – auch die palästinensischen Leiden überwunden sein und Juden und Araber in Frieden miteinander leben. Es würde kein Arm geben und kein Reich. Von ihm werde nur verlangt, hier in dieser Klinik die Abteilung für Genetik aufzusuchen, die an diesem Projekt arbeite. »Ja, Herr Professor, glauben Sie mir. Die Unterstützung für mein Unternehmen wächst.«

»Aber Rav Berkowitsch, mit künstlicher Befruchtung in einer Ehe hat das nichts zu tun. Sie wollen die Gene manipulieren. Das ist ja Eugenik und nicht Gottvertrauen.«

»Sehr richtig. Sie haben das sehr gut verstanden, Herr

Professor. Deswegen werde ich in letzter Zeit von meinen früheren Freunden wie ein Abtrünniger behandelt. Aber wir haben keine Wahl. Die Shoah zwingt uns zu diesen Methoden. Der Zug der Zeit ist nicht aufzuhalten. Bedenken Sie doch, es geht um den Meschiach.«

Er sah sich um und flüsterte: »Ich finde immer mehr Unterstützung. Menschen auf der ganzen Welt. Juden in New York. Protestanten aus Texas, die glauben, das messianische Kind sei die Rückkehr von Jesus Christus. Sogar eine katholische Sekte.« Rabbiner Berkowitsch verzog den Mund. »In den Kirchen liegen lauter Körperteile. Reliquien. Bereits im Mittelalter florierte der Organhandel. Blutphiolen von Konstantinopel nach Brügge. Nieren von Perugia nach London und von dort nach Paris. Herzen und Hirne, Lebern und Lungen, Haarlocken, Hautschnipsel, Finger und Knochensplitter wurden durch Europa transportiert. Die Dome sind heute noch Leichenschauhäuser. Von manchen Heiligen scheint es so viele Zähne zu geben, daß sie über das Gebiß eines Krokodils verfügt haben müßten. Von einigen Märtyrern existieren genug Wirbel, um daraus den Hals einer Giraffe formen zu können. Meine katholischen Sympathisanten sind ausgerechnet auf die Reste der Vorhaut des beschnittenen Jesuskindleins spezialisiert. Sie sind ganz versessen darauf. Das Präputium dieses jiddischen Säuglings ist ihre Sammlerleidenschaft. Ihre Passion! Von dieser Vorhaut gab es einst viele Schnipsel. In einem italienischen Dorf, Calcata, wurden bis vor kurzem noch Prozessionen damit abgehalten. Dem Vatikan gefiel das gar nicht, und plötzlich war das Stück weg. Gestohlen. Stellen Sie sich vor, wir würden mit dem Abfall der Brith Millah Festzüge veranstalten! Das würde uns gerade noch fehlen. Heute gibt es nur noch wenige Exemplare der Vorhaut. Früher hätten sie aus den vielen Spitzkeles einen Fallschirm nähen können. Wie auch immer. Diese katholische Sekte nennt sich Zelle des Heilands, denn sie hofft, aus reaktivierten Zellen der Vorhaut Jesus klonen zu können. Sie sind aber auch an meinem Projekt interessiert. Sie hoffen, mein Meschiach ist die Wiederkehr von ihrem Jesus.« Rabbi Berkowitsch lehnte sich zurück.

Er brauche sich nicht sofort zu entscheiden. Er solle überlegen, was er für seine Samenspende wolle. »Wir sind bereit zu zahlen. Viel. Sehr viel! Aber es gibt auch andere Möglichkeiten, Ihren Beitrag zu honorieren. Denken Sie nach. Wir erfüllen Ihnen gerne Ihre Wünsche.« Rabbi Berkowitsch zog eine Visitenkarte aus der Jackentasche. Ethan möge sich melden, sobald er einen Entschluß gefaßt habe.

Noa lachte, als Ethan ihr von Rabbi Berkowitsch erzählte. Am besten gefiel ihr, daß Ethan das Angebot ablehnen wollte. Immerhin, lachte sie, hänge von ihm nicht weniger als das Erscheinen des Messias ab.

Am nächsten Tag besichtigten sie gemeinsam eine Wohnung, von der ihm ein Kollege an der Universität erzählt hatte. Altes Bauhaus. Der Besitzer, ein alter Mann in blütenweißem Hemd und anthrazitschwarzer Hose, schloß ihnen auf. Das Appartement hatte einen großen Balkon, der Mietpreis war fair. Sie entschieden sich schnell. Einziehen wollten sie allerdings erst kurz vor Nuriths Rückkehr aus Amerika. Noch mußten sie Tschuptschik, den rotgetigerten Kater, und die Wellensittiche versorgen.

Am Wochenende besuchten sie seine Eltern. Ethan umarmte Dina und Felix. Er nickte Rudi zu. Noch nie habe er sich in Israel so zu Hause gefühlt, erzählte der Österreicher. Er sei am Tag zuvor in Jerusalem gewesen. Er spüre inzwischen, wie sehr es seine Stadt sei. Er wolle Israeli werden. Noa meinte, es knirschen zu hören. Eine Verspannung im Raum. Während Felix und Dina ein freudiges Gesicht machten, sah sie, wie es Ethan forttrieb.

Er habe einen neuen Artikel über Dov geschrieben, der in der Wochenendbeilage jener österreichischen Zeitung erscheinen werde, in der auch sein Nachruf veröffentlicht worden war. Diesmal sei es ein Porträt geworden. Felix klatschte in die Hände. Dina nickte zufrieden. Noa und Ethan fragten, ob sie es lesen dürften. Rudi reichte ihnen das Papier. Es war als Lobeshymne gedacht. Hatte Rudi damals durchblicken lassen, Dov letztlich für seinen Zionismus zu verurteilen, verteidigte er nun den Anspruch auf das verheißene Land. Er feierte Dov dafür, daß er kein Opfer mehr sein wollte, sondern ein freier Mensch. Im Grunde war Dov wieder als radikaler Nationalist dargestellt, nur wurde es diesmal anders bewertet.

Noch habe er den Artikel nicht nach Wien geschickt. Ob die anderen ihn nicht auch lesen wollten. Er würde gerne wissen, was sie davon hielten, wolle ihre Kritik hören. Felix winkte ab: »Ich bin kein Zensor. Du hast das sicher wunderbar gemacht. Ich vertraue dir voll und ganz.«

Noa und Ethan wechselten Blicke. Rudi sagte: »Ich danke dir, Felix.« Er überging das Schweigen der anderen. »Reden wir nicht mehr darüber. Ich bitte euch. Meine frühere Fassung tut mir leid.« Er lächelte in die Runde: »Ich habe einen Plan.« Er habe über alles nachgedacht. Er bitte Felix, ihn, den Sohn, als Organspender zu akzeptieren. Es wäre wichtig für ihn.

Dina schaute erschrocken zu Felix, dessen Lächeln zerronnen war. Er sprach ausdrücklich freundlich und langsam. »Ich danke dir, aber das kommt überhaupt nicht in Frage!«

»Warum denn nicht?« fragte Rudi.

»Allein die Idee ist pervers. Soll der Sohn sich etwa für den Vater opfern?« Er griff sich ans Kreuz, als meldeten sich die Schmerzen wieder.

»Warum denn nicht? Was heißt hier überhaupt Opfer? Das ist doch eine Selbstverständlichkeit. Laß mich das tun. Wieso lehnst du mich ab?«

»Du hast das Leben vor dir, Rudi. Du brauchst deine Nieren noch. Ich kann dich doch nicht ausweiden.«

Dina war flatterig geworden. Felix sagte, er verbiete, als Vater, jede weitere Diskussion darüber. Das sei ihm fremd. Es war dieses Wort, das Rudi aufbrachte. Fremd.

»Bin ich dir also fremd?«

»Nicht du!«

»Soso!«

Ethan meinte: »Hör zu. Ich habe eine bessere Idee.«

Rudi schrie: »Du bist natürlich auch dagegen.«

»Wieso natürlich?«

»Weil du es bisher nicht vorgeschlagen hast. Deshalb willst du auch nicht, daß ich es mache.«

Ethan schüttelte den Kopf. »Du bist ja nicht normal.« Er atmete durch. »Ich glaube, es gibt einen einfacheren Weg. Ich traf vor kurzem den berühmten Rabbi Jeschajahu Berkowitsch. Ihr habt von ihm sicher schon gelesen. Kurz und gut: Er ist mir einen Gefallen schuldig. Wenn Rabbi Berkowitsch will, findet er einen Menschen im Alter von Felix oder älter, der ein passendes Organ für Abba spenden könnte. Glaubt mir.«

»Und warum soll er ausgerechnet uns helfen?« fragte Rudi.

»Weil er von mir überzeugt ist.« Er würde ihm bei Gelegenheit alles genauer erzählen.

Später saßen sie zu zweit im ehemaligen Kinderzimmer, und Ethan berichtete von Rabbi Berkowitsch und seinem Plan, den Messias zu erschaffen. Rudi sagte: »Das klingt doch vollkommen verrückt.«

»Zweifellos, aber wenn wir so zu einer Niere kommen!«

»Und wenn nicht?«

»Dann können wir immer noch sehen, ob nicht einer von uns einspringt und sich für eine Transplantation zur Verfügung stellt. Aber vielleicht weiß Berkowitsch einen Ausweg. Klar, es klingt verrückt. Aber was ist noch normal? Der Wahnsinn ist bei uns doch längst schon die Regel.«

Und auf dieses Argument wußte auch Rudi nichts zu erwidern.

7

Blödsinn, sagte die Medizinerin. Sie sei keineswegs von der Idee des Rabbiners Berkowitsch überzeugt. Sie sei überhaupt nicht religiös. Sie mache ihre Arbeit, egal ob der Messias durch ihre Hilfe auf die Welt komme oder, was sie eher erwarte, ein anderer Schreihals. Im übrigen sei es nach heutigem Stand der Forschung gar nicht möglich, den Klon eines ermordeten Embryos zu generieren. Eine solche Nachgeburt der Shoah entstehen zu lassen sei ja an sich eine unappetitliche Vorstellung. »Aber bitte! Ich erfülle meine Pflicht.«

Die Ärztin – blitzblaue Augen, aschschwarzes Haar, von eisgrauen Fäden durchzogen, karamelbrauner Teint – sah die beiden Männer an. Ein kaltes Lächeln. Während sie sprach, unterstrich sie ihre Worte mit ausladenden Gesten. Sie erinnerte Rudi an eine Polizistin, die den Verkehr regelte. Sie war die Leiterin der Abteilung für Genetik. Rudi hatte sich gewundert, wie ruhig und leer die Gänge hier waren. Im Warteraum bloß drei andere. Eine Frau, olivgrüner Hosenanzug, still im Eck. Ein Jugendlicher in Jeans, ein Muskelpaket, ein ständiges Wippen in den Beinen. Ein Mann mit Sakko und Krawatte. Keine offensichtlich Kranken, wie er sie im Aufzug gesehen hatte.

Die Medizinerin verzog den Mund. »Durch die künstliche Kreuzung von Nachfahren ein Individuum wieder entstehen zu lassen ist abstrus. Und alles, was wir haben, sind die verschwurbelten Berechnungen und Theorien von Rav Berkowitsch, der einen Gesalbten Gottes hervorzaubern will.«

»Warum machen Sie es dann überhaupt? Arbeiten Sie in Wirklichkeit nicht an der Produktion eines jüdischen Übermenschen?« fragte Ethan.

Blödsinn, widersprach sie noch einmal. Es gehe hier nicht um die Verbesserung der Gene. Von Eugenik könne keine Rede sein. Berkowitsch wolle nur eines: jenen Embryo rekonstruieren, aus dem der Messias einst hätte werden sollen. »Das ist doch schon meschugge genug. Machen Sie nicht mehr daraus, als dieser Quatsch hergibt.« Der Rabbiner sei eine überaus intelligente, eine grenzgeniale Person, eine charismatische Persönlichkeit. Aber er habe sich in diese abstruse Idee verrannt.

»Das sagen Sie? Und machen trotzdem mit?«

»Es ist ein interessantes wissenschaftliches Projekt. Und gut ausgestattet. Aber die Prämissen, die religiösen Theorien, sind vollkommen verrückt.«

Ethan war außer sich. »Sind wir hier im Irrenhaus? Ist denn das ganze Land übergeschnappt? Das ist doch vollkommen hirnrissig.«

»Ja. Wir sind hier nicht weit von der psychiatrischen Abteilung, Professor Rosen. Sie liegt auf derselben Etage. Die Psychiatrie ist sogar in das Projekt involviert. Rav Berkowitsch besucht sie regelmäßig. Um, so die offizielle Begründung, den Patienten eine spirituelle Stütze zu sein.«

Ethan und Rudi wechselten Blicke.

Sie sagte: »In Wirklichkeit ist er, ohne es zu ahnen, selbst ein Studienobjekt. Sie haben ihn ja erlebt. Er ist ein Phänomen. Wer mit ihm spricht, ist überwältigt. Haben Sie es nicht bemerkt?«

Rudi seufzte und sah Ethan zweifelnd an, aber der fragte: »Wie können Sie sich an dem Projekt beteiligen, wenn Sie von seiner Widersinnigkeit überzeugt sind?«

»Sie beteiligen sich, weil Sie eine Niere für Ihren Vater wollen, nicht wahr? Wir können die Daten aus diesem Genpool sehr gut gebrauchen. Mit dem Messias hat das nichts zu tun. Uns geht es um die umfassende Untersuchung einer ausgesuchten, überschaubaren Gruppe miteinander verwandter Menschen, die ganz spezifische Merkmale aufweist. Bei diesem Vorhaben arbeiten Humanbiologen, Kliniker, Epidemiologen, sogar Psychiater, Soziologen und Historiker zusammen. Wir wollen erforschen, wie und wann bestimmte Krankheiten in dieser Sippschaft aufgetreten sind. Verstehen Sie?«

Die Frau mit den streng nach hinten gekämmten Haaren klang ein wenig übersteuert. Sie hielt inne, dann leise, als verrate sie nun das eigentliche Geheimnis: »Berkowitsch ist nicht ohne Einfluß. Seine Autorität prägt seine Gemeinde, winzig zwar, aber – wer weiß – in ein paar Jahren könnte er mitbestimmen, welche Koalition in der Knesset gebildet wird.«

Rabbi Jeschajahu Berkowitsch stieß zwar selbst bei seinen Anhängern auf Mißtrauen, aber sein Satz, die Grundeinheit der Heiligen Schrift sei die Doppelhelix, faszinierte Menschen aus allen Lagern. In einer Ansprache vor Chassiden hatte er verkündet: »Jede unserer Zellen enthält die ganze Thora.« Seine Sätze wurden überall zitiert, sei es bewundernd oder voller Verachtung. Er wurde zu Talkshows eingeladen und ging sogar hin. Er gewann amerikanische und europäische Sponsoren, Reiche, die nicht wußten, wie sie ihre Jiddischkeit unter Beweis stellen sollten, die kaum Pessach von Channukka oder Mazzeknödel von Krepplach unterscheiden konnten. Milliardäre, denen es an nichts fehlte außer an der Möglichkeit, eine jüdische Initiative zu unterstützen, weil ihr Geld bereits in alle anderen jüdischen Organisationen floß. Und da kam Rabbi Berkowitsch, und mit einemmal wurden sie zum Mäzen des Messias höchstpersönlich. Wen wunderte es, wenn daraufhin auch die israelischen Institutionen mit Berkowitsch kooperierten. Er lukrierte neue Mittel. Und erst die Religiösen! Viele Fromme waren zwar überzeugt: Jeschajahu Berkowitsch war verrückt, aber er mußte ein Wunderrabbi und großer Gelehrter sein, wenn er Finanz, Staat und Wissenschaft hinter sich vereinte.

Die Ärztin sagte: »Er ist genial. Aber daraus zu schließen, alle, die bei dem Projekt mitmachen, glaubten an das Erscheinen des Messias, ist Blödsinn!« Der Rest war für die Medizinerin Routine. Sie fragte – aus rein professionellen Gründen – nach den genauen verwandtschaftlichen Beziehungen der beiden Männer, bis sie plötzlich zu Rudi bemerkte: »Dann sind Sie also gar kein Jude?«

Er schwieg, aber Ethan fragte: »Ich dachte, es geht Ihnen nur um Genetik und nicht um den Messias. Weshalb interessiert Sie seine Religion? Sind Sie päpstlicher als Rav Berkowitsch?«

»Unterlassen Sie gefälligst diese Anwürfe, Professor Rosen. Weiß Berkowitsch von Ihrer Herkunft, Doktor Klausinger?«

»Ist doch egal«, fuhr Ethan dazwischen. »Der Vater des jüdischen Messias könnte Buddhist sein, Muslim oder Nazi. Es kommt auf die Mutter an.« Er schlug auf den Tisch: »Seit wann interessieren Sie sich für die religiösen Gesetze? Hierzulande werden selbst Lesben künstlich befruchtet, um ohne Mann eine jiddische Mame zu werden.«

»War das eine Anspielung, Professor Rosen? Wollen Sie andeuten, ich sei hier fehl am Platz?«

Rudi mischte sich ein: »Das wollte er sicher nicht. Entschuldige dich doch!«

»Wofür denn? Dafür, daß sie deine Gene für minder erachtet, soll ich um Verzeihung bitten?«

Die Ärztin verschränkte die Arme vor der Brust. »Beruhigen Sie sich. Das ist ein nationales Projekt. Wir untersuchen einen ganz bestimmten Genpool. Ein Nichtjude paßt da nicht hinein. Das ist nicht gegen Sie persönlich gerichtet, Herr Klausinger.«

»Wenn der Samen meines Bruders Ihnen nicht gut genug ist, dann können Sie meinen auch vergessen. Und ob das Eugenik ist. Das ist Rassismus!«

Rudi schwieg. Hatte Ethan ihn gerade Bruder genannt?

Die Medizinerin sah die beiden über ihre Brille hinweg an: »Ich folge wissenschaftlichen Vorgaben. Wenn Sie aber wirklich meinen, daß Berkowitsch das anders sieht, dann rufen wir ihn doch an. Soll er entscheiden.«

»Das wird nicht notwendig sein«, flüsterte Rudi. Er stand auf, um zu gehen.

Ethan sprang ebenfalls auf. An der Tür drehte er sich noch einmal um: »Wenn Sie ihn ausschließen, dann bin ich auch nicht mehr dabei.«

»Und die Niere für Ihren Vater?« fragte die Ärztin. Sie stellte die Frage ganz ruhig, wie nebenbei.

Sie schwiegen alle drei. Dann wies sie auf die Stühle und bat die Männer, sich wieder zu setzen. Die Medizinerin griff zum Telefon. Sie tippte eine Nummer, horchte in den Hörer, und ihr Gesicht hellte sich auf, als sie sagte: »Rav Berkowitsch, hier ist Tamar. Wie geht's?«

Sie erzählte detailliert. Auch von Ethans Drohung auszusteigen, und überraschenderweise hatte der Rabbiner nichts gegen Rudi einzuwenden. Entscheidend sei bloß die Eizelle. Die Mutter bestimme die Zugehörigkeit. Er, Berkowitsch, brauche nun einmal männliche Verwandte des Messias. Als Rudi der Medizinerin zurief, er plane ohnehin, zum Judentum überzutreten, schrie Berkowitsch so laut, daß es auch für die beiden Männer zu hören war: »Tamar, machen Sie Ihre Arbeit!«

»Wie Sie meinen.«

»Ich meine gar nichts. Ich folge bloß den Richtlinien des Projekts und den Geboten des Herrn.«

Auf dem Gang warteten sie, bis sie in ein Zimmer gebeten wurden. Sie mußten ein Formular ausfüllen und ein Papier unterschreiben. Jeder von ihnen erhielt einen Plastikbecher. Sie sollten zunächst in die Muschel urinieren, dann innehalten, den Strahl in den Becher lenken und den Rest wieder in die Muschel ablassen. Ethan ging als erster auf die Toilette. Danach mußten sie den Arm frei machen, und ihnen wurde Blut abgenommen. Ethan sah zur Seite, als die Nadel die Haut durchstach. Rudi lächelte die kleine, schlanke Schwester aufmunternd an.

Er war von Anfang an nur einverstanden gewesen, sich auf das Projekt des Rabbiners einzulassen, wenn untersucht würde, ob einer von ihnen beiden für eine Transplantation in Frage käme. Falls keine andere Niere gefunden wurde, sollte auf sie beide zurückgegriffen werden, und er hoffte insgeheim auf diesen Notfall. Eine junge Assistenzärztin sagte ihnen, beim nächsten Termin in einer Woche sei, falls die Untersuchungen keine Unregelmäßigkeiten anzeigten, die Spermienspende vorgesehen. Sie sollten vier Tage davor Abstinenz üben. Kein Samenerguß.

Draußen prügelte die Sonne auf sie ein. Ethan fragte: »Du willst Jude werden? Samt Beschneidung?«

»Ja, weil ich mich als Jude fühle.«

»Na, dann. Wenn du es ohnedies schon bist. Wozu noch übertreten? Was brauchst du den Segen der Rabbiner? Oder glaubst du etwa an Gott?«

»Nein. Nur wenn es unbedingt sein muß ...«

Ethan verzog den Mund. Er verbarg sein Mißtrauen

nicht. Wie verlockend, ein Opfer sein zu dürfen, ohne je gelitten zu haben. Sie trotteten nebeneinander her, verließen die Klinik durch den Hauptausgang.

Unvermittelt blieb Rudi stehen. »Wenn ich erklärte, ab morgen Hopi oder Sioux zu werden, würdest du es akzeptieren. Ich könnte mir einbilden, ein keltischer Druide zu sein, mir einen Helm mit Hörnern aufsetzen, und du würdest es pittoresk und lustig finden. Und was ist ein echter Hopi? Niemand läuft mehr mit Pfeil und Bogen durch die Prärie.«

Passanten starrten sie an. Ethan packte Rudi am Ärmel. »Ist schon gut«, murmelte er und zog ihn schnell weiter.

Ein Wechselbalg war er von Anfang an gewesen. Bei ihm war es nicht wie bei Kindern, die zuviel Karl May gelesen hatten und daraufhin mit Federschmuck durch den Park schlichen. Das Judenkind war er schon vor seiner Geburt gewesen. Seit es die Mär von Ahasver gab, seit er heimatlos durch die Welt geirrt war. So hatten ihn alle gesehen, die wußten, daß sein leiblicher Vater ein Überlebender war. Der Vater war sein schwarzer Fleck. Der Schattenriß mit Krummnase. Mama wollte nichts von ihm wissen. Nichts von ihrer einstigen Liebe, aber auch nicht viel von ihrem Sohn. Er war kein Wunschbaby gewesen, sondern Ausdruck ihrer Verzweiflung. Seine Geburt als ihre Niederlage. Der Geliebte hatte längst für seine Ehe optiert. Einige Jahre später hätte die Mama ihn wohl abgetrieben. Unter ärztlicher Obhut und straffrei. Aber damals …

Ob sie es nicht dennoch versucht hatte? In der Oberstufe stellte sich Rudi diese Frage. Aber da hatte sie ihn schon fortgebracht zu den Ersatzeltern. Sie winkte zum Abschied. Nicht ohne Tränen in den Augen. Galten die ihm oder ihr selbst?

In der Pflegefamilie sollte er sich gefälligst fühlen wie zu Haus, und der Mutter in Wien und der Tiroler Mama durfte er keinen Kummer bereiten. Er sollte sich einleben. Am Sonntag in die Kirche gehen. Der Pfarrer warnte die Buben davor, das Spatzerl in die Hand zu nehmen. Wer sein Glied anfaßt, der komme in die Hölle, hieß es, und da wußte Rudi wochenlang nicht, wie er auf dem Klo in die Hose fahren solle, um dieses Teil da hervorzuziehen. Aber so spitzfingrig er es auch anfaßte, das Judenkind blieb er ohnedies. Die Welt war voll mit Menschen, die Juden, Orientalen oder Südseeinsulaner sein wollten und sich und ihr Zuhause exotisch ausstaffierten. Räucherstäbchen versüßten die Luft. Im Hinterhof bauten sie ein Nomadenzelt auf. Sie setzten eine Baskenmütze auf, ließen sich einen Schnurrbart wachsen und tranken Milchkaffee aus der Müslischale, um sich französisch zu fühlen. Sie tanzten Flamenco, weil ihnen ihr Heim nur noch spanisch vorkam. Warum auch nicht? Wieso sollte es lächerlicher sein, am Wörther See einen Sarong zu tragen als eine Lederhose? Sah etwa ein Kilt in Paris possierlicher aus als in Edinburgh?

Er aber, der sich in vielen Staaten und Sprachen eingelebt hatte, mußte sich nicht kostümieren. Im Internat galt er bald als Experte fürs Judentum. Sein Vater, der nie dagewesen war, hatte ihn geprägt. Durch Abwesenheit. Rudi hatte Judaistik, Jiddisch und Hebräisch studiert. Er wußte mehr über Thora und Talmud als viele, die in jüdischen Familien aufwuchsen. Er kannte die Gebete und Gebote.

Bei ihm war es keine Laune, wenn er sagte, übertreten zu wollen. Andere mochten sich maskieren, wenn sie konvertierten. Er schminkte sich ab. Israelis wie Ethan waren in Zion geboren, doch am liebsten lebten sie andernorts, in New York, San Francisco oder London, in Paris, Berlin oder Rom. Ethan gefiel das Land am besten, wenn es weit weg war. Im Taxi sagte er zu Rudi: »Ich warne dich. Das Judentum ist eine Alterserscheinung. Diese Jungen, die zunächst mit freiem Antlitz und frischen Ansichten in die Welt stürmen, werden irgendwann müde, und ihre Gesichter zerfließen, ihre Nasen werden länger, und ihre Augen trüben sich ein, bis alle meinen, sie schauten abgeklärt. So werden sie zu alten Juden. Und sie, die nie an Gott glaubten, die über Koalition und Armee lästerten, die jeden Freitag in die Disco und in die Bar liefen, die Nächte durchmachten und Joints rauchten, zünden unversehens am Schabbath die Kerzen an, segnen Brot und Wein – alles wegen der Kinder, sagen sie zunächst –, und dann beginnen sie auf einmal die überkommenen Ressentiments und ihre eingefleischten Ängste zu lieben. Ängste, von denen niemand ahnte, daß sie die überhaupt haben. Ängste, vor denen sich alle anderen fürchten müssen.«

Rudi schüttelte den Kopf. Er fühlte sich hier verjüngt. Tel Aviv – wenn er durch diese Straßen ging, war ihm, als wären alle, die ihm entgegenkamen, Büchern entsprungen. Sie redeten Hebräisch, Jiddisch, Französisch, Russisch, Englisch, Polnisch, Deutsch, Italienisch, Amharisch oder Arabisch. Und da waren auch noch die papierlosen Zuwanderer. Sie sprachen Filipino, Rumänisch, Mandarin, Yoruba oder auch Igbo.

Eines Tages war er durch eine schmale Gasse gegangen, die parallel zur Strandpromenade lief, dann im rechten Winkel abbog, um in die Dizengoff, die rastlose Geschäftsstraße, zu münden. In diesem engen Durchfahrtsweg zwischen den alten Bauhausgebäuden war es mit einemmal ganz still. Eine Katze strich eine Mauer entlang, irgendwo Vogelgezwitscher und plötzlich von einem kleinen Balkon im ersten Stock die unverkennbare Stimme von Lotte Lehmann. Sie sang eines ihrer Lieblingslieder, den *Gesang Weylas*. Zunächst das leise Wogen des Klaviers, dann die ersten Worte. *Du bist Orplid, mein Land!* Die Hymne auf ein Land der Sehnsucht, auf einen Ort, der nah und fern zugleich war, und dann sah Rudi einen alten Mann im kurzärmeligen Hemd, mit dicker Hornbrille und schlohweißem Haar, eine greisenhafte Gestalt, die auf der Veranda saß und stumpf vor sich hin blickte. War er noch mit der Schallplatte im Gepäck hierher entkommen? Dachte er jetzt zurück an die einstige, die unrettbar verlorene Heimat? Im Tel Aviv der dreißiger und vierziger Jahre war Deutsch aus den Straßen und Kinos verbannt worden. Bei manchen deutschen Filmen war als Sprache Österreichisch angegeben worden, um keinen Unmut zu provozieren. *Du bist Orplid, mein Land! / Das ferne leuchtet.* Lehmanns Gesang gewann an Kraft. Die Musik steigerte sich zum Crescendo. *Vom Meere damp-*

fet dein besonnter Strand / Den Nebel, so der Götter Wange feuchtet. Rudis Hemd klebte an der Haut. Die Mittagshitze war unerträglich. Die Stadt brodelte. Sie war weit weg und doch nur hinter der nächsten Ecke. *Uralte Wasser steigen/ Verjüngt um deine Hüften, Kind!*

Er war weitergegangen, ohne vom alten Mann auf dem Balkon entdeckt worden zu sein. Als er das Gäßchen verließ, stand er wieder im Lärm. Eine Asiatin stöckelte an ihm vorbei. Die Jeans saßen tief auf den Hüftknochen. Der Stringtanga lugte seitlich hervor. Sie klingelte an einem Geschäftslokal, das zu einer Wohnung umgebaut worden war. Jemand öffnete ein Fenster, worauf sie auf das Gesims stieg, um hineinzugelangen. Rudi überquerte die Straße, an der die großen Hotels lagen. Auf einem heruntergekommenen Platz über dem Meer – die Ruine einer verrotteten Diskothek erinnerte hier an die Exaltiertheit und das Klangfieber der achtziger Jahre – trank er an einem Stand einen Becher frisch gepreßten Orangensaft. Ein Afrikaner schleppte eine Kühltasche umher und sang den Namen der Eismarke, die er anbot: »Artik!«

Nahe der Brandung, wenige Meter entfernt von den Surfbrettern der Jugendlichen und von den Chassakes, wie die alten levantinischen Flachboote der Lebensretter hier genannt wurden, verlief die Jarkon, und wer ihr nordwärts folgte und dann nach rechts abzweigte, konnte bereits das Haus erkennen, in dem Felix und Dina wohnten. Von ihrem Wohnzimmer aus reichte der Blick über die Flachdächer, über die Wassertonnen und das Antennengestrüpp bis zu den Minaretten und dem Uhrturm in

Jaffa. Der Weg zur Wohnung wurde gekreuzt von der Dizengoff, wo die Lokale überlaufen waren und die Kellner in der Mittagshitze von einem Tisch zum nächsten jagten, und inmitten des Getöses war Rudi, als säße er am Boulevard Saint-Germain oder in Berlin am Kurfürstendamm.

Du bist Orplid, mein Land. Von hier war es nicht mehr weit bis nach Jaffa, wo Ruinen arabischer Häuser neben neuen Prachtbauten lagen, die sich nahe der Küste erhoben. Aber was war schon weit? Nicht Gaza, nicht Ramallah und nicht Jerusalem.

Ethan sagte zu ihm: »Du hast keine Ahnung. Als ich ein Kind war, mag es noch Reste des ursprünglichen Tel Aviv gegeben haben. In den Sechzigern, als ich noch unterm Tisch herumkrabbelte, redeten die Erwachsenen oben unaufhörlich von Politik. Jede Handlung war vollgesogen mit Politik. Sie sprachen und sie sangen davon. Sie lachten und sie weinten darüber. Glaube mir. Wenn ich mit anderen Kindern abends vom Spielen zurückkam, schallte der einzige israelische Fernsehsender aus allen Wohnungen. Wenn die Nachrichten kamen, wurde in allen Häusern der Ton lauter gestellt, und wir, die Kleinen, trippelten von den Neuigkeiten begleitet heim. Damals – sogar noch in den Siebzigern – fuhren viele mit den öffentlichen Bussen, und der Fahrer ließ das Radio laufen, stellte es zur vollen Stunde lauter oder wurde von einem der Fahrgäste darum gebeten, weil keiner etwas versäumen wollte und schon gar nicht den nächsten Anschlag oder eine kommende Eskalation. Und selbst noch in den Neunzigern hingen alle an den Geräten, wenn es wieder

Sondermeldungen gab. Aber heute, Rudi, wenn ich die Kollegen von der Arbeit, die Studenten in meinen Vorlesungen, meine Jugendfreunde sehe, spricht keiner mehr gerne über Politik. Die Leute reden nicht mehr über die Regierung und die Parteien, sondern sie streiten allenfalls über die neuesten Restaurants und Pubs. Früher trafen sie sich beim Essen, um zu politisieren, später politisierten sie nur noch, um gut essen zu können. Heute verdirbt ihnen ein Wort über die nationale Lage den Appetit.«

Rudi widersprach nicht. Er erinnerte sich an einen Nachmittag, den sie zunächst zu dritt am ehemaligen Hafen verbracht hatten. Ein Lokal direkt an der Küste. Über ihren Köpfen waren Flieger hinweggezogen, um auf dem kleinen Flughafen in der Nähe zu landen. Später setzten sich einige alte Freunde von Noa zu ihnen, mit denen sie sich verabredet hatte. Alle waren künstlerisch tätig. Sechs Singles und drei Pärchen. Kinder mit Skateboards und Fahrrädern.

Auch in dieser Runde war der Konflikt kein Thema mehr, weil ohnehin bereits alles gesagt war. Wozu sich wechselseitig versichern, wie hoffnungslos die Lage war? Weshalb so tun, als wäre von dieser Koalition irgend etwas zu erwarten? Oder auch von der Opposition? Vor wenigen Jahren hätten Noas Bekannte einem Ausländer wie Rudi erklärt, unter welchen Bedingungen ein Frieden machbar sei. Leute wie sie wären überzeugt gewesen, das Land müsse bloß geteilt werden. In der Zwischenzeit waren die Parolen der ehemals Linken zu den Leerformeln der Mehrheit geworden, zu einem Konsens, der allen nun nur noch wie ein bloßes Lippenbekenntnis erschien. Diejenigen, die jahrelang vergeblich zu Verhandlungen aufgerufen hatten, waren nun gespalten. Die einen glaubten, auf der anderen Seite sei niemand, mit dem zu reden wäre. »Es gibt keinen Partner«, wiederholten sie bei jeder Gelegenheit, und wenn es um militärische Fragen ging, sagten sie gerne: »Ejn brera«, was nichts anderes bedeutete als: »Es gibt keine Alternative.« Die anderen hingegen meinten, die eigene Führung und die Siedler seien schuld, daß keine Lösung in Sicht war. Manche dachten, es sei längst zu spät, um die beiden Nationen noch in je einen Staat auftrennen zu können. Fast alle aber hatten aufgegeben.

Zwei Tage später saßen Rudi und Ethan in einem Café. Ethans Absagen waren aufgefallen. In dem Troß, der von einer international besetzten Konferenz zur anderen rund um den Globus zog, zählte er zum festen Kern. In den letzten Wochen war er zu sieben verschiedenen Veranstaltungen nicht erschienen. Nun sollte er in Los Angeles, im Museum der Erinnerung, sprechen, aber wieder hatte Ethan erklärt, nicht hinfahren zu wollen. »Ein Kollege fragte mich bereits, ob es stimmt, daß du im Sterben liegst«, sagte Rudi.

»Was hast du ihm geantwortet?«

»Ich erzählte ihm von einem Familienleiden.«

Ethan hatte Rudi gebeten, den Vortrag in Los Angeles für ihn zu halten. »Du wirst ja ohnehin dort sein. Warum solltest du nicht neben deinem Referat auch meines ablesen. Ich werde einfach einen alten Text ein wenig umschreiben.«

Zwei Tage später flog Rudi in die USA. Im Flugzeug schrieb er seine eigene Vorlesung zu Ende. Der Zwischenstopp war kurz bemessen. Der Flug von Tel Aviv hatte Verspätung, und so fürchtete er, den Anschluß in Heathrow zu versäumen. Er stürzte aus dem Flugzeug, hastete mit seinem Köfferchen und seiner Computertasche die Gänge entlang.

Heathrow versank an diesem Tag wieder im Chaos, der Flughafen platzte aus allen Nähten. Im Transitbereich herrschte Gedränge, vor den Sicherheitskontrollen ging nichts voran. Als er endlich an der Reihe war, warf er Schlüssel, Portemonnaie, Gürtel, Kugelschreiber, Mobiltelefon in eine Plastikschale und bettete sein Sakko darüber. Den Laptop legte er in eine zweite. Er lief durch die Sicherheitsschleuse und sammelte schnell seine Sachen ein, hastete weiter. Als er schon fast am Gate war, griff er sich an die Hosentasche. Das Portemonnaie mit dem Bargeld und allen Kreditkarten war weg. Er rannte zurück zur Sicherheitskontrolle.

Erst als Rudi verzweifelt bat, alle Behälter noch einmal zu durchsuchen, tauchte seine Brieftasche wieder auf. Längst war er überzeugt, den Anschluß nach Los Angeles nicht mehr zu erreichen. Aber wenig später bestieg er nicht nur das Flugzeug; die Boeing wartete dann noch eine Stunde auf der Rollbahn, bis sie endlich eine Starterlaubnis erhielt.

Zu erschöpft, um einschlafen zu können, schaute er

sich Spielfilme auf dem kleinen Monitor an. In Los Angeles wurde er von einem der Assistenten abgeholt, um zum Abendempfang in ein Nobelrestaurant gefahren zu werden. Rudi hätte sich am liebsten im Hotel verkrochen. Er wollte aufs Klo, ins Bad und ins Bett, doch die anderen Wissenschaftler, von denen die meisten früher angekommen waren, saßen bereits zu Tisch. Alle erwarteten ihn, erklärte der Assistent. Es dauerte, bis sie endlich da waren. Er wurde überschwenglich begrüßt. Rudis letztes Buch über museale Darstellungen von Minderheiten in Europa hatte viel Anerkennung erfahren. Er war bei den letzten Tagungen aufgefallen. Seit Ethan nicht mehr erschien, galt er als neuer Name in seinem Forschungsgebiet. Anders als Ethan, der durch seinen Sarkasmus und seine dunklen Szenarien beeindruckte, begeisterte Rudi durch seine leichte Ironie und vage Zuversicht. Um so spannender fanden es alle, daß Rudi für Ethan einsprang. »Hier ist er ja«, rief der Konferenzleiter ihm entgegen, und zu den anderen gewendet: »Rudi Klausinger wird nicht nur sein eigenes Referat halten, sondern auch Rosens Einleitungsvortrag lesen. Sagen Sie, geht es Ethan schon besser? Wir machen uns Sorgen.«

Das Essen dauerte lange, er war todmüde. In Israel hatte längst ein neuer Tag begonnen, in Los Angeles fing der Abend erst an. Nach Mitternacht und ziemlich besoffen fiel Rudi ins Bett. Am nächsten Morgen fühlte sich sein Schädel an, als wäre er über Nacht zum Medizinball angeschwollen. Er kam zu spät zum Frühstück. Er war der letzte im Raum. Alle anderen brachen schon zur Veranstaltung auf. Er rannte ihnen hinterher. Erst während der Vorstellungsrunde gelang ihm ein Blick in Ethans Eröffnungsvortrag. Er überflog den Text, wendete die Blätter hin und her, und – kein Zweifel – er erkannte den Inhalt wieder. Es war der Artikel, aus dem er in seinem Nachruf auf Dov zitiert hatte.

Ethan hatte seine provokanten Thesen in Israel geschrieben, in Österreich dagegen protestiert, als Rudi sie aufgriff, und ließ sie jetzt in den USA von ihm wiederholen. Wollte Ethan sich über ihn lustig machen? Er überflog die Sätze, und alles, was da stand, kam ihm falsch vor. Er konnte hinter diesen Worten unmöglich stehen. Er hatte nun Wochen bei Felix und Dina verbracht, von ihnen viel Neues über Dov Zedek erfahren und auch selbst noch über ihn recherchiert. Nicht nur das: In diesem Museum in Los Angeles konnten Ethans Theorien nur verrückt wirken. Sie riefen hier nicht dieselben Assoziationen hervor wie in Israel oder Österreich.

Er las den Text im wahrsten Sinne des Wortes herunter, ein Satz wurde geleiert, der nächste geseufzt, der dritte gemurmelt, doch das Auditorium verstand seinen Stil als Inszenierung und passende Darbietung der spöttischen Gedanken. Ihm wurde gratuliert, seine Präsentation besonders gewürdigt, und dann wurde er gebeten, gleich fortzufahren, denn nun beginne mit seinem Papier das erste Panel. Rudi war voller Zorn. Nicht gegen Ethan richtete sich seine Wut, sondern gegen die Kollegen, die nicht begriffen, wie verkehrt alles gewesen war, was sie soeben gehört hatten. Er änderte deshalb seinen eigenen Vortrag ab. Rudi antwortete den Zweifeln, die Ethan geäußert hatte, und betonte die Notwendigkeit der Erinnerung über alle Grenzen und Kulturen hinweg. Er widersprach Ethans Thesen, aber nur indirekt und ohne ihn zu nennen. Die Begeisterung für diese virtuelle Doppelconférence führte zu Zwischenapplaus, Nicken und Gelächter. Ein Wissenschaftler aus Florida, eine aufgepumpte Gestalt in Anzug und Krawatte, wisperte: »I love it«, worauf ein Engländer, ein hochgeschossener Historiker in schwarzem Gewand und lackroten Schuhen, ausstieß: »Hilarious!«

Erst als er geendet hatte und die Diskussion eröffnet war, beschlich manchen im Raum doch noch eine Unsicherheit. Aber niemand wagte, ihn direkt darauf anzusprechen, und auch er hatte aufgegeben. Die ganze Auseinandersetzung, die in Österreich zwischen ihm und Ethan leidenschaftlich geführt worden war, konnte in diesem Rahmen niemanden erregen.

Er sprach nach seiner Rückkehr nicht über den Vorfall. Wozu auch? Nur Noa gegenüber machte er eine Andeutung, doch sie lachte bloß darüber und erzählte ihm von einem Auftrag, den sie übernommen hatte. Neben ihrer Arbeit für eine Firma, die Prothesen herstellte, entwarf sie den Look für das Magazin einer Organisation, die papierlose Einwanderer unterstützte.

Ethan interessierte sich kaum für Noas Projekte, weil er in seine eigenen Studien verstrickt war. Rudi hingegen konnte ihr endlos zuhören. Er wußte nichts von den Aufgaben einer Grafikerin, und ihn beeindruckte ihre Vielseitigkeit. Für sie schien es keine Routine zu geben. Ihre

Person fügte sich nicht ein und wirkte dennoch überall stimmig. Sie fiel aus dem Rahmen. Verstohlen schaute er ihr nach, schielte nach ihr. Wenn sie seinen Blick erwiderte, hob sie eine Augenbraue. Er fühlte sich nicht ernst genommen. »Hallo Halbschwager«, rief sie ihn.

Er war sich plötzlich unsicher, ob seine Zuneigung für die Familie Rosen nicht längst von seinen Gefühlen für Noa herrührte oder umgekehrt seine Begeisterung für die neue Verwandtschaft daran schuld war, daß ihn Noa so reizte. Ihm war nicht einmal ganz klar, ob er sie sehen wollte, weil sie mit Ethan zusammen war, oder ob er seinen Bruder treffen wollte, weil er ständig an sie denken mußte. Ebenso verworren waren seine Gefühle für diesen Staat und seine Pläne hierzubleiben. Nur eines wußte er sicher: Er wollte Jude werden. Er wollte sich durch sein Bekenntnis zu seinem Vater endlich binden.

8

Das Leben in Schwarzweiß. Menschen im Kreis. Die Männer in blumigen Hemden und Jeans. Sandalen an den Füßen. Die Frauen in kurzen Hosen oder weiten, bunten Röcken. Alle singen. Im Zentrum der eine mit der Ziehharmonika. »Laila, laila, ha-ruach goveret.« Der Wind frischt auf, und Dina sitzt vor dem Bildschirm. »Laila, laila«, summt sie, und »numi, numi«, schlaf ein, stimmt sie ein, aber sie schläft nicht, schließt nicht die Augen, denn nachts schwärmen die Erinnerungen aus, machen sich auf den Weg.

Nacht für Nacht thront Dina auf dem Sofa. Schlaf ein, schlaf ein, nur du wartest, schlaf ein, schlaf ein. Nach dem Spätprogramm werden noch die alten Liederabende aus den siebziger Jahren wiederholt. Laila, laila. Ein Schwarzweiß voller Leben. Eine Gruppe sitzt zusammen, Junge und Alte. Sie singen von ihren Träumen, von der Not und dem Schmerz früherer Zeiten. Sie singen von den alten Sehnsüchten, und Dina sitzt da, mehr als dreißig Jahre später, und sinnt dem Singen nach. Sie singen: »Wir haben gesät, doch nicht geerntet.« Sie singen: »Wir kamen ins Land, um aufzubauen und erbaut zu werden.«

Es ist keine Galavorstellung, die hier übertragen wird. Die Sängerrunde sitzt dicht gedrängt in einem schlichten Raum. Vielleicht das Gemeinschaftszimmer in einem

Kibbuz. Sie singen, als lauschten sie dem eigenen Echo nach. Der Blick verklärt. Nacht für Nacht harrt Dina aus, bis der Schlaf sie übermannt, und auch heute kann sie sich vom Fernseher nicht losreißen. Im Nebenzimmer liegt Felix. Ermattet. Erledigt.

Nach der Dialyse wollte er sich nicht ausruhen, sondern gleich ausgehen. Im Frederic Rand Mann Auditorium gab es ein Klavierkonzert von Schostakowitsch, und die Eltern hatten Ethan und Noa eingeladen, sie zu begleiten. Ethan kam beinahe zu spät. Am Nachmittag war er in der Klinik gewesen, um seine Samenspende abzugeben. Noa bemerkte gleich, daß ihn etwas quälte. Er grüßte Dina und Felix kaum, drückte sie aber, während er sie auf den Mund küßte, um so fester an sich. Dann setzte er sich neben sie und igelte sich ein. Sie spürte, daß ihn die Musik nicht erreichte. Vorgestern waren sie gemeinsam in ihre neue Wohnung gezogen, und seit Felix aus dem Krankenhaus entlassen worden war, arbeitete Ethan wieder. Er setzte sich morgens an den Schreibtisch, beantwortete seine E-Mails, schrieb dann drei Stunden an einem Buch, von dem er Noa noch nicht erzählen wollte, und widmete sich nach dem Mittagessen kleineren Texten – Aufsätzen, Vorworten und Besprechungen. Er ließ sich bei seinen Studien durch nichts stören, schaltete das Telefon nicht aus, las zwischendurch die neuen Nachrichten, und die Tür zu seinem Zimmer stand offen. Die Einflüsse von außen inspirierten ihn, lenkten ihn nicht ab, sondern brachten ihn offenbar ständig auf neue Ideen. Freizeit und Beruf zu trennen, konnte er sich gar nicht vorstellen. Als er zerstreut zum Konzert erschien, war Noa überzeugt, er denke noch an seine Arbeit.

In der Pause brachte Felix jedem ein Glas Sekt. Er sagte: »Ich freue mich so, mit euch hier zu sein. Ihr wißt gar nicht, wie sehr. Schade nur, daß Rudi heute keine Zeit hat.« Noa sah, wie Ethan den Mund verzog. Sie wunderte sich. Ethan war in den letzten Tagen gegenüber dem Halbbruder aufgetaut. Gemeinsam waren sie über Rabbi Berkowitsch und seinen Erlösungsplan hergezogen und hatten über Kollegen gespottet. Als Rudi beiläufig erklärte – sie hatten nachts in einer Strandbar Bier getrunken –, er werde die Stelle in Wien keinesfalls antreten, weil er gar nicht daran denke, mit dem eigenen Bruder zu konkurrieren, schien der Bann gebrochen. Ethan beteuerte nun, es gehe ihm gar nicht um die Stelle, und Rudi nickte: »Ich weiß. Mir auch nicht. Im Grunde ging es nie darum.«

Nach dem Konzert bestand Felix darauf, noch zusammen zu essen. Er schlug vor, in ein französisches Restaurant nach Jaffa zu fahren, das in einem alten arabischen Haus eröffnet worden war. Dina klatschte begeistert in die Hände. Noa fragte, ob es denn für Felix nicht zuviel wäre, doch der winkte ab und versuchte, Rudi zu erreichen, der nicht ans Telefon ging. Felix sprach ihm auf Band, er möge hinzukommen.

Die Küche war dann zwar weniger französisch als marokkanisch, aber es schmeckte um so besser. Felix bestellte nicht nur für sich, sondern wollte eine riesige Vorspeisenplatte und danach zusätzliche Beilagen für alle. Als Dina ihn anfuhr, daß niemand soviel essen könne, sagte er:

»Laß das meine Sorge sein.« Und so war es auch. Er sorgte dafür, daß nichts übrigblieb, und tat, als sei er keiner Diät unterworfen. »Bist du verrückt«, schrie Dina ihn an, aber er verschwendete keinen Gedanken an seine kaputte Niere. »Und nun zur Hauptspeise«, rief er, als es zum Dessert ging. Alle winkten ab, aber er nahm sich noch eine Crème Caramel.

Bereits auf dem Heimweg fing es an. Felix ächzte. Noa mußte an den Rand fahren. Er stieg aus dem Auto und kotzte alles aus sich heraus. Dann brach er zusammen und japste nach Luft. Dina redete auf ihn ein. Noa öffnete sein Hemd und fächelte ihm Luft zu. Ethan stand abseits, holte das Telefon hervor und rief den Notarzt. Felix lag da, als würden die einzelnen Teile seines Körpers nicht zueinandergehören. Noa mußte an den Ochsen denken, der in ihrem ersten Sommer in Tirol geschlachtet worden war, wie das Tier in den letzten Sekunden vor sich hin geschnaubt, wie es die Augen verdreht hatte und fast nur mehr das Weiße sichtbar gewesen war, als stülpe sich eine Folie über die Pupillen.

Noa sah Felix sterben, sah, wie sein Blick stumpf wurde, wie er verschwamm und wie Felix unterging. Dina schlug sich auf den Mund und beugte sich zu ihm hinunter, spuckte Küsse auf seine Hand, strich über seine Wange und schrie nichts als seinen Namen. »Felix!«

Ethan sprach mit der Einsatzzentrale, nannte den Ort. Er umrundete den Wagen, um zum Kofferraum zu gelangen. »Wo ist das Pannendreieck, Dina?« Sie schaute ihn an, als käme er von einem anderen Stern. Der Krankenwagen war schnell da, und kaum war der Notarzt ausgestiegen, kam Felix wieder zu sich. Der Mediziner meinte, es wäre nur ein Kreislaufkollaps. Nichts Ernstes. Das Elektrokardiogramm zeige keine Unregelmäßigkeiten. Er wolle den Patienten dennoch zur Beobachtung mit in die Klinik nehmen. Felix aber zerrte an dem Mantel des Arztes und stieß hervor: »Mir fehlt nichts. Nur zuviel gefressen. Nach Hause.«

Sie redeten auf ihn ein. »Felix!« Sie beschworen ihn, er möge sich untersuchen lassen, aber er schüttelte den Kopf.

»Vater, hör auf, verrückt zu spielen. Du hattest einen Anfall!«

Felix rappelte sich auf. Alleine. Er sah sie an, Dina, Noa, den Arzt und Ethan, als hätten sie ihn niedergeworfen, als stemme er sich gegen sie alle hoch. Zurück in der Wohnung, legte er sich sofort hin und schlief ein. Ethan und Noa blieben bei Dina. Sie waren zu aufgewühlt, um zu gehen.

Laila, laila. Nacht für Nacht. Dina schaut zu, wie Frauen wie sie vor langer Zeit von ihrer Jugend sangen. Sie sagte, in einer Sängerin erkenne sie die Jugendliche, die einst in kurzen Hosen, die Füße in dreckigen Stiefeln, Tomaten gepflückt habe. Noa und Ethan könnten es womöglich nicht verstehen, aber sie entdecke sich selbst in dieser Frau. »Ich war gerade aus Wien geflohen, und plötzlich stand ich auf dem Feld. Vor Sonnenaufgang standen wir auf. Im Sommer kämpften wir gegen die Hitze. Im Winter gegen den Schlamm.«

Haita ze'ira ba-kineret ascher ba-galil. Jung war sie am See. In Galiläa. Den ganzen Tag lang sang sie ein Lied. Ein Lied der Freude. Sie kannte nur eines: Jung war sie am See. In Galiläa. Haita ze'ira ba-kineret ascher ba-galil. Die Frau vor der Mattscheibe und jene dahinter sangen das Lied, zwischen ihnen das Glas und die Jahre, und Noa schmunzelte und trällerte ein wenig mit. Ethan sagte: »Ich muß mit dir reden, Ima.«

Dina stellte den Ton aus. Das Singen verstummte, die Lippen rundeten und schlossen sich lautlos, die Köpfe wiegten hin und her. »Was ist denn?« fragte Dina, aber Ethan blieb stumm. Er blickte zu Noa hinüber. Sie stand auf.

»Ich habe keine Geheimnisse vor ihr«, erklärte Dina. »Setz dich, Noa.«

Ethan ging zur Bar, griff zur Whiskeykaraffe und goß sich einen Fingerbreit in eines der Kristallgläser. Nachdem er einen Schluck genommen hatte, setzte er sich wieder. Es gehe um die Nierenspende. Sie wisse ja, er habe mit Rav Berkowitsch über Felix geredet. Der Rabbiner sei überzeugt gewesen, mit dem Samen von Rudi und Ethan den Messias erzeugen zu können.

Dina zuckte mit den Achseln. »Es laufen lauter Idioten durchs Land.«

»Es ging um Abbas Niere. Jedenfalls mußten einige genetische Tests durchgeführt werden«, sagte Ethan, und Noa sah, wie Dina erbleichte und ihr Mund aufklappte.

In der Klinik hatte die Ärztin Ethan zu sich ins Zimmer gerufen. »Ich weiß, daß Sie heute wegen der Samenspende hier sind, Herr Rosen. Wir müssen miteinander sprechen.«

»Kein Problem.«

»Sie kommen für uns nicht in Frage.«

»Wer sagt das?«

»Die Testergebnisse. Ihr Vater ist ein sehr naher Verwandter der Eltern jenes messianischen Embryos. Er ist anscheinend der nächste Angehörige, der noch lebt.«

Obwohl Ethan nie an Gott und die Erlösung geglaubt hatte, war ihm plötzlich, als adle sie ihn und seine Familie. Er fühlte sich geschmeichelt: »Was Sie nicht sagen. Kurios.« Der Gedanke begann ihm zu gefallen. »Lustig! Wer hätte gedacht, daß wir mit dem Messias verwandt sind.«

»Sie, Doktor Rosen, sind überhaupt nicht mit dem Messias verwandt. Es gibt keine genetische Übereinstimmung.«

»Aber Sie haben doch eben gesagt ...«

»Ich sprach von Felix Rosen. Nicht von Ihnen.«

»Ich verstehe nicht. Was meinen Sie? Geht es wieder darum, daß mein Halbbruder außerehelich ist?«

»Herr Rosen, bitte.« Sie atmete durch. »Es geht nicht gegen Sie oder gegen Klausinger. Wir haben analysiert, ob Sie als Nierenspender für Felix Rosen in Frage kommen.«

»Und?«

»Sie wollten unabhängig davon auch eine Überprüfung der verwandtschaftlichen Verhältnisse.«

»Nun, ja. Das stimmt. Darüber habe ich mit der Assistenzärztin geredet. Nicht mit Ihnen. Ich will auch nicht, daß mein Bruder davon erfährt. Mir ging es nur um die Frage, ob wir wirklich eine Familie sind.«

»Was ist eine Familie?«

»Ob wir genetisch übereinstimmen.«

»Ich kann Ihnen ohne Einverständnis Ihres Bruders gar nichts sagen.«

»Gut. War es das? Was hat das mit dem Messias zu tun?«

Sie sah ihm eindringlich in die Augen. »Wir mußten feststellen: Felix Rosen ist nicht Ihr Vater. Sie sind nicht sein leiblicher Sohn. Sie gehören dem Genpool, den wir analysieren, nicht an. Verstehen Sie, Ethan? Sie sind kein Angehöriger dieser Gruppe. Ethan? Hören Sie mir zu? Begreifen Sie, was ich Ihnen sage?«

»Was sagst du dazu, Ima?«

Dina schaute in die Ferne und schwieg. Im Fernsehen klatschten alle stumm im Takt und sangen lautlos und voller Glückseligkeit. Noa sah zu Ethans Mutter. Sie wollte nach ihrer Hand greifen, sie umarmen. Dina spürte Noas Finger. Sie verzog den Mund zu einem verkrampften Lächeln und rückte weg.

Ethan sagte: »Wußtest du das? Warst du deswegen nicht wütend auf Abba? Ich habe die ganze Zeit nicht verstanden, wie du Vaters Seitensprung so schnell vergeben und vergessen konntest. Ich kapierte nicht, wieso du so ruhig geblieben bist. Wenn aber Felix nicht mein Vater ist, dann wird mir alles klar. Du fühlst dich schuldig. Seit Jahren. Seit Jahrzehnten. Als du von seiner Affäre hörtest, wart ihr endlich quitt. Weiß er überhaupt, daß ich nicht sein Sohn bin? Hast du es ihm verraten? Oder war ich ein Kuckucksei?«

Dina stieß ein Lachen aus, eine Art Rülpsen, voller Hohn. Ethan fragte: »Findest du das lustig?«

»Was soll ich sagen?«

»Warst du deshalb so glücklich, ihm deine Niere spenden zu können? Es war eine Wiedergutmachung, stimmt's?«

Sie schwieg weiterhin, worauf er lauter wurde. »Warum hast du mir nie davon erzählt?«

»Laß sie doch endlich in Ruhe«, sagte Noa.

»Ich will eine Antwort.«

»Es geht nicht immer nur um dich«, sagte Noa.

»Was hast du denn damit zu tun?«

»Nichts.«

»Eben. Laß mich gefälligst mit meiner Mutter reden.«

Sie stand auf, um zu gehen. Dina fuhr ihn an: »Bist du verrückt geworden? Du schickst Noa nicht weg!« Und zu ihr: »Noa, bleib da. Mir zuliebe.« Dann: »Entschuldige dich bei ihr.«

Noa zog sich an. Sie winkte ab. Ethan schrie: »Ich will die Wahrheit! Wer ist mein Vater, Ima?«

»Was willst du wissen?« Felix stand plötzlich in der Tür. Blaß, mit wirrem Haar, im Morgenmantel. Er stützte sich am Rahmen ab. Das Gesicht vom Schlaf verquollen.

»Bravo«, rief Noa. »Jetzt hast du ihn geweckt.« Alle schauten aneinander vorbei.

Felix blickte erschöpft. Er ließ sich in einen Sessel unweit der Tür fallen und schloß die Augen: »Was willst du wissen?«

Der Alte ächzte. Noa ging zu ihm. Er griff nach ihr, bat sie, ihn zu stützen, und stolperte in die Küche. Dann drehte er den Wasserhahn auf und füllte ein Glas. Er kehrte damit zurück und setzte sich neben Dina auf das Sofa, vorsichtig. Er trank einen Schluck. Dann, nach einer Pause, als rede er von anderem: »Seit fünfzig Jahren sind wir verheiratet.« Sachte tastete er nach Dina. Seine Hand zitterte dabei. »Schau sie an.« Er blickte auf Ethan. »Und du wagst es …«

»Er hat ja keine Ahnung«, sagte Dina, aber Felix murmelte: »Dafür hat man…« Dann biß er sich auf die Lippen.

Dina sagte: »Er hat sich testen lassen. Wegen der Nierenspende.«

Der Vater riß die Augen weit auf und starrte Ethan an. »Wozu?« Er schaute sich um, sah den stummgestellten Fernseher, sah die Menschen hinter Glas die Münder öffnen und schließen, und Noa kam es vor, als ähnelten diese Gestalten aus den siebziger Jahren buntschillernden Zierfischen im Aquarium. Sie erinnerte sich, wie sie als Kind vor den Scheiben gestanden und sich gefragt hatte, ob die Wassertiere mit ihren kleinen auf- und zuschnappenden Mäulern ihr etwas zuzurufen versuchten, eine Mahnung vielleicht, und ihr war jetzt, als würden die Männer und Frauen aus früheren Jahren nur deshalb am Bildschirm erscheinen, um das Land der Gegenwart zu warnen. Vielleicht, so dachte sie, sollten diese Sendungen immer nur mit ausgeschaltetem Ton angeschaut werden, damit die Stimmen nicht übertönen konnten, was hinter den melancholischen Melodien lag.

»Mach das aus«, sagte Felix, und Dina griff zum Mobiltelefon und drückte den roten Knopf. Sie bemerkte ihren Mißgriff gar nicht, sondern mühte sich weiter mit der Taste ab. Vergeblich. »Ich frage mich, ob du wirklich nicht ahnst, wer es ist«, sagte er, und dann zu ihr gewendet: »Es hat keinen Sinn mehr.«

Irgendwo draußen heulte die Sirene eines Rettungswagens auf. Felix sagte: »Es ist Dov. Dov Zedek.«

»Bist du mein Papa?« Eines Morgens war er ins Bett der Eltern gestiegen und dort auf einen Fremden gestoßen, und er, der kleine Bub, dessen Vater so selten zu Hause war, hatte erstaunt gefragt: »Bist du mein Papa?« Die Mutter, die das Schlafzimmer den Gästen, Dov und seiner damaligen Freundin, überlassen hatte, hatte ihm später gesagt: »Das ist der beste Freund von Abba. Er heißt Dov. Er bleibt zwei Tage bei uns.«

Erst nach Sekunden fand er wieder zu sich. »Das ist ein Witz, oder?«

Felix schüttelte den Kopf. Er könne keine Kinder zeugen, sagte der Vater. Er versuchte zu lächeln, aber es gelang ihm nicht. Es sei ihm gar nicht möglich. Das Lager, flüsterte er und schluckte. Das Würgen in der Kehle klang lauter als das, was er sagte. Die Ärzte meinten, es sei vielleicht eine Folge. Oder auch nicht. »Wer weiß?« Auf jeden Fall sei er, und dann folgte eine Pause, unfruchtbar. Er sah drein, als begreife er selbst erst in diesem Moment, wovon die Rede war. »Wir dachten zuerst, es bräuchte seine Zeit. Aber dann …« Dina schaute aus dem Fenster, und als sie sich wieder umwandte, lächelte sie maskenhaft. Ethan war verstummt.

Er sei es gewesen, redete Felix weiter. Er habe Dovs Ton-kassette nach dem Begräbnis nach Wien geschickt. So sei es vereinbart gewesen. »Ich sollte sie dir im Fall seines To-des zukommen lassen.« Er sah zur Decke. »Ich weiß nicht, wie oft ich ihm vorschlug, dir alles zu erzählen. Dov sagte: Ich werde sein Vater nicht werden und sein Freund nicht mehr bleiben können. Er sagte: Das war die Abmachung. Von Anfang an. Kein Wort zu Ethan.«

Und Dina: »Er wollte keine Verwandten haben. Nie wieder.« Sie sagte: »Felix wollte und konnte nicht. Dov konnte und wollte nicht.«

Ethan schüttelte den Kopf. »Ich verstehe nicht.«

»Dina hat mich nie betrogen.« Felix betonte jedes Wort.

Sie sagte: »Es war eine andere Zeit.«

Sie sahen, wie Ethan sie anschaute, als wären sie Frem-de.

»Das wird er nie verstehen«, meinte Felix, und Dina: »Wir gründeten zusammen einen Kibbuz«, aber Felix un-terbrach sie: »Er wird es nie verstehen«, und zu Ethan: »Dov hat mich im Lager gefunden!«

Dina schüttelte den Kopf, als wolle sie widersprechen:

»Wir wollten Kinder. Darum ging es. Alle im Kibbuz kannten unser Problem. Die schoben Wache vor unserem Schlafzimmer. Warum hätten wir Dov nicht fragen sollen?«

Er: »Wir glaubten an die Zukunft.«

Sie: »Wir glaubten vor allem an uns.«

Noa ging in die Küche und setzte Teewasser auf. Dina folgte ihr. Sie nahm Parmesan, ein paar Radieschen, Jungzwiebeln, Tomaten, Techina und Butter aus dem Kühlschrank. Noa holte einige Scheiben Pita und brachte den Tee mit. Sie fragte, wer Sacharin brauche.

Ethan goß den Tee ein, während er fragte: »Und Rudi?«

»Was ist mit ihm?«

»Na, wenn du impotent bist …«

»Unfruchtbar«, murmelte Felix, aber Dina sagte: »Hast du nicht gleich gemerkt, wie ähnlich ihr euch seid? – Dov war ein Don Juan. Er konnte bei keiner bleiben. Und er litt darunter so sehr, daß er sich gleich von der Nächstbesten trösten ließ.« Ethan habe ihn doch gekannt. Nur Dov könne es gewesen sein. Wer denn sonst? »Dov lernte Karin Klausinger zufällig im Büro von Felix kennen. Die Sekretärin eines Geschäftspartners.«

In diesem Moment drehte sich der Schlüssel in der Wohnungstür. Rudi trat ein. Sie verstummten. Er grüßte nicht, sondern sagte bloß: »Da sind sie ja alle. Die Rosen«. Die Luft war plötzlich wie aufgeladen. Er sagte: »Ich habe einen Test gemacht. Einen genetischen.«

Es war Rudi anzusehen, wie peinlich es ihm war, davon

reden zu müssen. Jede seiner Bewegungen wirkte verhalten. Noa stand auf, als wolle sie ihn umarmen. Rudi sah an ihr vorbei, und Felix starrte die anderen mit großen Augen an. Er atmete durch den Mund.

Er müsse zugeben, so Rudi, von dem Ergebnis überrollt worden zu sein. Er sei es schließlich gewesen, der darauf gesetzt hatte, der Sohn von Felix zu sein. Er sei es gewesen, der die Briefe als Beweis dafür angesehen hatte. Aber offensichtlich sei seine Mutter damals wohl noch mit anderen ins Bett gegangen. Er klang dabei, als müsse er sich für die sexuellen Abenteuer von Karin Klausinger entschuldigen.

Sie drucksten herum. Es dauerte, bis er begriff, was die anderen ihm zu erklären versuchten. Rudi schaute ungläubig. Er kaute zäh, als hätte er ein Stück rohes Fleisch im Mund. Es war Ethan, der fragte: »Wozu die Lügen? Warum das Märchen, Felix hätte Dina betrogen? Wieso habt ihr überhaupt erzählt, Felix sei Rudis Vater?«

Die Eltern warfen einander Blicke zu. Ob Ethan immer noch nicht begriffen habe? Das Familiengeheimnis, sagte Dina. Die Ähnlichkeit zwischen Ethan und Rudi, und im selben Augenblick widersprach Noa und meinte, sie könne, wenn sie es recht betrachte, gar keine mehr erkennen. Und auch Dina gab zu, so sehr würden Ethan und Rudi einander doch nicht gleichen. Sie hätten jedenfalls, fuhr Dina fort, gefürchtet, es würde herauskommen, daß Felix auch nicht Ethans Vater ist.

»Das ist nicht die ganze Geschichte«, wisperte Felix. »Ich kann nicht Ethan als meinen Sohn anerkennen und ein weiteres Kind von Dov nicht.« Felix nahm einen Schluck Wasser. »Ich habe nur gesagt, ihr seid Brüder. Nicht mehr.«

Rudi schüttelte den Kopf. »Es war alles gelogen.«

Dina meinte: »Felix hatte keine bösen Absichten.«

Rudi sagte bloß: »Wie konntet ihr nur? Ich suche meinen Vater. Seit Jahren.«

»Du gehörst doch zu uns«, sagte Dina, aber er winkte ab. Nein. Und nein, er sei übrigens auch nicht der Sohn von Dov Zedek. Er sei nicht Ethans Bruder.

»Wir beide sind keine Brüder. Das Ergebnis ist eindeutig.« Er war nicht mit Ethan verwandt, und deshalb konnte er auch nicht von Dov gezeugt sein, und folglich war es unmöglich, ihn zur erweiterten Familie der Rosens zu zählen, und darum war er mit ihnen nicht versippt und nicht verschwägert, selbst wenn alle Kinder von Dov den Rosens zugerechnet würden und selbst wenn allenfalls noch lebende Abkömmlinge des Hauses Gerechter im Sinne jener höheren Vererbungslehre, die Felix und Dina vertraten, in die Mischpoche Rosen aufgenommen würden, selbst dann wäre er immer noch keiner von ihnen, sondern nichts als ein Parvenü, ein habitueller Assimilant, also das, was er letztlich immer schon war, wofür er von jeher bekannt war und womit er sogar seinen Lebensunterhalt als Kulturwissenschaftler auf allen Erdteilen verdiente, weil er sich überall einfinden und anbiedern konnte.

Der Himmel hellte auf. Der Morgen kündigte sich an. Auf den Straßen war kaum Verkehr. Rudi stand auf. Wortlos ging er in das ehemalige Kinderzimmer. Sie sahen ihn die Schränke öffnen, seine Kleidung zusammenfalten. Er packte die Koffer.

Felix stand auf. Er wankte. Der abendliche Anfall hatte seine Spuren hinterlassen. Er ging gebeugt auf Rudi zu. Den Kopf hielt er dabei schief. »Bleib hier.« Rudi stopfte die Socken ineinander. »Überschlaf es. Wo willst du jetzt ein Bett finden?« Rudi strich die Unterhosen glatt.

»Ich muß alleine sein. Wenigstens ist der neue Artikel über Dov noch nicht erschienen.« Er sortierte die Unterhemden.

»Was hat das damit zu tun?«

Rudi faltete die Hemden. »Es war alles gelogen.«

Felix preßte seine Hand ins Kreuz und ächzte. Er wankte. Noa sah es und stand auf, machte einen Schritt auf ihn zu. Er humpelte zurück zum Sofa.

Rudi sammelte seine Bücher ein und klappte den Laptop zu. Noa ging zu ihm und faßte ihn von hinten an der Schulter. Rudi drehte sich um, und sie umarmte ihn. Fest. Sie streichelte Rudi. Sie lächelte ihn an. »Bleib hier«, sagte sie.

»Komm du mit mir.«

Sie starrte ihn an. In ihrem Rücken war Ethan aufgestanden. Dann sah er, wie sie den Kopf schüttelte. »So nicht.«

Rudi löste sich von ihr, und da merkte sie, daß er, der die letzten Wochen seine Augen nicht von ihr hatte lassen können, auch ihr gegenüber zum Fremden geworden war.

Er hatte sich nicht nur von der Familie Rosen abgewandt, sondern auch von ihr. Sie blickte ihm in die Augen. Er drehte sich weg und schloß den Koffer zu.

Als er seine Computertasche schulterte, schritt Ethan auf ihn zu und drückte ihn an sich. Er küßte ihn auf die Wangen, und plötzlich waren Tränen in Rudis Augen. Er blinzelte sie fort. Die beiden Männer, die gerade erfahren hatten, keine Brüder zu sein, schienen einander verwandter denn je. Rudi nickte und wischte sich übers Gesicht, aber dann wich er zurück. Er lächelte die anderen an, so wie einer lächelt, der sich aus einer Affäre ziehen möchte, schüchtern und verschämt, als versuche er, einen, der ihm zu nahe kommt, auf Distanz zu halten. Es war, als fürchtete er jede weitere Berührung mit einem Mitglied der Familie Rosen. Sie tat ihm weh. Rudi, das war offenkundig, hatte Angst, den Abschied nicht zu schaffen.

Er schleppte das Gepäck in den Flur und wandte sich Dina und Felix zu. »Ich kann nicht hierbleiben. Der neue Nachruf, den ich geschrieben habe, nur um seine, um euer aller Geschichte zu schönen, wird nicht erscheinen.«

»Niemand zwang dich dazu.«

»Es waren Lügen. Lügen für zwei Väter. Lügen für das ganze Land der Väter. Lügen fürs Vaterland.«

»So war es nicht.«

»Ich habe über Dov recherchiert.«

»Wir wollten aus Luftmenschen Kämpfer machen. Aus Kaffeehausjuden Bauern.«

Rudi feixte: »Das ist euch auch gelungen. Besser als erhofft.«

Dina rückte näher an Felix heran, griff nach seiner Hand, dann sagte sie: »Ihr wollt die Wahrheit? Seid ihr sicher? Könntet ihr denn überhaupt damit leben? Eure Generation? Ihr seid doch ewige Kinder. Was ist ein Vater?«

Felix sagte: »Hör auf, Dina, Dov liegt unter der Erd.«

»Laß mich ausreden, Felix. Er will wissen, wer Dov Zedek war? Ich kann es ihm sagen. Wir haben Kinder sterben gesehen … Haben wir gelogen, um euch zu schaden? Wir haben geglaubt, es sei zum Besten. Konnten wir wissen, daß Dov nicht mit Karin Klausinger im Bett war? Es gibt Schlimmeres, als der Sohn von Felix Rosen zu sein. Und wer brachte uns überhaupt auf die Idee, zu sagen, Felix sei dein Vater? Sind wir dem Herrn aus Österreich nachgerannt oder er uns? Du bist ihm nachgelaufen. Sogar als Felix im Spital war. Halbtot!«

»Du übertreibst, Dina. Ich war nicht tot.«

»Ein Brief nach dem anderen. Die Bewerbung am Institut. Der Nachruf auf Dov! Der verzweifelte Sohn. Das verlassene Kind. Ein einsamer Balg. Er wollte das Ammenmärchen. Er wollte es von uns.«

»Ihr hättet es trotzdem nicht tun dürfen«, sagte Ethan.

»Was war, um Gottes willen, so schlimm daran? Ist Felix nicht der Vater dieser Familie? Gibt es nur eine Wahrheit?« fragte Dina.

Rudi stellte seine Tasche ab. Der Koffer stand in der Garderobe. In diesem Moment dachten alle, er würde nicht gehen. Er kam nicht los von ihnen. Er würde bei Felix und Dina bleiben. Erst diese Nacht. Dann einen weiteren Tag. Und hierauf noch einen. Dina sagte: »Sind wir also Lügner?«

»Das habe ich nicht behauptet.«

»Ich aber. Wir sind Lügner! Na und? Wollten wir einen Mord vertuschen? Wir wollten eine Familie gründen. Eine Familie nach Auschwitz.«

Rudi höhnte: »Immer das Niemals-vergessen! auf den Lippen. Aber dann die üblichen Ausreden. Jugendreisen nach Auschwitz, um die Erinnerung hochzuhalten. Aber die eigene Vergangenheit fälschen …«

Felix richtete sich auf. Er ächzte: »Ich brauche mich nicht zu rechtfertigen für meine Erinnerung. Ich muß mir das nicht vorwerfen lassen. Nicht das. Nicht in meinem Haus. Du wolltest gehen. Ich halte dich nicht auf. Ich nicht!«

Als hätte er nur auf dieses Wort gewartet, rannte Rudi in die Garderobe: »Bin schon weg!«

Er versuchte, den Koffer hochzuheben, aber statt dessen riß der Griff ab. Er schleuderte ihn auf den Boden und zog das schwere Gepäckstück an einem Riemen hinter sich her.

Noa rief: »Felix, laß ihn nicht so gehen.«

Felix, käsig, zittrig, schrie: »Mir meine Erinnerung vorwerfen!«

Ethan fragte: »Seid ihr alle verrückt geworden?«

»Wir? Er will doch gehen!«

»Ihr seid ja alle nicht normal!«

Felix blähte die Backen und atmete schwer.

Ethan packte den Koffer und sagte: »Komm, Rudi, das hier ist nicht auszuhalten. Komm. Noa.«

Sie musterte die beiden Männer: »Ich bleibe da.«

Später würde Ethan behaupten, er sei es nicht gewesen, der das Gepäck hinausgeschleppt und den andern hinter sich hergezogen hatte. Aber Noa sah genau, daß Ethan die Initiative ergriff, für die Rudi zu unentschlossen war. Sie sah die Verwirrtheit in Rudi Klausingers Gesicht, und sie sollte sich noch Jahre später fragen, was geschehen wäre, wenn Ethan nicht trotzig vorangestürmt wäre.

Dina schüttelte den Kopf. Felix ächzte und griff sich ins Kreuz, als fühle er wieder den alten Schmerz. Noa nahm das Glas Whiskey zur Hand, das Ethan stehengelassen hatte, und trank es leer. In einem Zug.

Felix keuchte. Er saß da, als hätte ihn ein Auto überrollt. Er flüsterte: »Wir wollten ihm einen Gefallen tun!«

Daraufhin Dina: »Das war der Fehler. Reg dich bloß nicht auf. Aus und vorbei. Vergiß es.« Sie legte das Mobiltelefon weg und griff zur Fernbedienung. Sie drückte den Knopf und schaltete die Lautstärke hoch. Der Gesang schwoll an. Laila, laila, ha-ruach goveret.

9

Er warf das Gepäck in den Kofferraum. Sie stiegen in den Audi von Felix. Ethan ließ den Motor an, parkte aus und preschte los. Die Reifen quietschten über den Asphalt der Tiefgarage. Der Boden war frisch gestrichen. Rasengrüne Flächen, von signalgelben Linien unterteilt. Er drückte auf den alarmroten Knopf der Fernbedienung, und das Tor schwang hoch, gleichzeitig senkten sich draußen Pfeiler in den Beton. Ethan grüßte in die Videokamera. In der Loge im Erdgeschoß versah der Portier seinen Dienst und würde ihn, den Sohn von Felix Rosen – aber war er das überhaupt? – erkennen.

Das Fahrzeug schoß die Ausfahrt hoch. Er war voller Wut. Nichts hatten sie verstanden. Diese Selbstgerechtigkeit trotz der jahrelangen Lügen! Sie waren bereit gewesen, ihn dumm sterben zu lassen. Sie hatten ihm die Wahrheit vorenthalten wie einem unmündigen Kind. Und welche Ausreden sie bemühten! Sie hätten nur das Beste für ihn gewollt. Klar. So war es von jeher. Sie bestimmten, was das Beste war.

Sie rechtfertigten sich damit, eine Familie, einen Staat, eine Welt gegründet zu haben. Immer und überall lief es gleich. Zunächst wurde geleugnet, was geschehen war. Dann wurde gesagt, es sei ohnehin besser, nicht daran zu rühren. Dann das Gejammer: Kaum sei Gras über die Geschichte gewachsen, komme irgendein Kamel und fresse es ab. Und dabei sei da doch einst gar nichts gewesen. Nur Wüste. Und das bißchen Haus, Feld und Wiese, das es gegeben haben mag, sei doch gar nicht der Rede wert.

Felix hatte nur den Kopf geschüttelt, wenn Ethan als Jugendlicher rebellisch geworden war: »Nu, was soll ich dir sagen: Einen schlechten Vater hast du!« Er war abgespeist worden wie ein dummer Junge, und das Schlimmste war, erkennen zu müssen, nicht gelassener, nicht erwachsener umgehen zu können mit den Tatsachen, die er vor wenigen Stunden erfahren hatte. Er reagierte auf die Nachricht, nicht der Sohn seines Vaters zu sein – wie widersinnig und lächerlich allein die Worte klangen, irgendeiner sei nicht der Sohn *seines* Vaters! –, wie ein dreijähriger Bub, dem sein Teddybär weggenommen worden war. Seine Wut richtete sich gegen ihn selbst, aber sein Zorn zielte auf die Eltern. Hatten sie ihn nicht zu dem gemacht, der er war und nicht sein wollte?

Da war auch ein anderer Schmerz. Er dachte an Noa. Sie hatte zu den anderen gehalten. Zu den Eltern. Zum anderen. Zu Rudi. »Bleib hier«, hatte sie gesagt. Oder hatte er auch gehört: »Bei mir«?

Rudi saß neben ihm und hielt das Mobiltelefon ans Ohr. Er sprach mit der Auskunft und erkundigte sich nach den Nummern verschiedener Hotels. Ethan war bereits Richtung Strandpromenade abgebogen. Er hatte nicht daran gedacht, eine bestimmte Unterkunft anzusteuern. Er wollte sie alle abklappern. Es gab an der Küste genug von diesen Kästen: Carlton, Sheraton, Hilton. Manche Kette war sogar in doppelter Ausführung vertreten. Die typische Wabenarchitektur und unzählige Balkone. Blick aufs Meer. Aber nun hörte Ethan, daß Rudi ein Zimmer in Herzliya suchte. Kaum hatte er die Reservierung bestätigt, rief er bei der Fluglinie an, um seine Rückreise für den nächsten Tag zu fixieren.

Ethan erinnerte sich an jene Jahre, als sie noch keine Wohnung in Tel Aviv hatten. Sie waren in einer jener Bettenburgen an der Küste abgestiegen und in einer Suite untergekommen. Sie hatten damals in Chicago gelebt. Noch war die amerikanische Metropole nicht vom späteren Aufschwung erfaßt worden. Eine Stadt aus Vierteln, die kein Ganzes bildeten, eine Stadt voll offener Wunden. Der Frost im Winter. Der Wind, der über den See peitschte. Hochhäuser, wie er sie nie zuvor gesehen hatte. Das IBM Building, die dunklen Glasfassaden von Mies van der Rohe. The Rookery, der neoromanische Wolkenkratzer von Daniel Burnham. Der Sears Tower, das Turmhaus aus Quadern. Im Sommer die Reise nach Israel. Damals hatten sie das Land und die Stadt mit den Augen von Fremden gesehen. Die Verwandten und Freunde waren in die Lobby gekommen, um sie dort bei einem Clubsandwich zu sprechen. Er war den ganzen Tag am Pool gesessen. Allein.

Er erinnerte sich, wie er als Wiener Volksschulkind in sein Geburtsland reiste und die einstigen Freunde aus dem Kindergarten traf. Sie sagten ihm, er sei kein echter Israeli mehr, während ihre Eltern das Gegenteil behaupteten und ihm mit wehmütigem Lächeln versicherten, er sei ein richtiger kleiner Sabre. Die Stimmen der Großen wurden dann sehr hoch und dünn, und es klang ein wenig wie das tantige »Du bist ja schon ein ganz ein Großer«, das er von seiner Verwandtschaft ständig zu hören bekam.

Die Wohnung in Wien hatte ihn von Anfang an begeistert. Die Räume waren höher, als er es je gesehen hatte. Der Weg hinaus schien unheimlich lang und lange unheimlich. Er mußte durch endlose Korridore gehen, an Mezzanin und Parterre vorbei, Schwingtüren aufdrücken, um dann an Portale zu geraten, die nicht zu bewegen waren. Um aus dem Haus zu kommen, waren ins Holz des Tores Pforten eingeschnitten worden. Wollte er sie öffnen, brauchte er einen Schlüssel.

In Tel Aviv hatten die Türen offengestanden. Er war mit Freunden um die Häuser gezogen. Sie hatten im Hof die Katzen aufgescheucht. Nach dem Sechstagekrieg lagen noch Sandsäcke vor den Eingängen. Sie hatten Gefechte nachgespielt, waren über Gartenmauern gesprungen und Fassaden emporgeklettert. Ganz anders in Österreich. An seinem ersten Tag in Wien war er aus dem Haus gelaufen. Aus Neugier. Er hatte nach Kindern gesucht und war sicher gewesen, dafür nicht weit gehen zu müssen. Die Eltern hatten ihm erklärt, er würde auf der Straße keine Spielkameraden finden, doch er hatte sich einfach davongestohlen. In der Wiener Operngasse der sechziger Jahre war er dagestanden, stumm und ratlos; kein Gleichaltriger weit und breit, sondern bloß Erwachsene. Autos donnerten vorbei.

Im Kindergarten gingen alle im Gänsemarsch zur Toilette. Es nützte nichts, wenn Ethan erklärte, er müsse gar nicht. Wer nicht gehorchte, dem wurde gedroht, seine Ohren würden rot gemacht. »Ima, sag ihnen, daß ich schon daheim auf dem Klo war.« Dina sprach mit den Erzieherinnen, bat sie, ihn nicht zum kollektiven Stuhlgang zu zwingen. Ethan begriff nicht, weshalb die anderen Kinder nicht auch rebellierten. Tante Hedwig sah ihre Autorität in Frage gestellt. Kaum war die Mutter gegangen, zerrte sie ihn zur Toilette. Sie packte ihn am Schopf. Er heulte vor Wut. Sie brüllte ihn an, zog ihm die Hose herunter, zwang ihn aufs Klo. Nach einigen Momenten befahl sie ihm, sich die Hände zu waschen, dann stieß sie ihn hinaus. Er taumelte weg, benommen vom Weinen. Im Spielzimmer würgte es ihn, und er mußte sich übergeben. Jetzt schrien sie zu zweit auf ihn ein. Tante Hedwig putzte ihn vor allen anderen herunter. Später beklagte sie sich beim Vater, der gekommen war, um den Buben abzuholen. Felix hörte sich alles stumm an. Ethan war in sich zusammengesunken. Er wußte nicht mehr, wie ihm geschah. Die Großen hatten sich gegen ihn verschworen. Die Erwachsenen waren unter sich und weit über ihm. Papa blieb reglos, während Tante Hedwig auf ihn einredete. Ethan sah den Zorn des Vaters, als sie von seiner Ungezogenheit erzählte.

Zunächst Schweigen, nachdem sie zu Ende gesprochen hatte, dann brüllte Abba los, doch zu Ethans Erstaunen traf die Wut nicht ihn, sondern Tante Hedwig. Was sie sich einbilde, wer sie sei, seinem Sohn sagen zu wollen, wann er auf die Toilette zu gehen habe. Wie sie es wagen könne, dem Kind vorzuwerfen, daß es sich übergeben mußte. Und so etwas nenne sich Erzieherin? Keinen Tag länger werde sein Ethan hierbleiben. Sie aber solle nicht denken, ungeschoren davonzukommen. Dann streichelte Felix Ethan über den Kopf und nahm ihn mit.

»Niemand«, so sein Abba später, »darf so mit dir umspringen. Recht hattest du. Lehn dich auf, wenn sie dich quälen. Laß dir nichts gefallen. Stolz bin ich auf dich. Es ist gut, dein Abba zu sein. Hörst du, Tuschtusch.« Er hielt ihn dabei fest an der Hand und führte ihn über die Straße. »Wir, Ethan, lassen uns nicht mehr auf den Kopf spucken, um danach zu sagen, daß es regnet. Merk dir das, Ethan. Nie mehr! Du bist ein Sabre. Hörst du, Tuschtusch.«

Die Eltern und er waren eine Bastion. Er lernte, zwischen ihrem Auftreten nach außen und ihren inneren Wahrheiten zu unterscheiden. Sie hatten ihre eigene Sprache, die niemand sonst verstand, und waren mißtrauisch gegen die Sätze der anderen. Ethan kannte den Dünkel beider Seiten. Er erinnerte sich an jene Zeit, da er sich in Israel für sein Leben in Österreich und in Wien für das Geburtsland zu rechtfertigen hatte. In Tel Aviv sagte ein einstiger Freund aus dem Kindergarten, die Rosens seien doch Abtrünnige und Verräter, aber in Wien erklärte ihm ein Klassenkamerad, der jüdische Staat in Zion sei doch nichts als Rassismus. Seine Existenz stand unter Mißkredit.

Allmählich nahm der Verkehr in den Straßen von Tel Aviv zu. An einer Ampel kamen sie zwischen einem Müllwagen und einer Pferdekutsche zu stehen. Eine junge Frau, das Haar aufgesteckt zum Turm, ging über den Zebrastreifen. Sie sah in das Auto und lächelte Ethan zu. Rudi nickte zurück.

Ethan starrte ihn an. Rudi: Das war der andere, der sich in jede Ritze seiner Existenz zwängte. Als wäre er sein ewiger Widerpart. Rudi mißverstand den Blick, erkannte nicht, den Vorwurf darin, sondern sagte: »Sie haben uns beide belogen.«

Ethan hörte den Worten nach. Sie waren ein Echo seiner eigenen Mißbilligung, aber jetzt klangen sie fremd. Wieder kochte Wut in ihm hoch, und diesmal wußte er nicht, auf wen. Die Ampel sprang auf Grün. Er gab Gas und bog in die Hauptstraße ein.

Als das Meer auftauchte, schaute Rudi auf seinen Arm. »Ich habe meine Uhr vergessen.« Er schlug sich mit der Hand auf das Knie und schüttelte den Kopf. Aber er wolle auf keinen Fall zurück zu Felix und Dina. Nie wieder. Ob Ethan bereit wäre, ihm das Erbstück zu schicken? – Er wartete die Antwort gar nicht ab, sondern fuhr fort: »Ich will sie nie mehr sehen. Zu viele Lügen.« Er sah Felix' Kassetten in der Ablage unter dem Armaturenbrett durch. Es waren Songs von Frank Sinatra, Sammy Davis Junior und Barbra Streisand. Rudi sagte: »Immerzu von der Notwendigkeit der Erinnerung sprechen, aber die eigene Geschichte verfälschen ohne Ende.« Zwei Teenager in Badehose und Hemd gingen mit ihren Angeln Richtung Strand. »Der neue Text über Dov ist noch nicht gedruckt worden. Zum Glück. Dieser ganze Quatsch. Ich hab das bloß für Felix geschrieben.«

Ethan fuhr langsam an den Rand. Er schaute in Fahrtrichtung. »Bloß für Felix? Nicht auch für Noa?« Er sah den anderen an. Rudi schwieg. In der elterlichen Wohnung hatte er ihn zärtlich umarmt, und nun dieser Angriff. Aber ebenso unerwartet wie der Vorwurf kam das Lachen. Ethan kicherte, ein Glucksen erst, das in Prusten überging, dann tätschelte er unversehens mit der flachen Hand Rudis Hinterkopf. »Bild dir nichts drauf ein. Ich bin auch ein Bastard. Wir sind es beide.«

Rudi grinste verlegen. Er wußte nicht recht, was der andere im Schilde führte, schielte nach Ethan. Der sagte: »Du spielst immer über Bande, über die Familienbande. Mir brauchst du nichts vorzumachen. Ich habe dich durchschaut. Das war von Anfang an so. Seit dem Nachruf auf Dov. Jeder Gedanke kam mir bekannt vor. Kein Wunder, oder?« Ethan feixte. »Du denkst nicht. Du denkst dich nur hinein. Du schreibst nicht für dich wie andere. Nein. Du schreibst von Anfang an für Felix, für Dina. Für Wilhelm Marker die gemeinsame Erklärung. Auf jeden Fall für die anderen. Nur lügen – lügen, das tust du für dich allein.« Ethan redete sich in Rage: »Du wirfst Felix seine Erinnerungen vor? Du nimmst den Überlebenden sogar Auschwitz übel.«

»Von Überlebenden habe ich nicht geredet. Auch nicht von Auschwitz.« Rudi schüttelte den Kopf. »Ich weiß ja nicht, in welchem Film du gerade steckst, aber du solltest ihn schnell anhalten, auswerfen und zurück in den Videoladen bringen. Ich suchte nur nach meinem Vater.«

»Sie wollten das Beste für uns.«

»Komm mir doch nicht so. Meine Mutter wollte nur das Beste und verschwieg mir deshalb den Namen meines Vaters. Meine Pflegemama wollte nur das Beste und half mir nicht, ihn herauszufinden. Mein Erzeuger war ein Heiratsschwindler und wollte sicher nur das Beste für seine Familie. Und Felix? Dieser Strohmann von einem Liebhaber, dieser ewige Platzhalter, dieser Lückenbüßer! Er hat genau gewußt, wie sehr ich die Wahrheit suchte, und log mir ins Gesicht. Und du? Kaum eine Stunde ist vergangen, seitdem du Felix heftiger angegriffen hast als ich. Jetzt stellst du dich schützend vor ihn, als wäre nichts gewesen. Die Wahrheit erkennst du doch nur an ihrem Gegenteil. Und die Liebe? Seit wann interessierst du dich dafür? Du bemerkst Noa erst, wenn sie mich bemerkt. Ohne mich hättest du sie längst vergessen. Ohne mich wüßtest du immer noch nichts von Dov. Und von Dina. Und von Felix. Ohne mich wärst du noch in Wien. Bei Marker! Von mir wurdest du nicht belogen, sondern von deiner Mutter. Von Felix. Von Dov. Von deinem Vater. Wer immer das ist. Von beiden zusammen.«

Ethan hörte aus Rudi sich selber reden, und im selben Augenblick dachte er, daß es lächerlich war, sich so aufzuregen. Geheimnisse waren nun einmal der Kern aller Familien. Ohne Märchen keine Erziehung. Ohne Dunkel kein Elternzimmer. Ohne Heimlichkeit kein Heim. Er sagte: »Ja, sie haben uns angelogen. Aber im Unterschied zu dir logen sie der Wahrheit zuliebe. Du hingegen lügst, wenn du die Wahrheit sagst.«

Rudi lachte höhnisch. »Willst du es ausprobieren? Soll ich davon schreiben? In der Zeitung. Die Wahrheit. Den wahren Nachruf auf deinen Vater! Auf beide zugleich! Auf den leiblichen und auf den lieblichen. Diesen Artikel werde ich jetzt schreiben. Na, wie schmeckt dir das? Ich werde euch in eurer ganzen Häßlichkeit darstellen.«

Ethan holte nicht aus, ließ seine Faust nicht gegen Rudis Nasenbein knallen. Kurz blitzte es auf, das Bild vom anderen, der sich vor Schmerz krümmte. Ethan trat nicht zu, bis der andere aus dem Auto stürzte und im Rinnstein lag. Nichts dergleichen. Er saß nur erstarrt da. Er ließ sein Fenster heruntergleiten und sah hinaus auf die Straße. Er atmete durch. Das Echo der Worte hallte in ihm wider. »Den wahren Nachruf auf deinen Vater! Auf beide zugleich!« In der Ferne kam ein Lastwagen näher, und plötzlich griff er nach Rudis Laptoptasche auf dem Rücksitz und schleuderte sie auf die Fahrbahn.

»Bist du verrückt«, schrie Rudi und hob den Arm. Aber obwohl er der Größere war, fand er nicht die Kraft, um auf den anderen einzuprügeln. Ethan, der die emporgereckte Faust sah, explodierte jetzt erst recht und schlug dem anderen ins Gesicht, trommelte mit beiden Händen auf ihn ein. Rudi konnte sich kaum wehren, duckte sich weg, erst das Hornsignal des Lasters schreckte beide auf. Rudi riß die Tür auf, stürzte auf die Straße, packte die Tasche und sprang auf die andere Seite, während der LKW mit Gehupe vorbeiraste.

Sie schauten einander an, in wechselseitiger Verachtung, und dann ließ Ethan den Audi anrollen, während Rudi ihm mit offenem Mund nachsah. Er fuhr dreihundert Meter weiter und blieb stehen. Er stieg aus, worauf Rudi lossprintete, sich abmühte, ihn einzuholen. Ethan ging zum Kofferraum, lud das Gepäck aus, und Rudi schrie, fluchte, kam angekeucht, war bloß Meter vom Wagen entfernt, als Ethan sich wieder ins Auto setzte, gemächlich, um im letzten Augenblick Gas zu geben, dann wieder abzubremsen und erneut zu warten, bis Rudi den Wagen fast erreicht hatte – Ethan fuhr davon.

Rudi hetzte dem Audi hinterher, als könne er die Limousine zu Fuß einholen, das Gepäck hatte er einfach abgestellt. Noch einmal stoppte Ethan und sah den anderen im Rückspiegel heranstürmen, aber wieder wartete er nur, bis Rudi nah genug war, um glauben zu können, Ethan würde ihn nicht mitten auf der Straße zurücklassen, dann brauste er endgültig davon.

Als Rudi das Motorengeräusch in seinem Rücken hörte, wußte er, was passieren würde. Er drehte sich um und sah das Cabrio, vollbesetzt mit Burschen und Mädchen. Der Fahrer war bereits auf die Bremse gestiegen, der Gummi der Reifen hatte eine Spur über den Asphalt gezogen, jetzt riß er am Lenkrad, um dem großen Koffer auszuweichen – und traf statt dessen die pechschwarze Tasche, radierte sie flach, ein Volltreffer, ein Knalleffekt, und mit ihr den Laptop, seine Daten und Dokumente, seine Artikel und Studien, die er, anders als sonst, im Trubel der letzten Wochen nicht gesichert hatte.

Rudi rührte sich nicht, als er den Aufprall hörte. Erst als sie an ihm vorbeigerast waren, hob er die Arme und brüllte. Diese Bande hatte wohl gar nicht begriffen, was geschehen war. Sie konnte nicht ahnen, was sich in dieser Tasche befand. Einer von ihnen lachte Rudi ins Gesicht, ein anderer hielt sich die Hand vor den Mund und drehte sich schnell weg, als wäre er bei einem Kinderstreich erwischt worden, nur eine junge Frau blickte sich lange nach ihm um, erschrocken, ernüchtert. Ethan und die Meute im Cabrio, für Rudi wurden sie jetzt eins, waren sie Komplizen, ein Verbund aus Scheinheiligkeit, Pharisäer allesamt, auch Dina und Felix, aber ebenso Noa, die ihn mit einemmal an jenes Mädchen erinnerte, das mit den anderen im Auto saß und ihn mitleidig und stumm angestarrt hatte. Stumm. Erst als er erledigt gewesen war, hatte sie ihn umarmt. Das war es wohl, so dachte er, was mit Judaskuß gemeint war.

Er war übernächtigt und verschwitzt. Die Hitze nahm von einer Minute zur nächsten zu. Er lief zu seinem Koffer und schleifte ihn an den Straßenrand. Dann sah er nach seinem Laptop. Das Ding war in drei Stücke zerborsten. Er fluchte. Er packte die Teile wieder ein. Vielleicht war da noch eine Chance, dachte er. Er hatte von Firmen gehört, die verbrannte, versunkene und zerbrochene Computer retten konnten. Er glaubte nicht wirklich daran, aber er wollte darauf hoffen.

Er schleppte den Koffer und die Tasche langsam weiter. Dann nahm er sein Handy und rief ein Taxi. Warum hatte er nicht sofort eines bestellt, als er von Ethan aus dem Auto geworfen worden war? Vollkommen erschöpft, derangiert und verschmutzt kam er im Hotel an.

In seinem Zimmer sah er sich das Gerät noch einmal an. Er versuchte, die einzelnen Teile zusammenzufügen. Er bat um Klebeband. Und ob sie hier auch Superkleber hätten? Für seinen Computer! Er telefonierte mit einem Fachmann in Wien. Wenn die Festplatte zerstört sei, lasse sich nichts mehr machen, erklärte der.

Am nächsten Tag flog er nach Österreich zurück. Den verkleisterten und geleimten Laptop in der Tasche. Auf eigene Faust war er an die Sache herangegangen, und in diesem Fall war es nicht bloß metaphorisch gemeint, wenn von der eigenen Faust die Rede war. Er hatte um drei Uhr nachts auf den Kasten eingedroschen, denn ihm war vor Jahren von einem Spezialisten gesagt worden, zuweilen bräuchten diese hochkomplizierten Apparate eine heftige Erschütterung. In seiner Niedergeschlagenheit setzte er eine Linksrechtskombination an, wie in einem Boxkampf. Mensch gegen Maschine.

Bei den Kontrollen fiel er auf. Er wirkte angespannt, aufgerieben. Der Sicherheitsmann holte einen Kollegen. Eine Frau kam hinzu, die alle anderen zur Seite schob. Sie war offenbar auf die Begutachtung elektronischer Objekte spezialisiert und fragte ihn, ob er das Gerät einschalten könne. Wohl kaum, antwortete er gereizt. Ob sie denn nicht sähe, daß es zerbrochen sei. Einer lachte, als er vom Auto erzählte, vom Cabrio, um genau zu sein. Sie solle es nicht verbiegen, sagte Rudi, sonst mache er sie für jeden Schaden haftbar.

Sie schauten ihn an, als wäre er verrückt. Die Frau griff mit spitzen Fingern nach einem Kabel. Ob er sich darum noch Sorgen mache? Einer von ihnen sagte, und er sah Rudi dabei sehr ernst in die Augen, es gebe Schlimmeres als kaputte Rechner. Sie hier seien verantwortlich für die Sicherheit von Menschen, aber nicht für die seiner Daten. Sie müßten das Ding untersuchen, und zwar sofort, sonst könne er damit nicht an Bord. Das Objekt sei verdächtig. Was denn da für Material aus dem Kasten herausquelle? Wer in aller Welt verkleistere elektronische Geräte mit Superkleber? Ob er schon von Semtex gehört habe? Es brauche nicht viel von diesem Plastiksprengstoff, um eine ganze Maschine in die Luft zu jagen.

»Semtex«, rief ein Israeli, der hinter ihm wartete, und das Wort pflanzte sich fort und verursachte weiter hinten kleine Detonationen. Die Menschenschlange als Zündschnur: »Das weißt du nicht? Explosiv. Ein tschechisches Produkt«, und einer sagte: »Sie haben es bei dem dort gefunden. Aber jetzt nehmen sie ihn auseinander.« Die anderen wichen zurück. Sie sahen ihn an wie einen Idioten, dem ein Paket untergejubelt worden war von Terroristen, die alle hier ermorden wollten. Rudi verstand ihre Gedanken. Sie waren ihm keineswegs fremd. Er mußte ihren Argwohn wecken. Seine Angst um seine ungesicherten Dokumente, sein Haß auf Ethan und die Jugendlichen, seine Wut auf Felix und Dina – alles sah man ihm an. Er wirkte merkwürdig, und er wußte es.

An anderen Tagen hätte er ihnen ihren Verdacht nicht

übelgenommen, aber nun trug er ihnen alles nach, seinen kaputten Laptop, den Verlust seiner Daten, den Raub seiner Identität, die Lügen von Felix, die Zurückweisung von Noa, die Unterstellung, er habe tschechischen Sprengstoff dabei. Was er denn hier gemacht habe? Wen er im Land kenne? Worüber er schreibe? Ob er verstehe, weshalb sie diese Fragen stellen müßten? Die Sicherheitsleute sahen ihn an. Einer fragte, woher er, der Österreicher, denn so gut Hebräisch könne, und selbst das schien ihm diesmal nicht zu nützen. Im Gegenteil.

Wie gut hätte er vorgestern noch alles erklären können. Er hätte mit seinen Geschichten aufgewartet. Mit dem Liebhaber der Mutter. Mit seinem verschollenen Vater, der Jude sei. Aber er schwieg. Er wußte selbst nicht mehr, was er hier gewollt hatte. Wen im Land kannte er denn wirklich? Hatte er sich nicht in allen getäuscht? Er merkte, wie die Abscheu, die alle vor ihm empfanden, plötzlich von ihm selbst Besitz ergriff, ohne daß er sich erklären konnte, weshalb. Er begann zu schwitzen, und seine Hände zitterten, als er versuchte, ein Schloß an seiner Tasche zu öffnen. Erst nach einer halben Stunde wurde er durchgelassen. Die anderen Passagiere beobachteten ihn aus einiger Distanz.

In Flughäfen hatte er sonst immer das Gefühl, ganz bei sich zu sein. Er dachte daran, gleich nach seiner Ankunft Wilhelm Marker anzurufen. Er würde sich erneut um die Stelle bewerben, und diesmal rechnete er sich bessere Chancen aus, denn der Institutsvorsitzende würde nicht mehr auf Ethan hoffen, und Rudi war für ihn kein Unbekannter mehr. Er sah sich um. Er saß zwischen Menschen unterschiedlicher Herkunft. Eine arabische Familie, der Großvater mit Kafieh, die Großmutter mit Kopftuch, wartete nicht weit von ihm auf den Aufruf zum Einsteigen. Im Flugzeug setzte sich ein Hüne neben ihn. Ein Amerikaner. Der Riese wußte nicht, wie er seine Beine unterbringen sollte. Alles war ihm zu klein. Er atmete schwer.

Sie schnallten sich an. Der andere schaute auf die Reste dessen, was einst ein Laptop gewesen war. Rudi bemerkte das Entsetzen in den Augen seines Sitznachbarn, und wieder begriff er, wie merkwürdig er wirken mußte. Wer transportierte denn allen Ernstes einen vollkommen zerstörten Computer von einem Land ins andere?

»I have a big problem«, fing Rudi an, aber kaum hatte er diesen Satz ausgesprochen, fuhr der andere hoch, sah ihn an und ballte die Faust. Der Amerikaner zeigte auf das Gerät. Es gebe Spezialisten für solche Katastrophen. Manchmal, je nachdem was passiert war, legten sie einen zerstörten Rechner über Nacht in den Kühlschrank, stellten ihn auf die Heizung oder ließen ihn fallen. Alles bloß, um die Maschine ein letztes Mal hochzufahren und die Daten zu sichern.

Er selbst sei Techniker, ebenfalls ein Troubleshooter. Seine Firma sei international tätig und habe sich auf die Einrichtung von Mobilfunknetzen spezialisiert. Er werde gerufen, wenn schwerwiegende Fehler im System auftreten. Er stamme aus Texas, reise jedoch ständig von einem Land ins andere. Er sei für den Ernstfall zuständig. Nach Tel Aviv sei er gerufen worden, weil Massada, die alte Festung des Herodes, jenes Bergplateau, auf dem sich vor zwei Jahrtausenden die jüdischen Rebellen gegen eine fünfzehnfache römische Übermacht verschanzt hatten, nicht von den israelischen Handybetreibern erreicht werden konnte. Diese Hochebene, die von den Aufständischen einst erobert worden war und wo sie unter Eleasar ben Ja'ir jahrelang der Zehnten Legion getrotzt hatten, bis alle kollektiv Selbstmord begangen hatten, weil diesen Juden die Freiheit kostbarer war als das Leben, liege bereits auf jordanischem Funkgebiet. Wer sein Telefon auf Massada benutzen wollte, geriet – zumindest fernmündlich – unter Fremdherrschaft. »Dieser Zustand scheint eine nationale Katastrophe zu sein«, erklärte der Amerikaner. »Täglich steigen da Tausende hoch, Staatsgäste werden hingekarrt, Soldaten hinaufgetrieben. Allen wird gesagt: Massada darf nie wieder fallen, aber wer seine Großmutter in Haifa, Paris oder Brooklyn anruft, meldet sich aus Jordanien.« Es sei ein Debakel.

»Mich rufen sie aus allen Kontinenten und Staaten dieser Welt. Ich reise nach Australien, Kanada und Skandinavien, nach Japan, China und Rußland. Ich kenne diese Länder kaum, aber über ihre Funknetze weiß ich Bescheid, und überall, in beinah allen Sprachen und in fast jeder Region, reden die Menschen, die meine Hilfe brauchen, vom großen Problem.«

Der Mann blickte Rudi zornig an. Er schnaufte. »Problem, problemo, problema. Ob in Kamerun oder in der Mongolei, alle haben sie ein Problem. Ich kann es nicht mehr hören. Es bedeutet nirgendwo dasselbe. Es bedeutet nichts. Und alles zugleich.« Beim Fliegen, sagte der Texaner, habe er es zum ersten Mal verstanden, in ebenso einer Boeing wie dieser da, einer Maschine der britischen Fluggesellschaft. Plötzlich, mitten über dem Atlantik auf dem Rückflug nach Hause, habe der Pilot in jenem typisch nasalen Oxforder Akzent verkündet: »Ladies and gentlemen, we seem to have a problem«, und in dem Moment sei er, der Amerikaner, in Panik verfallen, habe er, der doch sein ganzes Leben nichts anderes tue, als Lösungen für Probleme zu finden, gedacht, sie würden gleich abstürzen. Und nicht nur er, sondern alle seine Landsleute waren in Angst geraten, hatten zu schreien begonnen, eine Frau neben ihm sei in Ohnmacht gefallen, und er selbst, er wisse nicht, wie er es sagen solle, er habe in die Hosen gemacht, weil er davon ausgegangen war, aus einer Höhe von Zigtausenden Meilen auf die Meeresoberfläche zu stürzen, ein Aufprall, den keiner überstehen würde, und wenn doch, dann nur, um im eisigen Wasser zu ersaufen. So groß war die Panik, daß die meisten von ihnen gar nicht hörten, was der Brite mit steifer Oberlippe noch hinzufügte: »I am terribly sorry, but I have to tell you that it's raining in New York.« Wenn ein amerikanischer Pilot von einem Problem gesprochen hätte, wäre mit dem Ende zu rechnen gewesen. Mit dem Absturz. Mit dem sicheren Tod. So laute, sagte er, der heimische Code. Die Piloten in den USA sprächen einen Jargon kontrollierter

Coolness. Sie sagten: »Houston, we have a problem here«, ehe die Verbindung abbreche, die Maschine explodiere und sich der Punkt am Radarschirm in nichts auflöse.

Der Engländer damals im Cockpit, der terribly sorry gewesen war, ihnen vom schlechten Wetter berichten zu müssen, habe wohl nicht geahnt, was er mit seiner Formulierung auslöste. Sein Fauxpas war im übrigen von niemandem angesprochen worden, weil jene Frau, die in Ohnmacht gefallen war, alle Aufmerksamkeit auf sich zog. Sie schnappte nach Luft und ächzte dabei schwer. Die Flugbegleiterinnen riefen nach einem Arzt, und zwei Passagiere meldeten sich. Ihm warf in der allgemeinen Aufregung niemand vor, sich angemacht zu haben. Aber seit jenem Vorfall auf dem Weg von London Heathrow zum Kennedy Airport erinnere er sich, wenn ihn, den Troubleshooter, jemand rufe, weil ein Problem vorliege, an die Panik, die ihn damals überwältigt hatte, an den Gestank der Angst. Denn es heiße gar nichts und alles mögliche, wenn irgendwo von einem Problem geredet werde, und wenn es zuweilen heiße, no problem, nema problema oder, wie in Israel, ejn beaja, dann könne man in manchen Ländern davon ausgehen, daß ohnehin bereits alles egal und verloren sei. Deshalb, obgleich er Rudi bei der Rettung seiner Festplatte noch viel Glück wünsche, denn das werde er wohl brauchen, müsse er ihn warnen. Er fixierte Rudi und preßte dabei beinahe unmerklich seine Schenkel zusammen. Er wolle, sagte der Amerikaner, nichts mehr von einem Problem hören. Nicht auf diesem Flug.

Rudi hielt sich daran und schwieg. Er hatte jetzt Zeit, noch einmal über alles nachzudenken, und als sie in Wien landeten, er an der Grenzkontrolle seinen österreichischen Paß vorwies und der Beamte ihn mit zünftigem Grant durchnickte, beschloß er, seine Drohung gegen Ethan wahr zu machen und einen neuen, einen dritten und endgültigen Nachruf zu schreiben.

Ethan hatte sich nicht umgeschaut. Er war einfach davongefahren. Kein Blick zurück. Bloß weg. Um Schadenfreude war es ihm nicht gegangen. Aber er freute sich, Rudi abgehängt zu haben. Er wollte fort von ihm, wollte mit diesem Möchtegernbruder nicht mehr im selben Wagen sitzen, der den Vater, nein, der seine beiden Väter – ja, beide, denn es waren nun einmal zwei – beschimpft hatte. Er wollte dieses Anhängsel aus Wien loswerden, seit langem schon. Nein, eigentlich von Anfang an.

Trotzdem hatte er jetzt ein schlechtes Gewissen. Felix würde im Tonfall des Anklägers fragen, wo er denn Rudi gelassen habe. Er sah Dina den Kopf schütteln, und Noa würde ihn fixieren, würde ihn niederstarren, um dann anzumerken, daß er wohl verrückt geworden sei, ihn fernab einer Busstation oder eines Cafés aus dem Auto zu werfen. Er versuchte, sich zu beruhigen. Wo waren denn die anderen gewesen? Wieso hatten sich Felix, Dina oder Noa nicht gekümmert, als Rudi gegangen war? Nein, er würde ihre Vorwürfe zurückweisen.

Kurz überlegte er, zurückzufahren, um Rudi doch wieder einzusammeln. Viel später sollte er sich fragen, was geschehen wäre, wenn er es gemacht hätte. Womöglich wären sie gemeinsam, im Schweigen, zu Dina und Felix gefahren. Abgekühlt, zumindest ernüchtert. Vielleicht wäre alles anders gekommen. Sie hätten Felix umarmt, ihn beruhigt.

Aber er kehrte nicht um. Statt dessen schaltete er die Klimaanlage ein und tastete nach seinem Handy. Während er auf der Autobahn am Ayalon entlang in die Stadt fuhr, wählte er trotz der frühen Stunde die Nummer von Jael Steiner.

»Es sieht schlecht aus.«

»Was soll das heißen? Du warst doch froh, mich wieder hier zu haben.«

»Niemand zweifelt an deinen Qualifikationen. Es geht ums Geld. Um den Vertrag.«

»Also keine Erhöhung?«

»Schlimmer noch.«

Je länger er ihr zuhörte, um so stärker wurde sein Verdacht. Wollten sie ihn dafür bestrafen, daß er weggegangen war? Er sagte kein Wort. Er gab sich sogar einsichtig. Auf keinen Fall würde er betteln. Nein. Es gab nur eine adäquate Reaktion. Kälte. Sarkasmus.

»Schau, Jael, was soll ich sagen … Ich kann nicht behaupten, ich wäre enttäuscht. Eher bestätigt.«

»Komm, mach daraus keine persönliche Geschichte. Unsere Situation ist eng.«

»Ja, du weißt gar nicht, wie eng.«

Sie neideten ihm seine Weltläufigkeit. Sie nahmen ihm übel, daß er für seine Rückkehr auch noch eine Belohnung einforderte. Solange er weg gewesen war, hatten sie ihn mit Versprechungen gelockt, von der wechselseitigen Verbundenheit, von den Verpflichtungen füreinander und für das Land geredet.

Jael sagte: »Es tut mir leid. Glaube mir, es geht nicht gegen dich. Es trifft uns alle.«

»Nirgendwo fühle ich mich fremder als hier.«

»Wen wundert's, Ethan. Heimat ist, wo einem fremder zumute ist als an jedem anderen Ort.«

Er möge ihr, bat sie, in den nächsten Tagen Bescheid geben, wie er sich entschieden habe. Grußlos legte er auf und gab Gas. Er wollte schnell zu den Eltern, denn mit einemmal war ihm, als wären sie die einzigen, die ihn nie verraten hatten. Dieser Gedanke und ein kindliches Bedürfnis nach Zuwendung fraßen sich in ihm fest, vermengten sich mit seiner Müdigkeit und dem Hunger, den er plötzlich verspürte.

Jetzt tat ihm leid, wie heftig er mit Felix gestritten, wie erbarmungslos er ihn angegriffen hatte. Nicht nur in dieser vergangenen Nacht, sondern in all den Jahren, seit seiner Kindheit. Immer auf der Suche nach einem Makel. Er ließ sie spüren, wie sehr sie ihn mit ihrer Liebe und ihren Erwartungen verfolgten. Aber seit sein Vater so krank war, hatte sich das Verhältnis zwischen ihnen geändert. Und zeigte Felix angesichts des nahen Todes nicht eine Gelassenheit und Duldsamkeit, wie er sie früher nie an ihm gekannt hatte?

Er hörte seine Mailbox ab. Rabbiner Berkowitsch hatte ihm eine Nachricht hinterlassen. Ethan wollte auflegen, aber dann konnte er sich der eindringlichen Stimme wieder nicht entziehen. »Ich muß mit Ihnen reden, Herr Rosen. Ich kann verstehen, wenn Sie wütend auf mich sind. Es tut mir sehr leid. Zuerst meine Bitte, mir zu helfen, dann diese Neuigkeiten. Sie sind nicht der, für den wir Sie hielten und der Sie selbst zu sein glaubten. Ihre Mutter blamiert. Ihr Vater desavouiert. Ihre Familie zerrissen. Es tut mir sehr leid.«

So ist es, dachte Ethan, und lauschte weiter dem Rabbiner.

Berkowitsch sagte: »Herr Rosen, ich melde mich wegen der Niere bei Ihnen. Es geht Ihnen doch um Felix. Daran hat sich doch nichts geändert. Ich stehe nebbich in Ihrer Schuld. Ich brauche Felix Rosen, er ist der letzte Überlebende aus der engeren messianischen Familie. Ich brauche ihn, und er braucht mich. Rufen Sie mich an. Mit Gottes Hilfe werden wir eine Niere finden!«

An einer Ampel mußte er halten. Ein Bettler humpelte zwischen den Autos durch. Eine arabische Familie hastete die Straße entlang. Die Großmutter im bunten Gewand, die Enkelin in Jeans.

Ethan bog in die Straße ein, in der seine Eltern wohnten. Er hörte eine Sirene. Das Alarmsignal kam näher, und dann heulte es ganz dicht neben ihm. Ein Krankenwagen. Das Einsatzauto überholte ihn und preschte geradeaus weiter.

Noa begriff nicht, was sie hier tat, und noch Jahre später würde sie sich fragen, weshalb sie in jener Nacht bei den alten Rosens geblieben war. Dina hatte sie mehrmals aufgefordert, nach Hause zu gehen, aber sie war sitzen geblieben.

»Geh. Worauf wartest du?«

Felix, soviel war klar, hätte die Versöhnung gebraucht. Der Sohn war verschwunden, ohne sich zu verabschieden. Kein Trost. Noa hatte bemerkt, wie Felix innerlich verfallen war. Sein Blick war leer geworden, als Ethan und Rudi aus der Wohnung stürmten. Vielleicht war das der Grund, weshalb sie nicht imstande war, die beiden Alten allein zu lassen. Sie hoffte, Felix und Dina würden durch ihre Anwesenheit ein wenig abgelenkt werden vom Streit mit den beiden Männern.

Dina sagte: »Du kannst hier niemandem helfen. Es ist gut, wenn wir jetzt alle zu Bett gehen.« Aber Noa blieb. Dina saß auf dem Sofa. Immer noch sah sie fern, aber ihr Kopf schwankte dabei wie eine Pappel im Wind. Immer aufs neue übermannte sie der Schlaf, doch die Unruhe ließ sie wieder auffahren. Im Fernsehen sangen und schunkelten immer noch die Gestalten aus fernen Zeiten.

Noa wurde von diesem Geistertanz angesteckt, auch sie blieb nur mit Mühe wach. Eben wollte sie sich aufraffen und endlich gehen, als Felix ins Zimmer taumelte. Einen Moment lang glaubte sie, eine Spukgestalt zu sehen, einen Untoten, so durchsichtig erschien er ihr. Felix fiel eher, als daß er ging, er stolperte von einem Schritt in den nächsten, schaffte es mit letzter Kraft noch bis zum Teppich, um dann vornüber auf das Sofa zu stürzen. Dabei war es, als würden sich Milchglasscheiben über den Blick legen, die Augen weit aufgesperrt, und er war nur Atemnot, Beklemmung, Todesangst. Felix hechelte, ein Schnappen, ein Keuchen, und leise hörte Noa, wie sich Worte aus ihm formten, aber sie verstand nicht, was er von sich gab, was mehr ein Tierlaut als ein menschlicher war und vielleicht schon nicht mehr bewußt gesagt wurde. Ihr schien, daß Felix nichts mehr hörte, nicht mehr Noas Fragen, nicht mehr die Schreie von Dina – »Felix, was ist! Felix, sag was! … Felix!« –, und daß er nicht mehr begriff, was um ihn passierte, wie Noa zum Telefon stürzte, die Notrufnummer wählte, wie sie den Krankenwagen rief, die Adresse schrie und: »Schnell! Er kriegt keine Luft. – Nein, nicht ansprechbar« und dann zurück zu ihm sprang, Dina zur Seite drängte, die ihm über den Kopf strich und die schlaffe Hand küßte, schnell weg, um den Bewußtlosen in die Seitenlage zu drehen und das eine Knie hochzuzerren. Aber der Körper rollte halb zurück auf den Bauch, worauf sie sich mit aller Macht dagegen stemmte, dann mit ihrer Hand den fremden Mund aufklappte, Knöpfe aufriß, während Dina hinter ihr jammerte: »Felix! Süssinker! Sei stark.« Noa richtete sich auf und streichelte sanft den Rücken des Mannes. Sie griff zum Handy und wählte seine Nummer. Ethan meldete sich. »Hallo?«

Sie schrie: »Dein Vater!«

Er sagte: »Was denn?«

Aber sie nur: »Schnell. Der Krankenwagen ist schon da.«

Sie rannte zur Tür, um dem Notarzt und den Sanitätern aufzumachen. Sie schrien auf Felix ein, aber er antwortete nicht mehr. Sie drückten ihm eine Sauerstoffmaske aufs Gesicht. Sie versuchten, seinen Puls zu finden. Sie horchten ihn ab. Noa sah sie einen Defibrillator anlegen. Sie legten den Körper auf den Rücken, packten eine Kanüle aus, zogen eine Spritze auf und jagten ihm die Nadel in die Brust. In kurzer Zeit waren Sofa und Fußboden übersät mit Verpackungsfolien, Schläuchen und Plastikröhrchen. Dina stand nur da. Sie fuhr sich durch die Haare. Sie biß sich auf die Lippen. Sie schüttelte den Kopf. Sie schaute Noa an. Die nickte ganz langsam, als wollte sie sagen: »Das ist es.« Sie blickte, als wollte sie fragen: »Nicht wahr?« Aber Dina war verstummt.

Das Gesicht war aufgeschwemmt. Die Haut wurde fahler. Sein Atem pfiff. Er kämpfte um Luft. Es dauerte endlos, bis Arzt und Sanitäter die massige Gestalt auf das Rollbett gehoben hatten. Sie wollten ihn anpacken, aber er verkrampfte. Er wehrte sich gegen ihren Zugriff. Es war, als sperrten sich die einzelnen Gliedmaßen gegen jede Hilfe. Schwer machte er sich, und die Sanitäter schleppten ihn wie einen nassen Sack. Ehe sie die Tür erreichten, kam Ethan herein.

Er nickte Noa zu und umarmte Dina. Die Mutter schluchzte laut in seine Schulter. Noa weinte. Er fragte den Arzt, wohin sie den Vater nun brächten. Der Mediziner nannte das Krankenhaus. Es war nicht weit. Im Fernsehen sangen immer noch die schwarzweißen Schemen aus früheren Zeiten. Eine Frau hatte eine jiddische Weise angestimmt. Eine Ballade von Itzig Manger. Es ging um einen Jungen, der einem von allen Vögeln verlassenen Baum im Winter Gesellschaft leisten will, doch der Mantel, den die Mutter ihm aufdrängt, damit er nicht erfriere, macht ihm die Flügel zu schwer. Allein und einsam steht der Baum am Weg.

Sie schoben die Liege hinaus und in den Fahrstuhl. Dina sollte im Rettungswagen mitfahren. Ethan und Noa riefen den nächsten Aufzug. Sie fuhren ins Untergeschoß und rannten durch die Garage zum Auto. Ethan raste los. In der Ferne sahen sie die Ambulanz und das rotierende Blaulicht. Vor der Notaufnahme konnten sie nicht halten. Sie mußten erst zum Parkhaus.

Es dauerte, bis Ethan einen Platz gefunden hatte. Sie rannten zur Station. Dort stand Dina. Allein. Im Neonlicht wirkte sie noch blasser als sonst. Vater habe keinen Herzschlag mehr. Er sei im Behandlungszimmer. Er werde wiederbelebt. Alles, was möglich sei, werde versucht, habe man ihr gesagt.

Sie warteten.

Dann wurden sie in einen anderen Raum gebeten. Der Professor kam auf sie zu. Er schüttelte den Kopf. Dina schluchzte. Sie faßte sich an die Stirn, sie schlug sich mit der Faust gegen die Schläfen, immer wieder, und Noa umfing sie, fing sie auf. Beide Frauen standen da und wurden von einem Schütteln erfaßt. Ethan starrte reglos in die Luft. Erst als der Arzt, der Felix während der letzten Monate behandelt hatte, auf ihn zukam und ihn kurz umarmte, bemerkte er im Spiegel sein eigenes Gesicht, und da sah er, wie es ihm entgleiste, wie es sich verzerrte im Schmerz, und er kam nicht umhin zu denken, so also ist das.

Schöner tot sein
ein Baum werden
Vögel zu Gast haben
das wär was
worauf man sich freuen könnte.
Elfriede Gerstl,
1932 (Wien) bis 2009 (Wien)

10

Er hatte nicht damit gerechnet. Nicht, als der Arzt auf Vaters Brust einstach. Nicht, als sie ihn auf der Rettungsliege aus der Wohnung schoben. Nicht, als sie sagten, sein Herz stehe still. Felix Rosen, davon war Ethan überzeugt gewesen, würde nicht sterben. Selbst als der Professor es aussprach, verstand er nicht, was passiert war.

Sein eigenes und ihm fremdes Gesicht im Spiegel, als ihn der Arzt umarmte. Dort, hinter Glas, stand ein anderer und trauerte, während bei ihm die Todesnachricht noch nicht angekommen war. Oder anders. Er begriff zwar, daß Vater gestorben war, nicht aber, daß er mit ihm nicht mehr darüber würde reden können. Er verstand, daß Felix nichts mehr sagen konnte, nicht aber, daß er seinem Abba nie mehr würde widersprechen können. Im Grunde hatte er geglaubt, der Alte würde alles überleben, sogar das Sterben.

Dann lag er da. Wenn sie wollten, könnten sie sich noch von Felix verabschieden. Sie standen an dem Bett.

Sein Gesicht war wächsern. Der Körper zugedeckt. Die Füße lagen frei. Ethan stand reglos vor dem Leichnam. Er berührte vorsichtig die Schulter des Vaters, als fürchte er, ihn zu wecken. Dina suchte unter dem Laken nach Felix' Hand. Sie drückte ihm Küsse darauf. Noa streichelte ihm sachte die Stirn.

Was geschehen war, blieb unvorstellbar, auch wenn er es sich vom Arzt ein ums andere Mal erklären ließ. Er spürte diese Mattigkeit, die ihn daran hinderte, nachzuvollziehen, was ihm gesagt wurde. Er hörte zu und hörte die Wörter, aber er wußte nicht, was sie bedeuteten. Sein Verstand blieb lebendig, aber etwas in ihm war tot, war abgestorben und würde es von nun an bleiben.

Im Krankenhaus war nichts mehr zu tun. Sie kehrten mit Dina in die Wohnung zurück. Die Mutter ging durch die Zimmer, als schwebe sie. Überall stieß Ethan auf Felix. Sein Geruch lag in der Luft. Seine Kleider hingen in der Garderobe. Medikamente standen auf dem Küchentisch. Am schlimmsten aber war das Chaos rund um die Couch. Übriggebliebene Plastikteile. Die Verpackung der Injektionen. Ein Schlauch. Erbrochenes. Hier hatte Abba gelegen. Er zog den Überwurf vom Sofa und packte ihn ein, um ihn zur Reinigung zu bringen.

Die Mutter wollte alleine bleiben. Sie winkte ab. Sie drehte das Gesicht fort. Sie müsse sich nun sammeln. Vor allem sich ausruhen. Nein, sie brauche niemanden um sich. Nein, sie wolle nicht zu Ethan und Noa. Nein.

»Wir kommen am Abend wieder«, sagte Ethan. Als sie

draußen waren, den Liftknopf gedrückt hatten und auf den Aufzug warteten, umarmte ihn Noa.

Sie fuhren in ihre Wohnung, warfen die Kleider auf den Boden und fielen ins Bett. Noa schlief sofort ein. Ethan lag wach. Das Licht schien ihm heller und gleißender als sonst. Sein Mobiltelefon läutete. Er schlich aus dem Schlafzimmer, um sie nicht zu wecken. Es war Rabbiner Berkowitsch.

Er sprudelte los: »Ethan, es ist mir sehr unangenehm.«

»Es ist nicht mehr wichtig, Rav Berkowitsch.«

»Ethan. Hören Sie mir zu. Ich kann verstehen, wenn Sie nichts mehr mit mir zu tun haben wollen.«

»Felix Rosen …«, wollte Ethan sagen, aber der Rabbiner unterbrach ihn: »… ist unsere einzige Chance. Felix Rosen ist der letzte. Der allerletzte. Er ist der einzige Überlebende, der uns noch helfen kann. Wir brauchen ihn.«

»Zu spät, Rav Berkowitsch.«

»Warum? Ich werde eine Niere für ihn finden!«

»Es geht nicht.«

»Diesen Satz gibt es für mich nicht. Nicht die Mörder, nicht meine rabbinischen Kollegen, nicht staatliche Gesetze werden mich aufhalten. Niemand. Hören Sie? Sonst hätte alles keinen Sinn. Ich glaube! Begreifen Sie überhaupt, was das heißt? Haben Sie denn überhaupt eine Ahnung davon? Glauben! Das ist keine Annahme, nicht Hoffnung, nicht Gewißheit, das ist mein Los. Meine Losung. Mein Leben! Ich werde nicht aufgeben. Heute können wir aus den Zellen eines alten Menschen neues Leben schaffen. Es gibt Methoden, Felix Rosen sogar wieder zeugungsfähig zu machen. Ich werde eine Niere für ihn finden. Ich habe aussichtslosere Situationen durchgestanden!« Er atmete durch. »Wieso sagen Sie nichts?«

»Er ist tot, Rav Berkowitsch. Felix Rosen ist nicht mehr.«

Schweigen, dann: »Das kann nicht sein. Das ist schrecklich. Wir sind verloren! Welch ein Verbrechen!«

»Es war ein Herzanfall.«

»Welch ein Unglück. Eine Katastrophe!« Der andere schien verzweifelt, aber nur einen Moment. »Vielleicht gibt es noch Hoffnung. Womöglich können wir Zellen seines Körpers retten. Sie sagen, es ist noch nicht lange her. Der Körper stirbt nicht auf einmal. Das ist ja das Prinzip der Transplantation. Das Gehirn gibt kein Zeichen mehr von sich, aber die Niere, die Leber, das Herz arbeiten noch. Warum sollte uns das nicht auch mit seinem Samen oder mit anderen seiner Zellen gelingen? Es geht um die Rettung der Welt.«

»Rav Berkowitsch, er ist seit Stunden tot. Wollen Sie seine Leiche fleddern? Es geht um meinen Abba, um einen Menschen. Haben Sie das vergessen?«

Der Rabbiner hielt inne. Ein Seufzen drang durch die Leitung. »Sie haben recht. So kann die Erlösung nicht kommen. Es ist alles aus. Vorbei.«

»Das Leben geht weiter, Rav Berkowitsch.«

»Nein. Es ist vorbei. Vergebens. Alle widersinnig hingemordet … Alle. Vor meinen Augen. Wir sind verloren!«

In diesem Moment würgte es Ethan. Er schluckte hinunter, was in ihm hochkam, dann flüsterte er: »Verzeihen Sie, aber mein Abba ist tot. Gestorben. Heute. Hier. Nicht dort. Nicht damals. Nicht um Ihren Vater geht es, sondern um meinen. Verstehen Sie, Rav?«

Da brach die Verbindung ab. Jeschajahu Berkowitsch, eine religiöse Autorität im Land, der Vordenker einer chassidischen Gemeinde, hatte einfach aufgelegt.

Ethan ging in die Küche. An Schlaf war jetzt nicht mehr zu denken. Er ließ einen Espresso durch die Kaffeemaschine laufen, fahrig seine Bewegungen. Er schnitt sich eine Scheibe Brot vom Laib und holte den scharfen Aufstrich, den er am Vortag gekauft hatte, aus dem Kühlschrank, eine Mischung aus Melanzani, Knoblauch, Paprika, Chilischoten und Olivenöl. Er nahm einen Teller und ein Messer aus der Lade, jedes Geräusch klang schriller als sonst. Er setzte sich an den Tisch, aß und machte sich nebenbei einige Notizen. Es wurde Zeit, die Details der Totenfeier zu planen. Verwandte und Freunde mußten benachrichtigt, eine Anzeige in die Zeitung gesetzt, das Begräbnis organisiert werden. Vor allem aber galt es, wachsam zu sein. Was, wenn Berkowitsch und seine Truppe sich tatsächlich am Leichnam zu schaffen machen wollten? Mußte er den toten Vater vor einem Wahnsinnigen schützen?

In diesem Moment läutete es. Er erwartete niemanden. Er ging zur Tür und schaute durch den Spion. Draußen stand der Rabbiner. Er erinnerte sich nicht, dem Geistlichen seine neue Adresse genannt zu haben, und sprach durch die verschlossene Tür. »Was wollen Sie?«

»Mich entschuldigen. Ich weiß nicht, was über mich kam.« Ethan machte ihm auf. Berkowitsch schaute ihm direkt in die Augen. »Ich hatte unrecht. Ich habe mich vergessen.«

»Kein Problem.«

Der Rabbiner nickte und blieb stehen, erst da fragte Ethan: »Wollen Sie hereinkommen?«

»Keine Angst – ich wollte Ihnen nur mein Beileid ausdrücken und meine Hilfe anbieten. Wenn Sie mich brauchen. Für das Begräbnis.«

Was für ein schwarzgewandeter Geier, dachte Ethan. Er konnte spüren, wie der Geistliche Macht über ihn gewann. Er war nun leichte Beute. Berkowitsch wußte genau, was in einem Hinterbliebenen, mochte er noch so laizistisch sein, vorging. Dort, wo die Soziologen keine Antwort fanden, wurden die Rabbiner zu Experten. Das war ihre Wissenschaft, und sie taugte mehr als ein Placebo, denn selbst wenn einer nicht an die Zeremonien glaubte, halfen sie am Grab.

Er dankte Berkowitsch und erklärte höflich, er würde darüber mit der Familie beraten. Als der Fromme gegangen war, griff er nach seinem Mobiltelefon und überlegte, wen er fragen könnte, ob Berkowitsch der Richtige für diese Aufgabe sei. Er ging die gespeicherten Namen und Nummern durch und stieß dabei auf den Eintrag *Papamobil*, und da überfiel ihn plötzlich, was geschehen war. Er konnte seinen Vater nie mehr um Rat fragen. Bald schon würde er für Felix Avraham Rosen beten, würde er für seinen Vater Kaddisch sagen.

Am Abend fuhren sie zu Dina. Sie hatte die Spiegel in der Wohnung mit schwarzem Stoff verhängt. Vorsichtig fragte er, was sie denn von der Idee halte, auf das Angebot des Rabbiners einzugehen. Dinas lapidare Antwort: »Warum nicht?«

»Was, wenn er wieder vom Messias spricht«, entgegnete Ethan, »Berkowitsch ist ein Fundamentalist, ein jüdischer Mullah. Wäre Felix nicht schon tot, würde er jetzt vor Ärger sterben.«

Bestattungsrituale waren Felix nie wichtig gewesen. Wo er denn begraben sein wolle, hatte ein österreichischer Geschäftspartner ihn vor Jahren gefragt. In seiner Geburtsstadt Wien, in Chicago oder in Tel Aviv? Oder etwa in Jerusalem? Felix hatte geantwortet, damit beschäftige er sich nicht, aber in Jerusalem wolle er nicht einmal leben. Geschweige denn begraben sein. Dov war Jerusalemer gewesen. Er hatte dort auch ein Grab gekauft, und er hatte nicht Katharina, sondern Dina und Felix gefragt, ob er für sie die beiden Plätze nebenan reservieren lassen solle. Felix hatte dem Freund entgegnet: »Lieber als ein Grab neben dir möchte ich einen Parkplatz vor deinem Haus.«

Die Nachricht vom Tod seines Vaters verbreitete sich wie ein Lauffeuer. Während Ethan eine Nummer nach der anderen in sein Mobiltelefon tippte, Familienmitgliedern und Freunden Bescheid gab, auf Anrufbeantworter sprach, meldeten sich jene, die die Nachricht von dritter Seite erfahren hatten, auf dem Festnetzanschluß. Ethan erreichte alte Bekannte aus Wien, Paris und Chicago,

Geschäftspartner aus Moskau und Singapur. Manche erzählten von anderen Todesfällen, von den Verstorbenen aus der eigenen Familie. Ethan sagte dann: »Ich muß jetzt weitermachen. Du weißt schon: die Vorbereitungen.«

Nimrod Karni, der Schiffseigner, der Felix geraten hatte, auf indische Nieren zu setzen, meinte: »Vielleicht war es für ihn das beste. Er litt so sehr an seiner Krankheit. Du weißt doch. Er wollte nie schwach sein. Er war – ein Mann!« Ethan verabschiedete sich schnell, aber der Gedanke, Felix hätte den anderen nie zur Last fallen wollen, wurde von vielen geäußert.

Ob sie recht damit hatten? Als sich sein Vater das Bein gebrochen hatte, hatte er sich geweigert, einen Stock zu nehmen. Er war später auch nicht zu überreden gewesen, eine stärkere Brille zu tragen, obwohl seine Kurzsichtigkeit zunahm. Felix war bis zum Schluß Auto gefahren, und zwar sehr schnell. Er war ein Raser, als könne er allen Gefahren so besser entgehen. Sein Fahrstil war legendär. Er riß am Lenkrad, stieg abrupt auf die Bremse, um dann wieder aufs Gas zu treten. Auch bei Sturm oder Schneetreiben ließ er den Wagen nicht stehen. Immerhin: Bei richtig schlechten Sichtverhältnissen, wenn für niemanden mehr viel zu erkennen war, hatte sich seine Sehstärke beinahe derjenigen von Normalsichtigen angepaßt. Am schlimmsten aber war es bei Dunkelheit. Felix, weitgehend nachtblind, konnte dann nur noch Schemen und schwache Lichter ausmachen. Seine einzige Orientierung waren die Rücklichter der anderen Wagen. Einmal hatte er Ethan im Audi mitgenommen. Ein alter Kleinlaster parkte mitten auf der Strandpromenade. Der Lieferwagen stand in der Finsternis, während Felix den Boulevard hinunterrollte und angestrengt durch die Windschutzscheibe starrte. Erst in letzter Sekunde dämmerte es Ethan, daß sein Vater gleich in das abgestellte Fahrzeug donnern würde. Er schrie: »Der steht! Der steht, Abba.« Felix riß das Lenkrad nach links. Die Räder quietschten wie in einer Verfolgungsszene in einem Actionfilm – aber sein Vater blieb ganz ruhig. Er lächelte, als sei nichts vorgefallen, als hätte er die Reifen gar nicht gehört.

Nie mehr würde er mit Abba in einem Auto sitzen, mit seinem Vater, dem das ganze Leben ein Parforceritt, eine Hetzerei gewesen war. Statt dessen saß er da und erzählte den anderen, die er anrief oder die sich bei ihm meldeten, von den Umständen des Todes, von den letzten Wochen, von den letzten Tagen, von den letzten Stunden des Felix Rosen. Vom Streit berichtete er nicht. Auch Rudi ließ er unerwähnt, aber einige fragten nach dem unbekannten Verwandten. Das Gerücht hatte längst die Runde gemacht. Jossef, der Onkel, der den Österreicher im Spital getroffen hatte, erkundigte sich nach dem unehelichen Sohn. Ebenso Jaffa, die Frau des Schiffseigners. Auch andere hatten von dem Wiener Wissenschaftler gehört, der einen Nachruf für, nein, gegen Dov Zedek geschrieben hatte. Einer meinte: »Was ist mit seinem Nazisohn?«

»Er ist kein Nazi«, antwortete Ethan.

»Aber du selbst sollst doch geschrieben haben, daß er ein Antisemit ist.«

»Er ist kein Antisemit.«

Darauf ein Jude aus dem Irak, ein Bekannter der Familie: »Sie sind doch alle Antisemiten, Ethan. Sie bekommen es mit der Muttermilch eingeflößt. Spätestens dann.«

Onkel Jossef sagte: »Aber Felix hat ihn doch selbst als seinen Sohn vorgestellt.« Und Jaffa meinte: »Ist es dir denn unangenehm?« Ethan konnte nicht die Wahrheit sagen. Sie hätten ihm ohnehin nicht geglaubt. In diesen wenigen Gesprächen entstand eine neue Familienlegende. Rudi, sein Halbbruder, erklärte Ethan, habe Israel leider kurz nach Vaters Tod verlassen müssen. Es sei nicht zu ändern gewesen. »Mir kommt es beinah vor«, sagte Jossef, »Felix hat bloß noch durchgehalten, um einmal mit allen seinen Nächsten und mit seinen beiden Söhnen zusammenzusein.«

Ethan antwortete: »So?« Und dann: »Ich weiß nicht, ob Rudi zum Begräbnis kommen kann.« Ethan versicherte: »Wir haben nichts dagegen.« Ethan erklärte: »Wir hoffen es.«

Auch Dina blieb bei dieser Version des Familienmärchens, ohne daß sie sich lange darüber abgesprochen hätten, und als Ethan ihr den Hörer weiterreichte, versicherte die Mutter ihrem Bruder Jossef, sie würden Rudi natürlich bitten, zur Beerdigung wieder nach Israel zu kommen. Aber zweifellos habe der Junge jetzt zu tun. Er sei schließlich wochenlang im Land gewesen, um seinen Papa kennenzulernen. Dabei habe er die Arbeit und seine Karriere vernachlässigt. In Wien würden Verpflichtungen warten.

Natürlich, pflichtete Jossef bei, das werde nicht einfach, aber dann meldete sich Jaffa bei Dina. Es gebe schließlich an jedem Tag mehrere Flüge nach Tel Aviv. Da werde doch auch Rudi Zeit finden, seinen eigenen Vater zu bestatten. Sie habe bereits mit Mosche und Udi geredet und auch mit Eli, dem Friseur, zu dem Felix all die Jahre gegangen war, und alle seien ihrer Meinung. Wenn Felix sich zu dem Buben bekannt habe, solle sich Dina, auch wenn es ihr jetzt schwerfalle, nicht dagegen stemmen. Der Junge gehöre zur Mischpoche. Er habe sich so sehr um seinen Vater bemüht. Dina sei, sagte Jaffa, doch ohnehin seine große Liebe, seine legitime Frau gewesen. Er sei immer bei ihr, bei Dina, geblieben. Nur das allein zähle, und jetzt wäre wichtig, alle Eifersucht zu überwinden und Großmut zu beweisen.

Es war unmöglich, dem Thema auszuweichen. Zugleich aber war es undenkbar, klarzustellen, daß Rudi und Ethan nicht die leiblichen Söhne des Toten waren. Was sollte er auch sagen. Schließlich wußte er selbst erst seit gestern von seiner Abstammung. Er hätte es überdies als Verrat an Felix empfunden, jetzt von diesen Verstrickungen zu reden. Und wenn er sein eigenes Geheimnis für sich behielt, hatte er dann das Recht, Rudis Geschichte auszuplaudern? Sollte der doch selbst erklären, wer Felix für ihn gewesen war. Mochte doch Rudi entscheiden, ob er ein Sohn, ein Bruder, ob er ein Rosen sein wollte.

Ethan erfaßte ein Widerwillen gegen die familiäre Betulichkeit, gegen die Einmischungen und Grenzüberschreitungen. In anderen Familien hätten die Verwandten abgewartet, sich zurückgehalten, hätten hinterrücks um so mehr getuschelt, aber zumindest nach außen den Schein gewahrt. Hier nicht. Hier mußte jeder jedem seine Nase in den Arsch stecken, um ihm dann einfühlsamst mitzuteilen, es rieche da nicht nach Rosenöl. Ethan ärgerte sich unsäglich. Gleichzeitig hatte er immer stärker das Gefühl, es sei im Sinn von Felix, Rudi anzurufen und ihm Bescheid zu geben.

»Ich muß es ihm sagen. Er hat das Recht, zu wissen, was geschehen ist. Er soll entscheiden, ob er an der Bestattung teilnehmen und ob er als Sohn auftreten will.«

Dina widersprach: »Er wollte kein Rosen mehr sein. Erinnerst du dich nicht? Das sagte er gestern noch.«

»Ima, gestern hatte ich noch einen Vater.«

Rudi Klausinger saß an seinem Schreibtisch. Vor ihm sein neuer Laptop. Den alten hatte der Techniker im Geschäft sofort weggeworfen. Das Ding sei allenfalls als Sondermüll interessant, hatte er gemeint. Der Artikel war geschrieben und abgeschickt. Der Redakteur war begeistert gewesen, als er ihm gesagt hatte, er wolle eine Art Reportage über die Suche nach seinem jüdischen Vater abliefern. Einen Aufsatz, der sich mit der Frage beschäftige, was Geschichte eigentlich sei.

»Das klingt interessant. Das wäre eine anschauliche Darstellung dessen, was sonst nur dogmatisch abgehandelt wird. So kann gezeigt werden, was die Auseinandersetzung mit Historischem bringt. Muß ich wissen, woher ich komme, um zu verstehen, wohin ich gehe?«

»Meine Antwort wird Sie überraschen.«

»Um so besser.«

Rudi ließ ihn reden. Er versprach, das Stück schon am nächsten Tag zu schicken. Dann setzte er sich hin und arbeitete die Nacht durch. Während des Schreibens klärten sich seine Gedanken. Er erzählte von der Fahndung nach den Rosens. Er berichtete von der jüdischen Heimsuchung, die über ihn gekommen war. Daß er sogar den Übertritt geplant hatte. Er erwähnte Rabbi Berkowitsch und sein Projekt, den Messias im Reagenzglas zu erschaffen. Und hatte nicht auch er selbst versucht, als Hebräer wiedergeboren zu werden? Was, wenn er genetisch wirklich der Sohn von Felix Rosen gewesen wäre? Hätte ihn das von Geburt an zum Antinazi gemacht? Oder jüdischer? Was, wenn er nun herausfände, sein Vater sei der Kommandant eines Konzentrationslagers gewesen?

In seinem Aufsatz stellte er die Frage, ob die Identifikation mit den Opfern nicht kontraproduktiv sei. In Israel, in Deutschland und in Österreich. Bringe die dauernde Beschwörung des Massenmords nicht heutige Jugendliche erst auf die Idee, sich als neue Nazis zu verkleiden? Schüre die Erinnerung an den Zweiten Weltkrieg nicht den Haß auf allen Seiten, insbesondere im Nahen Osten? Bestehe nicht die Gefahr, die Gegenwart mit der Vergangenheit zu vergiften?

Zum Schluß kehrte er kurzerhand zu seiner persönlichen Situation zurück. Nichts verbinde ihn mehr mit Felix Rosen. Nichts auch mit dem Unbekannten, wie immer er heiße, der ihn einst mit seiner Mutter gezeugt habe. Er kenne ihn nicht. Er vermisse ihn nicht. Nicht mehr. Davon sei er endgültig kuriert.

Der Artikel war, Rudi zweifelte nicht daran, zu scharf und viel zu ausführlich geworden. Er schickte ihn dennoch ab. Sollte doch der Redakteur entscheiden. Sollte er ihm doch sagen, daß er ein Tabu verletze, an das nicht gerührt werden darf. Nicht in Österreich. In Israel womöglich, nicht aber hier. Rudi hatte das Bedürfnis, irgend jemanden mit seinem Zorn zu konfrontieren, er wollte zur Räson gebracht werden. Aber es reizte ihn auch, mit dem Feuer zu spielen, und insgeheim wünschte er sich, daß sein Artikel ungekürzt veröffentlicht würde.

Er versuchte, an anderes zu denken, und meldete sich bei Wilhelm Marker, dem Institutsvorsitzenden.

Marker klang aufgeräumt: »Doktor Klausinger? Ich bemühe mich schon seit Wochen, Sie zu erreichen.«

»Ich wollte nur nachfragen. Wegen der Bewerbung.«

»Eben deswegen melde ich mich bei Ihnen, Kollege Klausinger.«

»Ich war es doch, der Sie anrief, Herr Professor.«

»Die Stelle ist immer noch vakant. Rosen ist in Israel.«

»Ich war bei ihm, Professor Marker.«

»Was? Bei ihm?«

»Na ja, eigentlich bei seinen Eltern.«

»Wie bitte? Als Freund?« fragte Wilhelm Marker.

»Nein«, antwortete Rudi, »als Sohn.«

Der Institutsvorstand verstummte. Er brauchte einige Zeit, bis er wieder sprechen konnte, fragte aber nicht mehr nach, sondern bot ihm einen Termin an, um über eine Anstellung zu verhandeln.

Kaum hatte Rudi den Hörer aufgelegt, klingelte sein Mobiltelefon. Er war sich sicher, daß es der erwartete Anruf des Redakteurs war, und hob ab, ohne auf das Display zu schauen: »Hier Klausinger.«

»Hallo Rudi, hier spricht Ethan.«

Schweigen. Er überlegte, das Gespräch sofort wegzudrücken.

»Leg nicht auf. Hör zu.«

»Warum sollte ich?

»Es geht um Vater.«

»Was hab ich mit ihm zu tun?«

Ethan wollte antworten, aber Rudi fiel ihm ins Wort. Während der eine flüsterte: »Felix ist gestorben«, brüllte gleichzeitig der andere: »Felix ist gestorben für mich.«

»Nein, nicht deinetwegen. Du bist nicht schuld«, sagte Ethan.

»Woran bin ich nicht schuld?«

»An seinem Tod.«

»Was?«

»Ja.«

»Was: Ja?«

»Vater ist nicht mehr.«

»Nein!« Rudi stürzte nach hinten in den Sessel, und wieder sein »Nein!«, ein ums andere Mal.

Dann schwiegen sie einander an.

»Wieso denn?«

»Herzstillstand. In jener Nacht. Als du weg bist.«

»Nein!«

Rudi stand auf. Er ging im Zimmer umher. Ethan hörte die Schritte. Rudi redete vor sich hin. Er könne es nicht glauben. Felix sei so unverwüstlich gewesen. Er habe doch noch vor kurzem …

Ethan sagte: »Er wird morgen begraben. Aber wir wollen allen ermöglichen, auch aus dem Ausland anzureisen.«

»Natürlich.«

»Es wäre schön.«

»Ja …«

»Es hätte ihm viel bedeutet.«

Rudi dachte an den Artikel.

Ethan sagte: »Für ihn warst du ein Sohn.«

Rudi seufzte: »Na, ja …«

Ethan fuhr ihn an: »Hör auf mit dem Blödsinn.« Und dann: »Ich will deinen Namen in der Todesanzeige nennen. Für die Zeitung. In Ordnung?«

»Klar.«

»Es geht nicht um Vererbung. Willst du für ihn nicht Schiwe sitzen?« Er müsse sich schnell entscheiden, sagte Ethan. Er nannte den Termin für die Bestattung. Noch sei Zeit, den Flug zu buchen.

Rudi saß völlig ermattet vor dem Schreibtisch. Minutenlang. Sollte er nach Tel Aviv oder nicht? Plötzlich fiel ihm der Artikel ein. Er durfte jetzt auf keinen Fall erscheinen. Nicht mehr nach dem Tod von Felix Rosen. Er rannte zum Telefon und wählte die Nummer des Redakteurs.

»Es geht um meinen Artikel. Es ist etwas Schreckliches geschehen.«

»Starkes Stück. Haut rein. Besonders im Zusammenhang mit der Todesanzeige. Mein Beileid übrigens.«

»Welche Todesanzeige?«

»Ich dachte, das wissen Sie. Ihr Name ist drauf. Ethan Rosen rief vorhin an. Das Inserat für seinen Vater.«

»Bei Ihnen im Blatt?«

»Ja. Morgen. Keine Sorge: Das erscheint. Gute Idee, die Anzeige auch dort zu schalten, wo er geboren und von wo er vertrieben wurde und wo er später wieder lebte. – Und danke für Ihren Beitrag. Wirklich ein starkes Stück. Bin gespannt, wie das ankommt.«

»Aber mein Text steht doch in krassem Widerspruch zur Traueranzeige. Er ist tot. Verstehen Sie?«

»Das ist mir nicht entgangen. Lesen kann ich. Sehr subtil. Gerade diese Ambivalenz. Wer kennt das nicht?«

»Aber müssen Sie nicht kürzen – und entschärfen?

»Ohne den Todesfall hätte ich Ihren Artikel gar nicht veröffentlicht. Keine Aktualität. Und viel zu lang. Aber so. Starkes Stück!«

»Mein Text darf nicht erscheinen.«

»Was? Sind Sie verrückt?«

»Es geht nicht. Ich ziehe ihn zurück.«

»Zu spät. Er ist schon in Produktion.«

»Ich untersage Ihnen, den Artikel unter meinem Namen abzudrucken.«

»Aber unter welchem Namen denn sonst?«

»Sie müssen die Maschinen stoppen!«

»Unmöglich. In wenigen Stunden können Sie die Zeitung auf der Straße kaufen. – Da läßt sich nichts mehr ändern.«

»Aber die späteren Ausgaben?«

»Ich kann doch nicht einen doppelseitigen Text verschwinden lassen. Wie stellen Sie sich das vor? Sollen wir alles einschwärzen? Spielen wir Metternich?«

»Es ist immer noch mein Kommentar. Meiner!«

»Ja, eben. Und als solcher wird er auf der Titelseite angekündigt und erscheint er im Blatt. Keine Angst. Ihr Name ist hervorgehoben«, sagte der Journalist. Rudi sah ein, daß es aussichtslos war. Es war nicht mehr ungeschehen zu machen. Er seufzte, und vielleicht tat er in diesem Moment dem Redakteur Fred Sammler leid, denn der sagte: »Wir könnten Sie für die Ausgabe morgen früh aus der Todesanzeige tilgen. Wäre Ihnen das recht? Wenn Sie der Widerspruch so stört, dann weg damit. Wollen die Leser dann einen Zusammenhang erkennen zwischen jenem Felix Rosen in Ihrem Text und dem in der Annonce, müssen sie Ihre Geschichte schon komplett lesen. Jetzt hingegen steht Ihr Name fett unter dem Titel und in der Parte. Das fällt natürlich auf. Was denken Sie?«

Rudi schwieg. Sollte er sich aus der Traueranzeige davonstehlen und Felix' gar nicht mehr gedenken? »Nein«, antwortete er entschieden.

Vielleicht buchte er nicht trotz, sondern wegen seines Artikels den Flug nach Israel. Er wollte zum Friedhof und danach Schiwe sitzen. Was aber, wenn es während der Bestattungszeremonie zum Eklat käme? Was, wenn irgendein Gast ihn auf seinen Aufsatz anspräche? Hoffentlich hatten wenigstens die Rosens seinen Artikel noch nicht zu Gesicht bekommen.

Wenige Stunden später wußte er: Der Wunsch, sein Beitrag könnte übersehen werden, war naiv gewesen. Gerade der persönliche Teil der Geschichte interessierte am meisten. Daß er einerseits erklärte, er vermisse Felix Rosen nicht und wolle mit ihm nichts mehr zu tun haben, und zugleich verkündete, er werde ihn niemals vergessen, wurde geradezu als Skandal empfunden.

Zunächst sah er sich die Zeitung im Internet an. Um seinen Artikel tobte eine wilde Debatte. Die Postergemeinde kochte. Er wurde beschimpft, denunziert und verhöhnt. Die einen sahen in ihm einen verkappten Antisemiten, die anderen einen Pseudojuden, und während er manchen zu jüdisch schien, war er es vielen wiederum zu wenig. Einige warfen ihm vor, er rede der Beschönigung der Vergangenheit das Wort, aber nicht wenige lobten ihn eben deshalb, und er wußte nicht, was ihn schlimmer traf.

Auf der Homepage der Zeitung waren jene Artikel angeführt, welche die meisten Postings provoziert hatten. Seiner kletterte in kurzer Zeit an die Spitze. Einer, der sich *Mario Nette* nannte, lästerte über ihn persönlich. Er kenne ihn noch aus Studienzeiten. Rudi Klausinger sei immer schon ein Denunziant gewesen. Er habe am Institut in jedem einen Faschisten gewittert. Rudi verfolgte mit, wie eine Verleumdung die nächste nach sich zog.

Mittlerweile hieß es, er stamme aus einer Nazifamilie und sei bereits öfter mit antijüdischen Attacken aufgefallen, während die andere Partei meinte, er sei vielmehr das Musterbeispiel jüdischen Selbsthasses. Schon war eine Einigung zwischen beiden Gruppen – und zwar auf seine Kosten – in Sicht, als er beschloß, die Wohnung zu verlassen und die Druckausgabe zu kaufen.

Felix und ihm war eine Doppelseite gewidmet. Links war das Foto von Rosen und rechts sein eigenes zu sehen. Der Alte sah freundlich drein. Seine Aufnahme stammte hingegen von einer Universitätsveranstaltung, während deren er einem Nachbarn gerade etwas spöttisch zuflüsterte. Es sah aus, als ekle er sich vor Felix.

Sein Mobiltelefon klingelte. Ein alter Freund erkundigte sich, ob es ihm gutgehe, aber schon die Frage klang wie ein Vorwurf, als zweifle der andere an Rudis Verstand: »Geht es dir eigentlich noch gut?« Und eben, da Rudi nicht mehr glaubte, der andere habe ihn wegen seines Kommentars angerufen, begann der davon zu sprechen. Zaghaft. Besorgt. Verwirrt. Er murmelte: »Mein Beileid, wenn ich das überhaupt so sagen darf.« Und dann: »Ich muß sagen, du bist ganz schön …«, das Zögern, die Suche nach dem richtigen Wort und dann: »… mutig.«

Am nächsten Tag in der Früh rief ihn die Kulturredakteurin einer angesehenen deutschen Tageszeitung an. »Lieber Herr Klausinger, ich wollte fragen, ob Sie bereit wären, Ihren Beitrag, den Sie gestern in Österreich veröffentlichten, bei uns weiter zuzuspitzen.«

»War er nicht scharf genug?«

Die Redakteurin bot ihm an, in ihrem Blatt noch einmal nachzufassen und einiges richtigzustellen. Aber Rudi wollte nicht. Er trauere um Felix Rosen. Er könne sich nicht mehr äußern. Am liebsten wäre ihm, die Angelegenheit würde wieder vergessen.

»Herr Klausinger, ich fürchte, dafür ist es zu spät.« Der Artikel sei auf den deutschen Medienseiten im Internet verlinkt. Blogger aus dem ganzen deutschsprachigen Raum und auch in Israel hätten bereits Stellung genommen. Er dürfe nicht übersehen, daß Felix Rosen der Vater des renommierten Wissenschaftlers Ethan Rosen sei, dessen Bücher sehr viel Anerkennung fänden und dessen Theorien Aufsehen erregt hatten. Und Felix Rosen sei ein Überlebender gewesen, das komme noch hinzu. Er sei in den Brennpunkt einer neuen Debatte geraten. »Ich gratuliere, Herr Klausinger. Das ist ein starkes Stück!«

Es meldeten sich eine weitere deutsche und eine österreichische Zeitung, die jeweils um ein Interview baten, und ein Privatsender plante eine Talkshow mit dem Titel: *Stirbt Auschwitz? Was bleibt von der Erinnerung, wenn die Überlebenden nicht mehr überleben?*

Rudi hörte nicht mehr zu. Zuletzt erreichte ihn noch der Satz, den die Fernsehredakteurin wie nebenbei gesagt hatte. »Mit Ethan Rosen habe ich bereits gesprochen.« Er habe zugesagt. Er stehe für ein Gespräch zur Verfügung, wenn auch Rudi daran teilnehme. Über Satellitenschaltung. Sie sagte: »Ich habe ihm den Artikel geschickt.«

Nein, sagte Rudi, er werde sich nicht mehr äußern. Er könne nicht. Er legte auf und schaltete das Gerät ab. Wenn er nach Israel aufbrechen wollte, mußte er jetzt zum Flughafen fahren, aber er saß in seinem Zimmer, fertig zum Aufbruch und unfähig, ein Taxi zu rufen. Er würde in Wien bleiben. Die anderen würden ihm vorwerfen, Felix verraten zu haben; zu Recht. Er hatte ihn denunziert, ihn bloßgestellt, hatte herausposaunt, daß er nicht sein und auch nicht Ethans Vater war. Aber vielleicht war für die Leser die Wahrheit gar nicht klar zu sehen? Immerhin stand der Text im Widerspruch zur Traueranzeige.

Er saß vor dem gepackten Koffer, das Ticket in der zittrigen Hand. Er war übernächtigt. Er beschloß, die Schuhe anzuziehen und den Mantel überzustreifen. Er ging zur Garderobe. Langsam band er die Schnürsenkel, als handle es sich dabei um eine Arbeit, die höchste Konzentration erfordere. Er benahm sich wie ein Sprengstoffexperte, der eine Mine entschärfte. Kein falscher Handgriff. Als Rudi mit den Schuhbändern fertig war, setzte er sich wieder aufs Sofa. Er sah auf die Uhr. Wenn er nach Israel wollte, mußte er zumindest zwei Stunden vor Abflug am Flughafen sein. Das Taxi brauchte eine halbe Stunde nach Schwechat. Wenn er es jetzt nicht bestellte, würde die Maschine ohne ihn abheben. Er blieb hocken und griff zum Telefon. Der Institutsvorsitzende meldete sich: »Hier Marker.«

»Guten Tag, Herr Professor. Hier spricht Klausinger. Ich wollte Ihnen nur mitteilen, daß ich erst nächste Woche zu Ihnen kommen kann.«

»Ich habe Ihren Artikel heute gelesen.«

»Ja?«

»Spannend. Beinahe verstörend. Insbesondere durch die Todesanzeige. Der Widerspruch.«

»Das ist kein Widerspruch. Das eine hat mit dem anderen nichts zu tun.«

»So? Auf jeden Fall spannend.« Es war ein Zögern in Markers Stimme. »Wie Sie sich mit Identitätsfragen und ihrer eigenen Herkunft auseinandersetzen, ist interessant.« Wie merkwürdig. Offenbar war er in den Augen des renommierten Wissenschaftlers ausgerechnet durch seine Provokation zum Experten geworden. Marker fragte: »Sie wollen wohl zum Begräbnis?« Er wartete die Antwort erst gar nicht ab: »Ich vergaß ganz, Ihnen mein Beileid auszusprechen.«

In diesem Moment schluchzte Rudi los, und er war unfähig, Marker zu antworten, konnte nicht einmal mehr danken für die Worte der Anteilnahme. Etwas überwältigte ihn, er wußte nicht mehr weiter und verabschiedete sich stammelnd. Als der andere aufgelegt hatte, weinte Rudi haltlos um jenen Mann, den er einige Tage dafür geliebt hatte, sein Vater zu sein, und den er zuletzt dafür gehaßt hatte, es nicht zu sein. Plötzlich wurde ihm klar, daß er jetzt um seinen Vater trauerte. Mit Felix Rosen war sein Vater gestorben, mit seinem Tod war die Suche vorbei, wer immer Felix Rosen und wer immer sein Erzeuger gewesen sein mochte.

Sie trafen einander am Eingang. Umarmungen. Die ganze Familie war versammelt. Onkel Jossef und Tante Rachel preßten Ethan an sich. Nimrod Karni, der Werftbesitzer, nickte allen von oben zu. Jaffa, seine Frau, fiel den Verwandten und Freunden um so überschwenglicher um den Hals. Sie weinte lauter als Dina. Ethan sah noch sonnenverbrannter aus als sonst. Er schaffte es, rot und blaß zugleich zu wirken. Er hielt sich an Noa fest, während sie sich an ihn lehnte. Mit Felix' Tod war auch das Spielerische zwischen ihnen zu Ende. Nie wieder sollte sie ihn Johann Rossauer nennen. Sie standen unweit des Leichnams, der unter einem schwarzen Tuch auf der Bahre lag. Sie stützten einander. Dina war die einzige, die Haltung bewahrte und Fassung.

Selbst der abgemusterte Soldat Schmuel, der einige Zeit in Indien verbracht hatte, war da. Neben ihm die Eltern, seine Schwester, die mit ihrem Mann und dem wenige Wochen alten Säugling erschienen war, um Felix die letzte Ehre zu erweisen, weswegen einige schon insgeheim meinten, dieser Teil der Familie sei ein wenig überrepräsentiert. Das Neugeborene hing in einem Sack vor dem Bauch der Mutter. Nur sein Haarschopf schaute wie das Federwerk eines Staubwedels hervor.

Der Säugling hieß Noam. Jossef nickte den jungen Eltern zu und sagte: »Wenn er einmal groß ist, muß er nicht mehr in die Armee.« Das war sein Standardsatz, den er seit Jahrzehnten, seit der Gründung Israels, an der Krippe jedes Säuglings wiederholte, und Jossef war glücklich, ihn heute wieder anbringen zu können: »Ja, wenn der Kleine einmal groß ist, wird ihm die Armee erspart bleiben.«

»Klar wird er nicht mehr zum Militär müssen«, sagte Schmuel, »weil es dann keinen Staat mehr geben wird.«

Irgend jemand murmelte etwas von Selbsthaß. Ethan mußte grinsen, und Noa war froh, durch das kleine Scharmützel kurz vom Schmerz und der Trauer abgelenkt zu sein.

Auf der anderen Seite stand ein Mann in orthodoxer Kleidung, um ihn herum seine zehn Söhne. Allesamt mit Schläfenlocken. Sie gehörten zu Efrat, die sich bei den Frauen aufhielt, eine entfernte Verwandte des Vaters. Sie war die einzige, die hier eine Perücke trug, einen dicken Rock und Strumpfhosen. Viel zu heiß für das Wetter. Als Kinder hatten Efrat und Ethan die ersten Doktorspiele miteinander veranstaltet, hatten einander gezeigt, wie es bei ihnen dort unten aussah, um danach Vater und Mutter zu spielen. Sie hatten sich auf die Couch gelegt und so getan, als zeugten sie Kinder. Später, als Siebzehnjährige, war Efrat, schlank, blond, nur im Minirock umhergezogen. Sie interessierte sich für Kunst und Theater, studierte Ausdruckstanz und Schauspiel, um bald zum Jungstar eines modernen Ensembles aufzusteigen und ihren Verdienst als Model auf dem Laufsteg ein wenig aufzubessern. Es waren heiße Sommer. Wenn Ethan sie traf, schwärmte sie ihm vor, was für ein vielseitiges und offenes Land Israel doch sei. Warum er sich im Ausland herumtreibe, wenn in diesem Staat doch nichts von dem fehle, was er andernorts suche.

Wenige Jahre später hatte sie sich verliebt: in einen Elitepiloten der Armee, einen wilden Kerl mit langen Haaren und linken Ansichten, der immer in zerrissenen

Jeans umherlief und mit einer Rockband auftrat. Erst nach der Hochzeit stellte sich heraus, daß er unter den Einfluß eines Rabbiners geraten war, der ihm, dem Flieger, erklärte, es gebe einen Weg, auch dann nicht vom Himmel zu fallen, wenn die Maschine abstürze. Als er ein wenig später in frommer Montur, mit Pejes und Kaftan, zum regelmäßigen Training im Flugsimulator auftauchte, öffnete der diensthabende Wachposten nur kurz die Tür, um ihn mit den Worten abzuweisen: »Tut mir leid, aber wir geben nichts!« Das war das Ende der Karriere dieses jungen Mannes, der eigentlich hoch hinauswollte. Auch die Rockband hatte sich längst aufgelöst. In seinem Kaftan stand er da, ein dürrer Mann mit traurigem Vollbart, umringt von seinen zehn Kindern und im Blickkontakt mit Efrat, die sehr dick geworden war.

Menschen aus anderen Kontinenten, Geschäftspartner aus den USA, aus Europa und sogar dem Fernen Osten waren gekommen, um an diesem Begräbnis teilzunehmen. Die halbe Abteilung des Krankenhauses war da. Die Ärzte, aber auch die Pfleger, die sich um Felix gekümmert hatten, darunter Schwester Frida. Eine große Menge drängte sich hier zusammen. Katharina drückte sich in eine Ecke. Ethan, der reglos stand und mit bitterer Miene die Beileidsbekundungen entgegennahm, sah sie und ging zu ihr hin, zu Dovs letzter Geliebten, und umarmte sie. »Nicht die besten Treffpunkte in letzter Zeit«, flüsterte er ihr ins Ohr, und sie lehnte ihren Kopf an seine Schulter. Ehe er an seinen Platz zurückkehrte, fragte er, ob sie nachher in die Wohnung der Eltern mitkäme, um an der Schiwe, dem heimischen Trauergedenken im Kreis der Familie, teilzunehmen.

Alle hatten Aufstellung genommen. Rabbiner Jeschajahu Berkowitsch trat vor. Hinter ihm stand der dickleibige Chassid aus dem Flugzeug, der Ethan damals mit seinen ledernen Gebetsriemen am liebsten an die Tradition gefesselt hätte, als ginge es um ein sadomasochistisches Liebesspiel. Berkowitsch, hinter einem Pult, räusperte sich. Zögerlich setzte er ein Wort hinter das andere, während sein Assistent sanft hin und her schuckelte, als scharre er in den Startlöchern, um jenen Tanz aufzuführen, der seine ganz eigene Spezialität war. Von der Trauer redete Berkowitsch, vom Schmerz der Hinterbliebenen, vom Trost, der ihnen nun zukommen sollte: »Denn aus Staub sind wir und zu Staub werden wir.« Felix Rosen habe erlebt, wie der Tod über die Menschen komme, erklärte Berkowitsch und verdeutlichte in seiner eindringlichen Art, wie vergänglich alles Materielle sei, wie nichtig auch der Mensch, und er rief aus: »Was ist der Mensch? Herr, ich bin ein Nichts vor dir. Ich bin ein Nichts, ein Nichts von einem Nichts«, und da wurde der chassidische Trabant des religiösen Leitsterns von der Begeisterung mitgerissen, und ihm entfuhr der Satz: »Ja, ein Nichts ist er, weniger als ein Nichts!«

Berkowitsch ließ sich indes nicht beirren. Er pries die Taten des Toten, erzählte von dessen Leben: »Es ist unsere Pflicht, so steht geschrieben, über einen Verstorbenen nur Gutes zu sagen, aber unmöglich ist mir, von den Schrecklichkeiten zu schweigen, die ihm zugefügt wurden.« Berkowitsch sprach über die Vernichtung, und seine Ausführungen gipfelten in dem Satz: »Wir alle, ob damals geboren oder jetzt, ob Felix Rosen oder dieser Säugling heute hier unter uns, hätten vernichtet werden sollen, und wir alle, wir Juden, sind Überlebende!«

Nun hatte der Rabbiner die Aufmerksamkeit aller Anwesenden, und sogar Noam, das Baby, das eben zum Opfer der Verfolgung erklärt worden war, schrie los, als wolle es seine Stimme gegen alle Nazis der Welt erheben. Die Augen nicht weniger Umstehender füllten sich mit Tränen. Ethan starrte auf Dina. Er flüsterte: »Was wird das?«

Berkowitsch sprach nun von den Feinden, die alle Juden, auch das Neugeborene heute noch morden wollten. Er sprach von neuen Nazis, gegen die gekämpft werden müsse, von den Kindern und Kindeskindern des Amalek. Die Friedhofshalle verwandelte sich in einen Bunker. »Kein Mitleid mit den Mördern«, rief Berkowitsch, als wäre Felix Rosen umgebracht worden im Krieg gegen die Araber.

Es war nicht derselbe Berkowitsch, den Ethan noch vor wenigen Tagen gekannt hatte. Nicht mehr die Hoffnung auf eine messianische Genmanipulation, auf eine künstliche Befruchtung zur Errettung der Welt beschäftigte ihn, sondern die Apokalypse, die Vernichtung, die Katastrophe. Berkowitsch glühte. Er schwitzte. Er fuchtelte mit den Armen. Angesichts des Toten gelte es, sich mit Gebot und Gebet zu wappnen. Der jüdische Staat müsse verteidigt werden, nicht bloß militärisch, sondern spirituell. »Mit Beten und nicht nur mit Raketen.« Wofür sonst seien die Märtyrer gestorben; denn wer nicht wolle, daß die Nazis am Ende doch noch siegten, müsse zur Schrift zurückkehren. Die nächsten Sätze sprach er laut und voller Inbrunst, derweil sein Jünger im Hintergrund so heftig zappelte und nickte, daß seine Schläfenlocken im dichten Gedränge Onkel Jossef ins Auge flogen. »Felix Rosen ist nicht tot. Wenn wir wollen, lebt er in uns weiter. In unserem Glauben. Wir sind es ihm schuldig.«

Als Berkowitsch endete, stoppte auch der Chassid sein Geschaukel. Efrat und ihr Mann lächelten versonnen, aber der Rest der Trauergemeinde blickte ein wenig pikiert.

Jossef kam nach vorne um eine Ansprache zu halten. Dina und Ethan sahen einander an. Noa seufzte. Jossef strich sich verlegen über sein Haar. Er zog ein Papier aus der Brusttasche und begann, von Felix, von dessen Güte und Hilfsbereitschaft zu reden. Von ihm als Ehemann und Vater. Er sagte: »Kein anderer hat sich seinem Sohn bedingungsloser ausgeliefert.« Nach diesem Satz stockte Jossef. Er blickte sich um, als suche er das Publikum. Er wandte sich Dina zu, schaute ihr in die Augen und wollte das Papier mit der Ansprache in die Seitentasche seines Sakkos stecken, aber er fuhr daneben, und so fielen die Blätter zu Boden und segelten nach vorn unter die Bahre mit dem Leichnam. Jossef starrte seiner Rede hinterher, als täte ihm nun leid, sie weggeworfen zu haben. Er sah in die Runde. Alle hielten die Luft an. Ethan schüttelte den Kopf. Dina verdrehte die Augen. Beiden schwante, daß

Jossef nun über Rudi sprechen wollte, doch statt dessen sagte er: »Felix war Atheist.«

Ein Murren ging durch die Menge. Aber Jossef gab nicht nach. »Es ist die Wahrheit!« Seine Stimme wurde aus Unsicherheit schneidend, der Ton klang scharf. Felix Rosen sei hierhergekommen, um eben nicht in einem Ghetto zu leben, nicht in einem polnischen Schtetl in Hebron. Hebräer wollte er sein. Nun nickten einige der Freunde und Angehörigen. Er sagte: »Dafür kämpfte er. Bis zum letzten Blutstropfen«, und hier kippte etwas in Jossef, seine Stimme überschlug sich, und begeistert von seiner eigenen Rhetorik wurde er mitgerissen.

Es war, als wäre Felix nicht einer Krankheit erlegen, sondern in einer Schlacht gefallen. Wenn Felix jetzt da wäre, verkündete Jossef, würde er bekennen, wie sehr es sich ausgezahlt habe, das Leben diesem Kampf zu opfern. »Von orthodoxen Rabbinern hielt er gar nichts«, so Jossef. »Sie und ihre Siedler waren für ihn Rassisten, Faschisten, Khomeinis.«

Den nächsten Satz konnte er nicht mehr beginnen. »Ketzer«, schrie der dicke Fromme. Rabbi Berkowitsch murrte: »Moische, bist du meschugge. Sei doch still!« Aber sein Chassid walzte sich durch die Umstehenden, um Jossef vom Pult zu stoßen. Onkel Jossef wich aus, worauf einer meinte: »Schaut euch diesen wuchernden Mazzesknedel an, eine wildgewordene Wundergeschwulst.«

»Antisemit!« brüllte der Fromme, und Onkel Jossef antwortete: »Mutant! Degenerat!«

»Jüdischer Nazi«, meldete sich Efrat zu Wort, aber Schmuel, ihr eigener Cousin, entgegnete: »Uns Nazis schimpfen, das könnt ihr, aber euch und eure Siedlungen sollen wir beschützen.«

»Rauch dein Zeug, das beruhigt«, riet sie ihm.

Manche versuchten, die Streitenden zu besänftigen, aber das machte alles nur schlimmer. »Laß gut sein. Mit so etwas sollten wir uns nicht abgeben!« rief Efrats Mann dem Chassiden Moische zu, während Nimrod zu Onkel Jossef sagte: »Was erwartest du? Die kommen direkt aus dem Mittelalter.« Einer meinte zum Chassiden: »Laß dich nicht provozieren. Der ist doch nicht einmal ein Ketzer, sondern nebbich ein Ignorant.«

Die Geschäftsleute aus dem Ausland verstanden kein Wort, zumal in Hebräisch gestritten wurde. Sie waren hierhergekommen, um Felix Rosen die letzte Ehre zu erweisen. Sie hatten sich vorbereitet, um einem jüdischen Begräbnis beizuwohnen. Sie hatten die Riten studiert. Von einem derartigen Geschrei rund um die Leiche war aber in keinem Handbuch und keinem Lexikon zu lesen gewesen. Einer von ihnen fragte Katharina: »Geht es bei diesem Brauch vielleicht ums Erbe?« Worauf sie ihn anschaute, als habe er eine antisemitische Bemerkung gemacht.

Inmitten des Gezanks und Gezeters ertönte plötzlich eine Stimme. Einer war ans Pult getreten und überschrie die Streitenden. »Felix ist tot! Hört ihr? Hier liegt er. Da. Er ist unter uns. Felix. Er ist gestorben.« Plötzlich war er da, er, der vorher niemandem aufgefallen war, den der eine und die andere vermißt hatten, und nun schauten alle und horchten auf.

Rudi stand vorn, und die anderen verstummten, überrascht, erschrocken, abgestoßen. »Felix ist tot! Hört ihr? Ich bin ihm erst vor kurzem begegnet. Aber Felix war wie ein Vater zu mir, und zwar nur, weil ich nach einem suchte. Er ging nicht in die Synagoge. Er lebte nicht nur in Israel. Er arbeitete auf allen Kontinenten und mit Menschen aus vielen Ländern. Sein Jerusalem war immer andernorts und überall zugleich. Er war im Zwischenraum zu Hause, wo ein Mensch auf den anderen trifft.«

Von einem Wort zum nächsten wurde es ruhiger in der Halle, und sogar der Rabbiner, selbst Jeschajahu Berkowitsch, nickte zu jedem Gedanken, während sein Chassid den Kopf schief legte. Nur Ethan folgte nicht den Worten, die hier die anderen zu trösten vermochten, sondern mußte statt dessen an Dovs Kassette denken, an jene Botschaft aus dem Jenseits, die ihm Felix nach dem Tod des Freundes hatte zukommen lassen: »Aber wie klingt eine zweite Stimme, wenn die erste verstummt ist? Was, wenn wir nicht mehr sein werden? Bald schon. Alle gestorben.«

Rudi sagte: »Felix ist tot. Hört ihr? Felix ist tot. Aber für mich lebt er noch, und ich liebe ihn.« Unmittelbar danach setzte der Gesang des Kantors ein. Eine Wehklage, die durch den Raum zog. Töne im Zwielicht. Dämmerklänge. »El male rachamim.«

Und als Ethan hernach gemeinsam mit dem Rabbiner und mit anderen das Kaddisch sprach, als er mit Dina hinter dem Leichnam herging, als er sich den Kragen einriß zum Zeichen der Trauer, als alle, nachdem sie eine Schaufel Erde ins Grab geworfen hatten, an ihm vorbeigingen, um ihn zu trösten, als er dann zusammen mit Rudi, mit Schmuel, mit Nimrod und mit Moische, dem Chassiden, nach dem Spaten griff und die Grube zuschüttete, mußte er an Dov denken, an dessen Bestattung er erst vor wenigen Wochen teilgenommen hatte, aber diesmal, anders als damals, schossen ihm die Tränen in die Augen, und er sah zu Noa hin, sah sie ihn anschauen und dabei dicht bei seiner Mutter stehen, die steinern ins Leere blickte und dabei sehr aufrecht stand.